国家社科基金重大项目“中国近代日记文献叙录、整理与研究”
（项目编号：18ZDA259）阶段性成果

日记研究丛书

张剑 徐雁平
主编

私史微观
中国现代作家日记的多元透视

廖太燕 著

凤凰出版社

图书在版编目（CIP）数据

私史微观 ：中国现代作家日记的多元透视 / 廖太燕著. -- 南京 ：凤凰出版社，2022.6
（日记研究丛书 / 张剑，徐雁平主编）
ISBN 978-7-5506-3580-7

Ⅰ. ①私… Ⅱ. ①廖… Ⅲ. ①日记－文学研究－中国－现代 Ⅳ. ①I207.65

中国版本图书馆CIP数据核字(2022)第082666号

书　　名	私史微观：中国现代作家日记的多元透视
著　　者	廖太燕
责任编辑	单丽君
装帧设计	陈贵子
出版发行	凤凰出版社(原江苏古籍出版社) 发行部电话 025-83223462
出版社地址	江苏省南京市中央路165号，邮编：210009
照　　排	南京凯建文化发展有限公司
印　　刷	江苏苏中印刷有限公司 江苏省泰州市经济开发区鲍徐镇，邮编：225315
开　　本	880毫米×1230毫米　1/32
印　　张	8.75
字　　数	227千字
版　　次	2022年6月第1版
印　　次	2022年6月第1次印刷
标准书号	ISBN 978-7-5506-3580-7
定　　价	88.00元

(本书凡印装错误可向承印厂调换，电话：0523-82099008)

国家社科基金重大项目“中国近代日记文献叙录、整理与研究”

（项目编号：18ZDA259）阶段性成果

日记研究丛书

张剑 徐雁平
主编

私史微观
中国现代作家日记的多元透视

廖太燕 著

凤凰出版社

图书在版编目（CIP）数据

私史微观 ：中国现代作家日记的多元透视 / 廖太燕著. -- 南京 ：凤凰出版社，2022.6
（日记研究丛书 / 张剑，徐雁平主编）
ISBN 978-7-5506-3580-7

Ⅰ. ①私… Ⅱ. ①廖… Ⅲ. ①日记－文学研究－中国－现代 Ⅳ. ①I207.65

中国版本图书馆CIP数据核字(2022)第082666号

书　　　名	私史微观：中国现代作家日记的多元透视
著　　　者	廖太燕
责 任 编 辑	单丽君
装 帧 设 计	陈贵子
出 版 发 行	凤凰出版社(原江苏古籍出版社) 发行部电话025-83223462
出版社地址	江苏省南京市中央路165号，邮编:210009
照　　　排	南京凯建文化发展有限公司
印　　　刷	江苏苏中印刷有限公司 江苏省泰州市经济开发区鲍徐镇，邮编:225315
开　　　本	880毫米×1230毫米　1/32
印　　　张	8.75
字　　　数	227千字
版　　　次	2022年6月第1版
印　　　次	2022年6月第1次印刷
标 准 书 号	ISBN 978-7-5506-3580-7
定　　　价	88.00元

(本书凡印装错误可向承印厂调换，电话:0523-82099008)

“日记研究丛书”总序

日记作为一种文献类型和书写方式，在中国具有悠久的传统。近几十年出土的秦汉文献中，出现了“秦始皇三十四年历谱”“王奉世日记”“元延二年日记”这样带有逐日记事性质的简牍。命名是考古工作者所拟，反映出学界对此类文书的类型判断还不一致，但不可否认的是，它们已初步具备了日记的基本形态。

降及宋代，“日记”作为一种文体之名开始正式使用。当时名公巨卿多有日记，南宋刘昌诗《芦蒲笔记》卷五即收入北宋赵抃的《赵清献御试日记》，惜宋人日记存世数量不夥。明清以来，日记蔚成大观。据我们不完全的统计，仅 1840—1911 年间有日记存世的近代人物，就超过了 1100 位。时至今日，日记更成为中小学语文课外写作指导的重要内容，其数量之多，已难以具体统计。

在今人观念和多数工具书的定义中，日记一般指对每天所遇到的和所做的事情的记录，有的兼记对这些事情的感受。这其实道出了日记作为一种独特而又重要的文献，内容无所不包、具有百科全书性质的特点。从古人对日记丰富多彩的别称：日历、日录、日钞、日札、日注、日笺、日纂、日谱、日识、日志、小乘、小钞、小录、游录、密记、笔记、游记、客记、征记、琐记、载笔、笔略、纪略、纪程、纪事、纪闻、路程、云烟……也不难领略日记的基本特点。可以说，无论就知人还是论世而言，日记都是难得的第一手史料。日记是一人之史，尽管存在视角受限、立场局限和日常琐碎等诸多问题，但它所呈现的私人化、细节化、现场感等构成了一种独特的历史表现方式，具有其他史料所不能及的特殊价值。日记这些方面的特点，恰好能弥补正史叙事带来的缝隙,与宏大历史叙述之间的有效互动,使历史变得更加情意流转、血肉丰满。近人籍忠寅认为,“求古人之迹,高文典册不如友朋书札,友朋书札不如日夕记录”(《桐城吴先生日记序》),也道出了日记的特别之处。

尽管中国日记有着悠久的传统,但现存的大量日记主要产生于清代。尤其是最近二百年,堪称日记的集大成时期,中国日记的典范也在此期形成群体规模。人们耳熟能详的重要日记,如《曾国藩日记》《越缦堂日记》《湘绮楼日记》《翁同龢日记》等,都出现在这一时期。从各方面来说,这一时期的日记内容最为丰富、体式最为完备、数量最为庞大,可以视作中国日记的辉煌典范。这一时期的中国“历三千年未有之大变局”,古今之变与中西之争成为时代主潮。鸦片战争、太平天国运动、洋务运动、甲午战争、戊戌变法、义和团运动、清末新政、新文化运动、抗日战争……一系列令人瞩目的事件映射出政治、经济、文化、军事、思想等各个领域的新动向。此期,中西文明在“体”“用”诸层面形成有意味的冲击与反应,而内生的中国本位的文化也迎来新的征程。从 1840 年到 1949 年,古老的中华文明经受了历史的淘洗、西方的冲击、时代的检验,最终以全新的姿态迎来新的发展阶段。波澜壮阔的大时代变迁,不仅见诸煌煌正史,而且在诸多私人文献里也有真切具体的传达。日记就是其中极具价值的一种。作为“准传记”和时代备忘录,日记包涵自我叙写,承载集体记忆,对于理解当代中国的“近传统”具有特殊意义。可以说,这一时期的日记是中国日记最重要的样本,可以作为分析中国日记传统、探究中国日记文化的范本。

有鉴于此,整理和研究这一时段的日记也成为当前中国日记研究的热点。例如,张剑、徐雁平、彭国忠等人主编的以日记为主要内容的“中国近现代稀见史料丛刊”,自 2014 年起,每年一辑,陆续在凤凰出版社推出,目前已经出版八辑,其中整理的日记超过百种。在相关典范日记出版物的引领下,最近十年,日记的影印、整理以及阅读需求不断升温,仅以近百万字和百万字以上的近现代名人日记整理成果而论,就有《翁心存日记》(2011)、《翁同龢日记》(2012,中西书局新版)、《徐兆玮日记》(2013)、《管庭芬日记》(2013)、《钱玄同日记》(2014)、《徐世昌日记》(2015)、《荆花馆日记》(2015)、《张謇日记》(2017)、《袁昶日记》(2018)、《张棡日记》(2019)、《皮锡瑞日记》(2020)、《王伯祥日记》(2020)、《徐乃昌日记》(2020)、《赵烈文日记》(2020)、《蒋维乔日记》(2021)等。此外,据闻《何绍基日记》《李慈铭日记》《叶昌炽日记》《袁昶稿本日记》《谭献稿本日记》《萧穆日记》《杨树达日记》《潘重规日记》等整理本也即将推出,成果可谓丰硕。

如上这些成果在为学界提供丰富文献的同时,也对日记研究提出了更高要求。早在二十世纪上半叶,日记就不仅是文人案头的读物、交流的谈资,而且成为文史研究的重要资料。由此催生的日记体文学,还在新文学运动中,作为文学生力军冲锋陷阵,为新文学的开拓立下汗马功劳。胡适、鲁迅、周作人、郁达夫、丁玲、阿英、赵景深等人都为日记研究和日记文学的繁荣做出过突出贡献。他们不仅将日记作为静态文献加以研究,也将其视作呈现个人生命历程的“人的文学”大加提倡,试图以此突破“载道”传统,为文学开辟抒情和个人化的新路。但总体而言,此期人们能够利用和乐意利用的日记数量还较有限,日记研究尚处于起步阶段。进入二十一世纪,日记研究特别是近现代日记研究有了长足进步,涉及政治史、环境气候、地域文化、阅读史和书籍文化、传记学和个体意识、经济史和生活史、灾难史和疾病史、易代之际的科举和教育、日记与文学、域外游记和出使日记、日记作者和版本形态、日记研究的理论和方法等诸多方面。然而,与丰富的影印和整理成果相比,日记研究仍显薄弱,还存在诸多尚待深入和丰富的空间。比如,近现代日记“有什么”,这是从前日记研究关注的重心,相关研究也多从各个学科和研究目的出发,挖掘带有倾向性的材料。这固然有助于推动各领域的研究,却不免将每一部日记肢解,使得日记成为纯粹的研究客体。今后的日记研究,应当致力于恢复日记的主体性，在重视史料发掘的基础上超越史料学，即不仅将日记视作材料库，还要更加注重日记“是什么”，充分认识到日记对于中国历史人物的生命世界和文字世界的重要意义；充分认识到从琐碎的衣食住行和个人的纷杂经验中，整体展现中国文人士大夫的家国记忆与生活图景的必要性和特殊价值；进而在更高层次上揭示日记等的特质与表达方式，探讨新的研究方法，提出新的问题，总结具有中国气派的日记研究理论。这些无疑需要文学、史学、社会学等多学科学者的共同努力。

日记作为中国文化宝库中的重要文献，已经走过了两千多年的历程，今人理应充分挖掘日记的价值，使其在当前的学术研究和文化建设中发挥更为重要的作用。因此，我们特推出这套“日记研究丛书”，希望丛书的出版，能为方兴未艾的日记整理与研究提供切实有用的借鉴，同时衷心期待广大读者对我们的工作予以批评、指正和帮助。

目 录

绪　论

一、研究缘起

日记是人类观照自我、反思自我和记录社会的话语形式，因反映了写作者每天的生活、见闻和感想而叠累了独特的魅力，素为各阶层读者所偏爱。鲁迅购进“殊无善文”的《中国学报》，原因即在于它载有李慈铭《越缦堂日记》，“故买存之”①。周作人说过：“日记类是我所喜欢看的。”②郁达夫指出就个人嗜好而言，闲暇时翻阅旁人的著作，“最喜欢读的，是他的日记”③。阿英表示，日常读书读报时，“最足以引起自己注意的，是名作家的日记和书信”④，因为这样更容易了解作家的生活、思想和行动，就如同与作者同室晤谈一般。朱光潜更是将记日记与读日记视作人生乐趣：“我们都是人，了解人性是人性中一个最强烈的要求，我们都有很浓厚的好奇心，要窥探自己的深心的秘密和旁人的深心的秘密。在要求了解之中，我们博取同情也寄与同情。我们惊喜发现旁人与自己有许多相同，也有许多不同。这世界不是一个陌生的世界，却也不是一个陈腐单调的世界。因为

---

① 《鲁迅全集》第十五卷《日记》，人民文学出版社 2005 年，第 35 页。

② 岂明（周作人）《马琴日记抄》，《语丝》第 79 期，1926 年 5 月。

③ 郁达夫《日记文学》，《郁达夫全集》第十卷，浙江大学出版社 2007 年，第 288 页。

④ 《〈模范日记文选〉题记》，见戴叔清（阿英）编《模范日记文选》，光明书局 1933 年。

这个缘故，记日记与读日记都永远是一件有趣的事。”①

萌蘖于西汉的日记在两宋期间有了长足的发展，随着创作实践的丰富，这种表现心灵私语的书写样态演化成了一种重要的文体。大体而言，日记直抒胸臆，较少顾忌，以真为旨归，有明显的私人叙事性质，堪称“个人史诗”或“个人断代史”。到了机械复制时代，日记的存在或表现形态，阅读和接受模式发生了变化，但仍然以其个性化特征担负着展示书写者心迹的功能，尤其是在晚清民国时期，许多文化名流、作家或学者俱有日记传世，再现写作高峰，时代的变易、思想的革新、学术文化的嬗递、风俗的迁移和个人的心态潜涌均囊括其中。因此，在研究文学、文化、思想、社会等层面时日记的价值不容低估，如有学者所言：“以私密性为特征的日记抵制了从众的诱惑，发出了较多有见识的声音，给时代留下了作家曾经拥有的生命传承记忆。作家日记不会随着时间的流失而贬值。……日记记录的看似是小细节，但也可能带来研究的大发现，大突破，给读者留下一片精神驰骋的绿洲，收获到意想不到的感动。作为强烈的感性生命骚动的现代作家日记，是值得我们认真解读的精神遗产。”②这就是本书以现代作家日记作为研究对象的基础和原因。

长期以来，现代文学研究以文学文本为中心或以大叙事化为主导模式，这种研究关注整体性或强势文类，忽略了日记的价值与意义，未充分认识到它是拓展、深化相关研究的重要资源，也就未对日记作统观式的、多视角的观照与探究，本书试图弥补此缺陷，释放日记的功能。同时，已有日记研究成果存在不少问题：一、片段化、碎片化的提取，仅将日记当作思考、辨析单个问题的史料库，缺乏全面的、系统化的梳理与归纳，以及建立在此基础之上的精深探讨。这就

---

① 朱光潜《日记——小品文略谈之一》，《天津民国日报》1948 年 3 月 1 日。

② 刘增杰《论现代作家日记的文学史价值——兼析研究中存在的两个问题》，《文史哲》2013 年第 1 期。

与某些合理化的建议相左，如“以贯通的眼光考察，应将日记置于历史的整体脉络之中，以求知人晓事，而不仅作为史料翻检，各取所需”[①]。在广度上，有逾百种作家日记存世，但研究者目光所聚均为名家日记，一些价值不低的其他日记文本未被纳入研究范围之内。即便名家日记也未得到充分开掘，以《吴宓日记》为例，已有论文多聚焦于吴宓早期的文学活动或文化实践，很少对二十世纪三十年代以后的吴宓进行研究，遑论新中国成立之后。关于蔡元培、张元济日记的研究同样如此，不关注他们在“五四”新文化运动前的文学、编译或教育活动，就无从了解他们的思想转折以及与新文化运动的复杂关系。不少研究在深度上亦显不足，仍以《吴宓日记》为例，已有论文多谈论其早期的文化守成主义意识，其实吴宓的文化认知在历经人生颠簸、社会移易的过程中有了很大变化，但研究者置若罔闻，致使吴宓的形象塑造单薄，复杂的面相无从呈现。因此，无论是在广度上，还是深度上，现代作家日记的研究均有足够的拓展空间。二、未将日记视作独立的研究对象。作为一种与众不同的写作样式，日记在内容、形式上都有独特之处，只有作精细地分析才能在获取历史、文化、社会等信息的同时更深入、细致地了解、明晰它的文体美学。梁实秋谈过这样一种感受：“我们中国文人也有不少写日记而成绩可观的，但是大部分近似读书札记，较少叙事抒情，文学史一向不把日记作者列为值得一提的人物。”[②]显然，这是无视日记的文体特征和社会价值而造成的错误认知，必须纠偏。

无论从事哪种研究，前提条件之一即必须明确研究对象的所指，因此框定与厘清“现代作家日记”这个概念势在必行。作为定义并不精确的时段概念，文学的“现代”一般指 1915 年或 1917 年至 1949

---

① 桑兵《治学的门径与取法——晚清民国研究的史料与史学》，社会科学文献出版社 2014 年，第 79 页。

② 梁实秋《雅舍杂文》，武汉出版社 2013 年，第 107 页。

年，本书大体遵从此说，但为了叙述的完整，会作适当的延伸，将研究范围定于民国肇始至二十世纪五十年代初。

从本质上讲，日记是种非公共写作，许多日记是在非出版、非发表的预设下写成的，鲁迅即言："我本来每天写日记，是写给自己看的；大约天地间写着这样日记的人们很不少。假使写的人成了名人，死了之后便也会印出；看的人也格外有趣味，因为他写的时候不像做《内感篇》外冒篇似的须摆空架子，所以反而可以看出真的面目来。我想，这是日记的正宗嫡派。"[①]在他看来，面对自我、为自己而写或遵循自我对话模式的日记才是正宗的日记。这种状态下的书写可以称为"私密性日记"，但这并非日记的唯一形态，也有一些作者持感性的姿态、凭泉涌的文思如同创作小说、诗歌一般记述所见所闻、所感所思，本来就是为了投放到公共领域（如公开刊行的报章杂志，指南类或介绍性书籍），这类写作可以称为"发表型日记"。这种"不纯粹"的，不注重隐私，有明确的或固定的读者指向，以及文学或教化意味更浓的写作有明显的逐利性（获取稿费或进行宣传），与"私密性日记"一样属于非虚构性写作，又与以日记为外在形式（如孙俍工、阿英称之为"日记式"[②]）的虚构性创作，如鲁迅《狂人日记》、丁玲《莎菲女士的日记》、庐隐《归雁》、贺玉波《恐怖》等作品区别开来。需要特别声明的是，本书的研究对象是以非虚构性为支点的"私密性日记"和"发表型日记"，"日记式"作品不在其列。尽管有些作品在命名时未挂名"日记"，如田汉的《蔷薇之路》、滕固《关西之素描》等却是货真价实的日记，也属于本书的研究对象。

自然，并非只有作家日记才涉及现代作家、作品或现代文坛，其他人文或自然科学界的学者，乃至政治人物，如蔡元培、顾颉刚、竺可

---

① 鲁迅《马上日记·豫序》，见《鲁迅全集》第三卷，第325页。

② 孙俍工认为"日记式——是一种主观的抒情小说"，见孙俍工编《小说作法》，上海中华书局1926年，第206页。

桢、梅贻琦、张元济、宋云彬和陈克文等人的日记也谈及相关内容，本书在论述时偶尔会使用这类史料。

如何处理日记文本或者如何认定日记的属性是日记研究的首要议题，学者李怡谈道："现代中国文学的发展虽然不时标举'纯文学'旗帜，但事实上却依然生长着多样化的文学形态，而传统中国的杂文学观念也继续产生着影响。例如现代杂文和现代日记、书信都超出了'纯文学'的认知范围，需要在'大文学'的意义上加以读解。依然留存着传统大文学(杂文学)观念的中国现代作家的日记作品，更应该置放在大文学的视野下加以解读。这样的解读，并不是简单地把这些定位模糊的文体捧进'文学'的光荣殿堂，而是在兼顾历史性和文学性的方向上，挖掘中国知识分子思想、个性和情怀的别样的表达，解释一种属于中国自己的文学样式。"①他否定了孤立地看待书信、日记的研究理念，主张从将这几种文体当作文学家族的重要组成部分的认知介入，在"大文学"或"杂文学"的框架下作出阐述，以重新认识、解读这些独特的文学样式。这种强调整体性、统摄性的文学史观自有其合理之处，但有些日记的确只是日常事务的琐细记录，毫无文学意味，或者缺乏文学的造形性，无论如何难以归入文学的范畴。因此，本书认为可以作分类考察，有文学意味的或具备文学样式的日记可视作文学文本，其他日记终究是气候史、社会史、思想史和生活史实录。那么，在研究过程中，文学研究、美学评价与历史分析的理念与方法就应该齐头并进，才能充分开掘日记的价值。

二、学术史回顾与平议

日记写作在民国的重盛与近代以来文人个性观念与美学意识的张扬有关，社会各界对这种高扬自我的文体注入了非凡的热情。而关于现代作家日记的评论与研究大约起自二十世纪二十年代，已有

---

① 李怡《大文学视野下的〈吴宓日记〉》，《文学评论》2015 年第 3 期。

近百年历史，加以介绍、总结和平议实属必要，如此既可以见证先行者在该研究领域作出的努力，也能发现其中存在的问题。

1949年以前，严格意义上的现代作家日记研究不多，但不少日记甫一刊行就伴有赞誉或批评之声，这些断片式点评有助于了解彼时文本的接受和读者的反应等。以郁达夫的日记为例，这种展示隐私与秘闻，坦然曝光自我的书写在民国文坛掀起轩然大波，引发了迥异的对立性评价，他自言被攻击得体无完肤，多年后各种小报仍然从中摘取材料加以嘲弄。有人批评他细致地描写个人或家庭私密的行为是不洁的，会对社会造成不好的影响。有论者评价作为生活记录的《日记九种》“有许多地方，使我读了有些失望，不知不觉地对于郁先生的作品起了许多怀疑，特别是关于‘卖弄’与‘矫作’的两点”[①]，认为过于个人化的写作技巧导致作品缺乏真情实感，成了卖弄聪明、矫作技巧的东西。有论者将郁达夫日记与他之前的写作风格贯穿起来分析，认为从《沉沦》开始他就以“自白的坦白”式写作使读者有了“同志”的感觉，“《日记九种》《迷羊》，全是一贯的继续下来的东西。对于《日记九种》发生更好印象，那理由，就是我们把作家一切生活当作一个故事，从作品认识作家，所以《日记九种》据说有出版界空前的销路”[②]。1939年6月，有署名“愚”者为刚刚出版的胡适《藏晖室札记》撰写书话，认为此书“特长凡四”：“(一) 表现著者之政治主张，文学主张”，关于白话文、活文学等问题的讨论使人知道新文学运动并非骤然产生；“(二) 表现著者对国事及世界大事之关心”，而通过所记录的国内、国际大事又可窥见写作者的思想；“(三) 表现著者对外国风俗习惯之留心”，尤其是对爱情、婚姻、家庭伦理的记述非常深入，并进行中西比较，论其长短；“(四) 记与本国及外国友人之交游，

---

① 若谷《从郁达夫说到珈琲店一女侍》，《申报》1928年8月12日。

② 甲辰《郁达夫、张资平及其影响》，《新月》第三卷第一号，1930年3月。

情意真挚，溢于楮墨”[①]。也有人论及周氏兄弟的日记：“听说树翁日记已发表一部，很想先睹为快。《狂人日记》《马上支日记》，那是另一回事，苦雨斋日记虽曾钞出过一点，但尝鼎一脔，未餍人望，且都是早年的，非是我们要看的，不知此生还能及见其昆季全部日记的影印否？吾知他日必能与其乡先辈之越缦堂日记鼎峙，并垂不朽，尤为桑梓之光也。”[②]以上的评论篇幅很小，多为只言片语，真正堪称完全意义上的现代日记批评论文则有杨同芳 1946 年在《申报》刊发的《读〈教师日记〉》。此文首先谈到作为艺术家的丰子恺，即便处于艰苦狼狈的环境中也保持一颗“热烈的满注着希望的心”，以艺术家万物静观皆自得的悠然境界观察、书写生活，从事艺术创作；其次谈到作为教师的丰子恺，在教法上，他不重模仿和临摹而重视创新精神，要求学生把艺术和现实生活沟通起来，实现“生活艺术化”和“艺术生活化”的目的，在身心、人格感化上，他向青年学生流露出深沉的爱；再次谈到作为富有情趣的生活哲学家的丰子恺，建立了雍穆和熙的家庭气氛，和乐的友人相处之道；最后论及丰氏日记的艺术风格：“他的日记含有浓厚的幽默味，亦庄亦诙，颇能引人入胜。他的文字并没有独特奇妙之处，然而在平淡之中，却能显出独特奇妙。他已经做到寓至理于平实，寓世事于讽喻，清淡处能寻出醇美的韵味。……子恺先生的漫画，独创一格，优点在线条明快，表现逼真，我想他的日记也具有这个特点。”[③]全文分析角度全面、立体，观点精当。

有些日记集的编选者会在序言、说明或注疏中谈及日记文本的特点与成就。阿英在《日记文学丛选(语体卷)·序记》中评价了梁启超《伦敦初旅》、高歌《洛阳日记》、巴金《京沪五日间》等作品，如《洛阳日记》“所记虽仅是五日间事，以个人为中心，但整个混战时代的民众

---

① 愚《藏晖室札记(十七卷)》，《图书季刊》1939 年第 1 卷第 2 期。

② 抱彭《关于日记》，《文史月刊》第二期，1945 年 6 月。

③ 杨同芳《读〈教师日记〉》，《申报》1946 年 11 月 21 日。

生活,是令读者可以看到的”①。阿英编选,1931年初版、1933年再版的《模范日记文选》在每篇日记后均作有点评,如评周作人《访日本新村记》的文字“以平淡自然胜”,“虽是随意写的日记,但作者的白描的技术的手腕,是充分地显示了他的修养。读他的散文日记,应该在这些地方特加注意”②。又如评周全平《道上日记》给人的印象:“第一,就是青年对异性的渴求,一种心理上的需要的矛盾的描写。第二,从这里面,可以看到北京生活的一角,所谓当地的风光的一部。第三,是作家生活,在当时,一般青年作家的生活观点的一种倾向,在这里面是可以看到的。第四,是这日记的忠实,毫无矫柔做作之病,作日记非对自己忠实不可。第五,是文字技术的问题,记载得简明自然,很可给青年日记作者作为技术上的参考。”③谢美云编,1934年出版的《模范日记文读本》同样如此,编者在每篇日记后均附有“读者的话”,如论冰心的《旅途日记》:“文笔简明清洁,书写自然,为日记文中最值得介绍,同时也最易学习的一篇。”④林华的《日记文作法讲话》下编选评了数种日记,如论许钦文《伏中日记》与他人日记的不同:“便是很多杂感,这杂感,当然便是自己所特殊感到的事物,在某一个环境中,在某一个刹那中,如电光火石的小感兴突然会刺进每一个人的脑的,于是记日记的时候,这便成了最好的材料了。《伏中日记》尤其有特点的,便是在杂感方面,特别多分析自己的心理。作者并能随处里引用着新闻来发泄自己的意见。例如看见了杭州人力车夫代表呈请市政府的新闻,作者便随笔写下了一点意见。……今作者将他搬到纸上来,作为自己的心理活动的留痕,也很有价值的。”⑤

① 阮无名编《日记文学丛选(语体卷)·序记》,上海南强书局1933年。

② 戴叔清《模范日记文选》,第56—57页。

③ 戴叔清《模范日记文选》,第226页。

④ 谢美云编《模范日记文读本》,上海光华书局1934年,第175页。

⑤ 林华《日记文作法讲话·下编》,上海乐华图书公司1934年,第51页。

一些关于日记写作的理论著作摘取了作家日记片段为例进行分析和阐释，内含不少切中肯綮的见解，如钱谦吾（阿英）《语体日记文作法》概述了古今中外十多家日记的特色。一些报纸杂志或书籍尾页上的日记作品出版广告词一般都有所评价或录有名家评语，从中可以获得有价值的文学史和出版史信息。总之，一些代表性的日记作品1949年以前已然进入了评论者的视野，这些解读多感性、短小，难言体系或规模，却不乏卓见，开启了作家日记研究的先声。

进入“十七年”，鉴于鲁迅的重要性和唯一性，研究者将目光对准了其日记，相关成果有冯雪峰《关于〈鲁迅日记〉的影印本》、许广平《鲁迅先生的日记》、吴强《读〈鲁迅日记〉后有感》、方屏《人民的文献——〈鲁迅日记〉读后感》、豪雨《〈鲁迅日记〉谈屑》、仲乐《〈鲁迅日记〉一部分的考证》、李霁野《关于鲁迅先生的日记和手迹》、丁景唐《从〈鲁迅日记〉看鲁迅和瞿秋白的友谊》、胡冰《论〈鲁迅日记〉的思想艺术价值》等。这些或为史料辑录，或为内容说明，或为思想归纳的论文，有明显的时代特色，侧重政治化、社会化和非文学性、非艺术性的解读，罗列的多为常见史实，泛泛而谈，结论不免干瘪，有的甚至人为地曲解。而涉及其他作家日记的成果极少，笔者所见仅丁景唐《记柔石烈士的一批日记和遗稿》等少数几篇。

直至二十世纪七十年代末八十年代初，更为丰赡的、理性的、为人称道的高水准研究论述才逐渐出现，我们可以将其区分为著作、期刊（硕博）论文和学术会议论文等层面稍作分析。

鲁迅日记始终是研究者最热衷，也最早深入的文本，如许钦文《〈鲁迅日记〉中的我》（浙江人民出版社，1979年8月）就是一部以日记为引子，对鲁迅人生轨迹进行梳理与评议的著作。该书收文十篇，乃是作者选取一些印象深刻的场景重构而成，他一边回忆当年的经历，一边摘取日记片段加以佐证，在重述旧事的基础上深化了人们对鲁迅的认知。据现有资料判断，它是新中国成立后出版的第一部关于现代作家日记研究的著作。1979年11月，生活·读书·新知三联书店香港分店出版了张向天《鲁迅日记书信诗稿札记》，作者在精读1976年两卷本《鲁迅日记》之后对其排印文字、标点符号和其他类型的错误作了订正，利用日记探究了鲁迅与某些作家的交往，创造社等社团之间的纠纷和矛盾。1980年5月，参与过1981年版《鲁迅全集》的笺注工作，负责日记的注释与索引的包子衍所著《〈鲁迅日记〉札记》在湖南人民出版社出版。该书共收文章十八篇，既对《鲁迅日记》作了综合性介绍和分类摘评，又对某些人物、史实、创作、译著等加以综述、考证和阐释。在研究方法上，注重将鲁迅的各类创作与日记记载互释互证，学者孙玉石对此评价甚高，称"这里的每一条材料，每一篇文章，都来之不易，它们将同《日记》注释一起，在鲁迅研究史上具有永恒的价值"①。2007年8月，董大中《鲁迅日记笺释（一九二五年）》由台湾秀威资讯科技股份有限公司出版，作者指出过去大家了解的鲁迅"被太多的各种各样的颜色所涂抹，失去了真实面目，这本日记却使我们向鲁迅走近了一大步。我们看到的是'最真不过'的鲁迅。我们看到了鲁迅的心灵，看到了他作为普通人的一面。我们看到的鲁迅，是一个平民化的鲁迅，是一个伟大被平凡所掩盖的鲁迅，是一个没有被意识形态和党派观念所侵蚀的鲁迅。也可以说，日记中所显示的是一个普通人的真实生活情景，他处在日常生活中，又被彻底生活化了"②。他道明了成书的目的：从日常生活出发寻找本真的鲁迅。作者以1981年版《鲁迅全集》第十四卷为底本，先列出日记原文，次为校，又次为笺，再为补，摘抄鲁迅原话或他人的研究成果充当释文。为了便于理解鲁迅的思想与作品，作者在每个月日记正文之前附上了时代背景，在自觉需要说明之处融入了个人阐释与议

---

① 孙玉石《他无愧一个无私的学者——怀念包子衍同志》，见孙玉石《寻觅美的小路》，北京大学出版社2010年，第57页。

② 董大中《鲁迅日记笺释（一九二五年）·自序》，台湾秀威资讯科技股份有限公司2007年，第7页。

论。2018年,王锡荣《日记的鲁迅》由人民文学出版社出版,该书共收文章五十篇,因为作者参与并主持过《鲁迅日记》的注释工作,对其烂熟于胸,往往能从小角度、细枝节出发挖掘出隐藏在背后的故事,揭示了鲁迅各时期的日常生活、写作活动和情趣心态等,读来令人兴致盎然。

自然,也有理论观念更加多元、研究方式更加灵活多变的突破之作,如2014年5月中国社会科学出版社出版了张高杰的《中国现代作家日记研究——以鲁迅、胡适、吴宓、郁达夫为中心》。此书由作者的博士论文整理修改而成,包括两大部分:第一部分,首先梳理了日记的承传脉络,比较了中西日记的异同,指出现代作家日记的特点是最大限度地反映人的个性和真实的内心,显示了人的主体性和自由精神;其次,以"现代性"视角分析了日记作者的主体意识和日记的文体形态;再次,从社会史、思想史、文学史与审美价值等角度阐述了日记对现代文学、文化和历史研究的参考意义。第二部分为个案研究,分别从表层话语形态与深层作家主体精神之间的关系讨论了《鲁迅日记》;从主体在中西文化冲突中产生身份失落的焦虑和如何努力重建身份的角度讨论了《吴宓日记》;从私人话语与公共领域之间的复杂关系探究了胡适如何借助《胡适留学日记》实现自我形象的塑造以及对"五四"记忆的重构;肯定了《郁达夫日记》史料价值与美学功能兼具的属性,并将其与郁达夫的作品和人生作了并置解读。无疑,这种从语言学、心理学、传播学和文化学等角度切入日记文本的研究是一种成功的尝试,解决了一些文学难题,但此书涉及的范围仍旧过窄,在史料的爬梳和议题的开掘上不够丰博。

其他专论、专考日记的著作尚有:2012年,人民日报出版社出版了"书脉日记文丛"四种:《日记闲话》揭载了作家的日记写作经历和经验;《日记品读》记录了学者对日记的研读体悟或由日记衍生的掌故轶闻;《日记漫谈》包含了日记的特性、趣闻、史话等议题,亦有倡导日记文化,建立日记学的内容;《日记序跋》选编了部分优秀的日记序跋。韩石山、陈子善和自牧三位学者的序言涉及对日记多层面的叙述与判断。这批成果涉及面广,内容丰富,尤其是老作家对民国日记写作、出版的回忆和诸多观点颇能引起读者的共鸣。2014 年 6 月,虞坤林编《二十世纪日记知见录》由国家图书馆出版社出版,录有含现代作家日记在内的二十世纪中外日记 1200 余种。著作以作者姓氏笔画为序排列,在每个条目下设篇目、作者、版本、日记跨度(偶有内容介绍)、作者简介、收藏单位六部分,书后附有日记篇名、著者目录索引。学者徐雁认为该书的价值在于读者可以跟随指引"按图索骥地寻觅到为自己所感兴趣的人物的日记,从而能够比较近乎真实地回到历史现场,去领略、领会进而领悟过往的世况人情,从而倍加惜缘、惜福和惜时,甚至见贤思齐,拿起笔来,记录下自己所参与的这个时代的人生阅历、见闻和感想"①。

一些著作专门开设了日记研究章节,如刘增杰在《中国现代文学史料学》"源流篇"中将书信与日记合而论之,认为它们既是作家创作的组成部分,也是解读作家思想和创作的重要史料,深入研究"有可能改变中国现代文学史写作中贫乏呆滞的格局,呈现出前所未有的生动与血质"②,并列举大量刊发于《新文学史料》上的具体文本予以佐证。徐鹏绪等著《中国现代文学文献学研究》第二编"中国现代文学作家生平文献"也谈到了日记,著者首先对日记作了定位,认为其"大部分并非作家的有意创作,而是记录自己日常生活琐事和与人交往的应用文字,所以将其视为作家生平文献的一种类型"③。其次,简单介绍了现代作家日记的写作、出版情况以及几种日记理论,最后

---

① 徐雁《大时代的"潜望镜":从〈二十世纪日记知见录〉说开去》,《博览群书》2014 年第 9 期。

② 刘增杰《中国现代文学史料学》,中西书局 2012 年,第 62 页。

③ 徐鹏绪《中国现代文学文献学研究》,中国社会科学出版社 2014 年,第 304 页。

总结了日记的两大功能:文献价值,提供了分析时代、社会和作家思想的第一手材料;作为一种真情流露的文字,鲜明地表现了作者的个性。这两部著作对提升日记研究在现代文学研究中的地位起到了推促作用,但均有缺憾,如对与现代作家日记相关的史料发掘不够,对日记的写作、出版情况的整体性认知不强,刘著多以《新文学史料》载录内容或自己整理过的师陀作品立论,致使论述时比较零碎;对作家的日记观缺乏总结或提炼,刘著未涉及这方面的内容,徐著仅提及朱光潜、鲁迅、周作人和郁达夫等少数人的观点。谢泳《中国现代文学史研究法》第四章第四节"作家日记的使用"中将作家日记、学人日记与政治家日记统而论之,认为均可以为文学研究提供历史线索,他在重申日记价值的同时特别强调日记版本的重要性,呼吁最好出版影印本,而日记、传记和回忆录必须结合起来使用,以免产生误读①。杨正润《现代传记学》将日记视作"私人文献:边缘自传",梳理了其历史,分析了其目的指向:备忘、对生活与事业的清理、自我教育或自我改善、进行心理调节,或是几个层面的组合或综合,总结了日记的价值:个人经历、心态的原始记录和社会记录(分三个层次:第一手的社会历史资料、个人和社会心理的重要史料、思想和学术价值)②。这两部著作提纲挈领,论述更具全局性视野和理论色彩,尤其是杨著,从传记学视角条分缕析地解读了日记的各种面向。另外,张伟《近代日记书信丛考》谈及不大为人知的傅彦长、康嗣群日记,挖掘出不少消散在历史烟尘中的文坛旧事。

有些研究者以日记作为主要史料重构了中国近现代史。学者桑兵计划借助日记重写现代史上的几个关键时段,已经出版的《走进共和:日记所见政权更替时期亲历者的心路历程(1911—1912)》(北京

① 谢泳《中国现代文学史研究法》,广西师范大学出版社 2010 年,第 134—141 页。

② 杨正润《现代传记学》,南京大学出版社 2009 年,第 372—390 页。

师范大学出版社，2016 年）大量使用张元济、蔡元培、吴虞、吴宓、叶圣陶等人的日记，这种依凭私人叙事梳理出来的历史与官方正史或主流叙事区别较大，呈现出一个与众不同的民国世界。方军《书信与日记里的新文化运动现场》（复旦大学出版社，2013 年）采撷林纾、李大钊等人的书信和蔡元培、胡适、吴虞等人的日记展示了新文化运动前后的种种现实，通过貌似琐屑、斑斓驳杂的诸多细节，以编年体史书的写法回溯了那段历史。另外，有几种以日记为史料支撑的文化读物，它们还原了那个急剧变化、斯文尚存的年代，唤醒了读者的文化意识与情怀，如吴学昭编著《吴宓与陈寅恪》（清华大学出版社，1992 年；生活·读书·新知三联书店，2014 年）以《吴宓日记》正续编二十卷为主体，通过吴、陈二人半生交往映照出二十世纪中国知识分子的现实境遇与心路历程。李伶伶、王一心《日记的胡适》（陕西人民出版社，2007 年）从胡适日记摘录了众多精彩有趣的片段以表现传主的日常生活、真实性格和内心世界。

研讨日记的期刊论文更多，根据内容与类型可作以下区分：

一、理论或通论类。如邓建《从日历到日记——对一种非典型文章的文体学考察》从日记的源起谈起，分析了日记文体兴盛于宋代的原因及其后世演变，指出从日历到日记的演变其实是一种文体的转换现象，即从官方史传文体转向民间叙事文体。尽管日记的文体形态是非典型的，不够纯粹，缺乏相对固定的体式，语体、体性等方面动荡游移、因人而异，但仍能总结出一些基本的特征。延至近现代时期，日记的文学价值被充分催发，在秉承了传统日记某些形制、体性和风貌的基础上悄然转型，成为文人偏好的“新”文体。於贤德《日记文本类型的文学特性与审美意蕴》将日记划分为三种类型：录述重要的个人或社会事件的记事型，抒发情感、发表议论的思想型和刻画人物、呈现生活真实、表达个体感受的文学型。记事型篇幅精炼，文笔俭省；思想型侧重言志表情、针砭时局和自省自悟；文学型则把生活实录上升到了艺术的高度，是文学创作的雏形。作者将日记的审美特性归纳为三点:内容上的坦诚美、功能上的镜像美和形式上的节奏美。有研究者分析了日记本体后对其价值提出了质疑,如张剑《日记的细读与整合研究》指出日记作为一种私密性的文字,有着未经雕琢的真实感与亲切感,直接反映了作者内心的判断和感受,史料价值远在回忆录、自传和年谱之上。但这种逐日记录的书写方式总以自我为中心,处处皆有"我"之色彩,所以要审慎考量其客观性,处理好真实感、亲切感与真实性之间的关系。赵宪章《日记的私语言说与解构》谈及,由于私语言说屏蔽了语言的交流本性,从记忆走向失忆、从真实走向失真就成为日记解构的必然趋向。日记文本内部"隐身听众"的始终在场,普遍存在的文饰倾向使日记的真实性和自由度只是相对的、有限的,将日记等同于现实中的人与事是对私语言说的过度信任,可能被欺骗或蒙蔽。而有些以散论形式刊于非学术刊物的随感文章也频现真知灼见。上述文章虽然并非关于现代作家日记的专门研究,但论者常以它们作为论述材料与论理证据。

二、史料辑述与史实考辨类。此为日记研究之大宗,涵括以下样式:(一) 史料摘抄或辑述,如马晓冬选注《曾朴日记手稿中的文学史料》、陈福康整理《王任叔在"孤岛"上海——贾进者日记摘抄》等,通过选与注提供了丰富的文学史信息。(二) 名人日记的多维考证,以总数超过百篇的鲁迅日记研究为例,它们或考察日记的出版与传播,或考察日记里某个人物的行止,或考察鲁迅对某个事件或某次活动的记述,或通过日记记录探究其日常饮食和病情,等等。(三) 钩沉文人间的交往行为,如陈漱渝《钱玄同日记中的鲁迅》、陈子善《林语堂与胡适日记中的平社》、张国功《季羡林留德日记中的储安平》等通过对个人与他人、家族和组织之间关系的广泛梳理,显示出现代社会的变迁,文人思想、意识的嬗变。也有论文利用日记版本的对校挖掘传主的隐秘人生,如陈学勇《陆小曼何故如此——校读她的两种版本日记》等。(四) 对日记的整理或注疏进行辩诬,如徐强《〈朱自清全集〉日记卷翻译疏误考校》谈到,由于朱自清日记存在多种文字的混搭现象，导致译者或编者造成了一些纰漏和误读。如范旭仑、李洪岩《〈吴宓日记〉的整理错误和整理者的故事》从字、词、句、段、标点符号、注释、体例、文化常识、译文等方面批评了吴宓日记整理存在的问题。这些研究多为史实挖掘与史料厘正，不讲究理论阐释的深度与宏观的架构，但细节充足丰盈，读来生动有趣。

三、史论阐释类。这类研究可以粗分为两种范式：一是从日记出发探讨现代文学内部的问题，如刘增杰《论现代作家日记的文学史价值——兼析研究中存在的两个问题》指出文学史研究与日记研究的融汇有助于接近研究对象的本真，带来已有结论的丰富与改写，因为现代作家日记隐藏着无数重要的史料，而该领域的研究面临两个迫切的任务：扩大日记的抢救与整理范围，加强日记的辨伪与阐释力度。赵黎明《新文学"自言自语的思想草稿"——〈胡适留学日记〉中的新诗文体探索》通过剖析胡适早期日记中的新诗探究了其文体革命的内外因素：理论上，他在尊体、辨体基础上探讨了"诗的文字"与"文的文字""死语"与"活语"等关系，以及诗歌与戏剧、小说、唱本等文体边界；实践上，他作了改造诗词韵律、增加叙事成分、掺入外国语法文法等文体试验。可见，胡适既承袭了传统的诗学资源，又借用了西方文化理念的刺激力量，在中西交汇、互渗中实现了诗歌文体的转化与更新。二是突破文学研究的范围，旁及其他领域，以整体性、关联性的认知与判断深入到知识分子的日常生活、政治思维、社会体验、文化观点和经济生态等。它们具有学科杂糅的特性，不局限于文学或史学，而是兼跨两个或两个以上的领域，如桑兵《走进新时代：进入民国之共和元年——日记所见亲历者的心路历程》录述了近现代文人在 1912 年政权鼎革之际的言论、行事、感悟和心境，通过依时叙事的史学功能恢复和补充了"大历史"视野下被遗漏或被忽视的丰富的历史影像，还原了作为历史主体的人的差异，促使读者改变原有的概念化的认识、解读，以及建构历史的简单方式。刘克敌《"无事可做"的"鲁迅"与"忙忙碌碌"的"周树人"——从日记看民国初年鲁迅的日常生活》探究了民国初年至“五四”前夕鲁迅的精神状态：一方面，他的日常生活与日常交往是多样的，却感到厌倦，甚至用“无事”予于否定性概括；另一方面，作为教育部职员的他尝试做些有意义的工作，寻找免于堕入精神绝望的途径，这种纠结与矛盾始终贯穿在他后来的创作中。陈引驰《从新英格兰到六朝故都：一个现代知识群体的聚散——以〈吴宓日记〉为中心的描述》刻绘了一批留美期间形成了近似文化观的清华学子归国后在南京从事文化实践，参与现代思想进程的系列行动，分析了他们的人缘关系、交往始末、思想背景等，探索了现代文化思想形成、展开过程中体制（现代教育与学术机构）等因素的作用，以及传统与现代、本土与域外、精神与制度的复杂关系。以上论文视野广阔，却未脱离文史领域，而周尚意、张乐怡撰写的《鲁迅在京足迹折射的文人城市空间结构意象——对〈鲁迅日记〉中北京地名的分析》代表了文学研究与地理研究的跨学科结合。作者从地名文化发掘的“展现历史时期聚落空间格局”的功能谈起，将鲁迅的日记视作一个大数据库，统计了他在北京期间光顾过的地方，通过系列地名呈现了彼时北京城的空间结构。作者指出以日记为材料分析地名与借用城市历史地图的地名分析有很大差异：强调了个体视角，表现出一种文人化视野。文章最后得出的结论是：鲁迅在北京的足迹地图构成了一个地名集合遗产，从中可见现代知识分子的精神情怀；在林奇提出的节点、线、区域与景观四种空间认知要素中，鲁迅首重区域。这篇注重数据统计与分析的论文视角新奇，论述深湛，能够为日记的跨学科研究提供有价值的借鉴。

关于日记研究，有一份由南京师范大学文学院主办的《文教资料》杂志必须被提及。二十世纪八九十年代，该杂志开辟了日记研究专栏，呼吁建立“日记学”，传扬日记文化，如 1988 年第 6 期、1989 年第 5 期、1990 年第 5 期均安排了“日记学研究资料专辑”，先后刊出《我国日记的发展及其学术价值》（陈左高）、《日记研究六十年概述》（程韶荣）、《建立中国日记学的初步构想》（乐秀良、程韶荣）等佳作，杂志编辑部撰写的《关于日记学的探索——编者的话》首次提出了"日记学"一说,"作为一门学科,它日益引起学者们研究的兴趣,日记学的创立与发展也已提上议事日程"[①]。《建立中国日记学的初步构想》尤有启示意义,作者从日记悠久的历史,宏富的数量,研究、创作队伍的不断壮大等层面说明建立"日记学"的条件已经成熟,并设计了诸多日记研究的课题,呼吁大家关注并进入这个潜力无穷的新兴学科。该杂志 2000 年第 2 期又刊发了程韶荣《中国日记研究百年》,将二十世纪日记研究划分为三个时期:从发轫走向热潮(1925 年—30 年代末),从发展走向灾难(30 年代—1978 年),从复苏走向繁荣(1979 年至今),提出了繁荣日记研究的四大构想。总体上,这批文章各有特色,或具备宏大的架构,或罗列详备的资料,缺陷是对学术界的研究现状了解或总结不多,大量重要的史料未曾提及,不够全面,论述稍显浅直,不够精深。

随着日记的价值逐渐被认可,有些研究者撰成了硕博论文,如张高杰的《中国现代作家日记研究——以鲁迅、胡适、吴宓、郁达夫为中心》(兰州大学博士论文,2008 年),另武汉大学、浙江大学、山东大学、西南大学、安徽大学、东北师范大学、福建师范大学、华侨大学、宁波大学、北京印刷学院等高校数名学生撰有日记研究硕士论文多种,它们或多角度地梳理了文学现象,或探讨了社会、个人生活对文学创作、评论的影响,或挖掘了写作者的文学理念和教育思想。

此外,也有以日记研究为主题的学术会议,如以"弘扬日记写作,推动日记研究,提高民族素质"为宗旨的"日记与日记文学论坛"先后举办了三次,其中 2006 年 11 月在北京师范大学召开的第三届论坛探讨了成立中国日记学会等议题,宣读了中国日记学会章程(讨论稿)。又如 2011 年 5 月 12—15 日在河南大学举办的"第十六届中外传记文学研究会年会",主题即为"日记文学及其

---

① 《文教资料》1988 年第 6 期。

他"。与会代表围绕中外日记名家、名著，日记文学理论，日记与传记文学以及日记与其他文类的关系等话题展开讨论，涉及了一些热点和核心问题，提出不少富有前瞻性的论题，拓宽了日记文学及相关研究的视域①。

总之，学术界已经从多元化的视野对现代作家日记加以研究，产生了一些优秀成果，但仍然遗珠遍地，有巨大的可拓展空间，尚有许多问题值得探讨。

三、理论依据和基本方法

关于日记的研究已经逐步铺开，但有人始终心存疑虑：作为私人化文献的日记充斥着细枝末节的、无统绪的琐碎信息，其学术价值到底有多大？有必要付出如此多的精力深入研究吗？有适合于它的研究方法或研究范式吗？等等。这就关涉到研究理念的问题了。德国哲学家本雅明解读过两种形象类型："拾垃圾者"与"收藏家"。他们拥有面对或处理世界的独特方式，如"拾垃圾"者不愿看到历史变得残缺，就收集那些被当今世界遗忘的记忆，并试图加以修复，这种捡收历史碎片的举动在客观上毁灭了胜利者虚构的种种历史表象："胜利者总是把历史表述为炫耀辉煌的文化史，而真正的历史学家首先必须摧毁这些虚幻的文化史。拾垃圾者建立了一种对过去的态度，他收集那些被历史遗忘、蔑视的破烂，将它们聚集起来再次赋予它们以价值。"②比"拾垃圾者"更自觉的收藏家有一种潜藏的、更加深刻的动机：与事物的流散做斗争，将某些东西聚拢起来，建立它们的联系性。总之，本雅明认为"拾垃圾者""收藏家"的最终目的是将破碎

---

① 《"第十六届中外传记文学研究会年会"综述》，《国外文学》2012 年第 12 期。

② 胡国平《记忆的收藏家与时间星丛——晚期本雅明的历史哲学》，《浙江社会科学》2012 年第 11 期。

信息、压抑记忆等聚集起来重新价值化。在历史叙述方式上，“拾垃圾者”“收藏家”承担着与正史有别的其他形式历史的叙述与书写。从本质上讲，日记作家与他们的角色相似，日记写作也是信息的分类“捡拾”过程，在研究中经过重新排列、组合的信息必然会在新结构中产生新的意义。

近年，传统史学观受到冲击，尤其是在原生性理论迭出的欧洲，有些大而空的宏观“总体史”研究逐渐式微，一种重微观分析的新理念——微观史学，得到历史从业者的认可：“微观史学所试图建立起的就是一种微观化的历史人类学研究，其对象是过去历史中的那些小的群体或个人，以及他们的思想、信仰、意识、习俗、仪式等文化因素，他们相互之间的社会、经济关系和宏观的政治、环境等因素仅仅被作为整个讨论的某种背景介绍，其实质是一种对文化的‘解释性’研究。”①他们侧重具体的、微小的、个别的、便于观察的历史现象、事件或人物，揭示宏大视野下容易被忽略的东西，“是对更古老的社会科学历史学的一种延伸而不是对它的否定，是重新发现了作为历史变化的代理者的那些人物与小团体的个性”②。具体而言，它的研究方法大致如下：一、将文化—人类学的分析方法与社会史的研究视角结合起来；二、从个人或个体的角度进入，注重大多数人的命运，以日常生活以及日常生活的意识和行为为对象，通过研究重建普通人的生活环境和生活场景；三、关注重大历史抉择中的偶然性，并作出分析；四、对传记和自传材料非常青睐，强调“私人生活史”的意义③。微观史学研究风潮已经渗透到了我国史学研究界，产生了一

---

①　周兵《微观史学与新文化史》，《学术研究》2006 年第 6 期。

②　伊格尔斯著，何兆武译《二十世纪的历史学：从科学的客观性到后现代的挑战》，辽宁教育出版社 2003 年，第 129 页。

③　普什卡廖娃著，张广翔、邓沛勇译《微观史学的研究对象和方法》，《史学月刊》2015 年第 6 期。

批优秀成果，笔者认为文学研究也可有所借鉴，重视“个案史”“日常史”或“生活史”等。一般说来，微观史学包括两层含义：一是研究对象的微末，一是小叙事化的研究或写作姿态。现代作家日记正好为此提供了恰当而足够的史料。日记中的微观记录多为感性材料，富含生动有趣的生活场景或文学细节，又可以消解文学史的宏大叙事，生发出其他可能性，如打破阅读的疆界，引发普通读者的兴趣，推动现代文学研究成果的普及化，等等。

那么应该如何展开研究呢？理论方法的择取对于学术问题的讨论至关重要。为了尽可能地切入日记文本，拓展研究的深度和广度，本书计划运用以跨学科为基本特征的文化研究方法。自二十世纪五十年代经英国学者霍加特、威廉姆斯倡导、实践，文化研究逐渐成为全球性热潮，成绩斐然，为许多学术问题的解决提供了理论支撑与实践样本。虽然近年有所滑落，甚至遭到一些学者的批判与抵制，却依然不妨碍这种范式的有效性与实用性。学者陶东风谈过这种研究方法的特点：

> 首先，文化研究固然没有固定的与众不同的方法，但这恰好意味着它的方法选择是以实践性的目的为准绳的，是实用的、策略性的，更重要的是，是自我反思的与语境取向的。文本分析、语义学、解构、社会科学的统计分析、人类学的田野调查、会谈记录、心理分析、综合研究等等，只要适当使用都可以为文化研究提供重要的洞见与知识。
>
> 其次，文化研究立足于打通诗学（文艺理论）与文化之间、高雅文化与大众文化之间、文学艺术与社会其他领域之间的界线，集中关注文化与其他社会活动领域之间的联系，而不是把文化作为一个孤立自足的整体。……文化研究的视角显然不同于传统文化批评的视角。……文化研究不是通过参照文本的内在的或永恒的价值，而是通过参照社会关系的总体地图，来解释文化

的差异与实践。[①]

也有学者认为："文化研究实际汇聚了哲学、社会学、人类学、精神分析学以及文学批评诸多门类的知识……任何事物现象都被看成文学文本（或者说可以当成文学文本细读），同样，文学文本也被当作文化文本加以象征性的阐释。"[②]总之，就是各种学科研究方法的有效熔接，通过整体性的关联视角把握研究对象，又在统摄全局的框架下不偏废文本的细读与分析。本书也将采用文化研究的模式，借助有效视角展开叙述：如经济学理论，探讨经济态势与现代文学的关系；如接受美学，探究读者对日记文学的解读与接受；如心理学理论，探究现代文人的创作心理和读者的认同或否定；如交往行为理论，探究文人的交互行为对文本生产与消费的影响；如日常生活叙事理论，探究文人的日常行为及其对创作的效力；以想象的形式与方法探究现代文人如何凭借知识前结构建构自己的异域想象；如文献学、版本学理论，探讨版本的变迁与择取对重构文学史实的作用。总之，尽量在研究、写作过程中注意宏观论述与文本细读相结合、总体评价与个案分析相结合、史料梳理与提炼推阐相结合、历史研究与美学评价相结合、外部认知与内部评析相结合，以及文本互校（注）等，以求多元化、全方位地进入现代文学场。

---

① 《文化研究》第一辑"前言"，天津社会科学出版社 2000 年，第 1—2 页。

② 陈晓明《文化研究：后—后结构主义时代的来临》，《文化研究》第 1 辑，第 34 页。

第一章　中国作家日记文献的历时性、整体性考察

自唐代以来，日记写作在历朝书写中就从未断档，虽然或起或落、兴衰有时，却也成就了一部丰盈充实的中国日记史，宋、明、清三朝均有不少日记传世，延至民国，日记写作又现高峰，据笔者统计有百余名现代作家留下了或长或短的日记，这就为后世读者提供了可资阅读的批量文本。

第一节　日记的前现代史：一种写作现象的历时性考察

日记文体发轫甚早，据学者郑逸梅等考证有始自西汉、东汉或唐代多种说法[①]，日本学者玉井幸助将日记文学之源追溯到王羲之的《兰亭集序》[②]。尽管初始源头已难追索，但其历史久远自不待言。学者陈左高总结过日记的发展，“萌芽于唐，而发展于宋；衰落于元，而盛于明清”[③]，观点又有所不同。揆诸史乘，本书采录日记起自西汉之说。不过，早期日记只有只言片语存留，不易展开研究。

唐代元和年间李翱所撰《来南录》被学术界公认为日记作品的嚆

---

① 郑逸梅、陈左高《〈中国近代文学大系·书信日记集〉导言》，上海书店1993年。

② 玉井幸助《中国的日记》，转引自挹彭《关于日记》。

③ 陈左高《历代日记丛谈·导言》，上海书画出版社2004年，第1页。

矢,录述了作者经由豫、皖、苏、浙、赣到达岭南的行踪,记录时长约为半年,总不足千字,句法简略。晚清学者薛福成就认为日记和记程类作品"权舆于"《来南录》,"厥体本极简要"①。有学者指出日记文体之所以在此时成型是因为韩愈"文起八代之衰"后,文章体式和内容变化巨大,"独立为文"或者说"富于感情的文学"被"与史体相近的文学"取代,在"文章合为时而著,歌诗合为事而作"的思潮影响下"时"的观念变得更加重要了②。

进入宋代,日记写作全面兴盛,有学者总结了个中原因:"私人修史之风的盛行、官修日历的影响,这两种促成日记全面兴起的因素在宋代同时具备,前者提供动因支持,后者提供范式引导,共同促成了日记在宋代的兴盛和命名。"③即日记书写盛于记事文体民间化与私人化造就的空前壮大的写作群体,以及官修体式提供了文体规范与引导。北宋名卿大儒多撰有日记,如司马光、黄庭坚、曾布等,凡朝廷政事、私家交际以及日用饮食等无不载录。赵室南迁后,日记佳作首推记游类,且篇幅较长,容量可观。就内容而言,两宋日记涉及诸多领域,大至朝堂国事、征军远伐、民族裂合,小及日常闲事、道途见闻、文士交游、阴晴寒暑等,如陈左高言:"政治家议朝政,出使者记行程,遣戍者叙贬谪,典试者谈科场,旅游者述行踪,随征者载战况。"④产生了一批影响后世的经典,如学术界将欧阳修《于役志》与《来南录》并称,誉为"日记文的开山之作"⑤。真正具有转折性意义的作品是陆游的《入蜀记》,如学者朱德发所言:"他以纪行为主的日记体游记

① 薛福成《出使四国日记·凡例》,社会科学文献出版社 2007 年,第 10 页。

② 刘直编《日记选·序论》,北新书局 1934 年。

③ 邓建《从日历到日记——对一种非典型文章的文体学考察》,《中山大学学报》2014 年第 3 期。

④ 陈左高《中国日记史略》,上海翻译出版公司 1990 年,第 1 页。

⑤ 邓进深选注《历代名人日记选·序言》,花城出版社 1984 年,第 20 页。

不只是按日记述旅途的山川风物，而且所包孕的巨大容量非以前的日记纪行体能比，在纪行过程中主体发挥了诸多随意性，尽管他也遵循纪行体的惯例来写，而其容量之大、内容之丰富却在某些局部突破了古代的日记纪行体；特别由于陆游的审美体验常常表现出一种对自然美的超越，面对着江山的秀姿雄态往往流露出强烈的文化认同意识。因此，作家运用纪行体的日记主要不是通过自己的观察和独特的感受来再现山水之美，而是陶醉在前人对于眼前山水的描写之中，甚至沉湎于对某些诗句正误的判断、历史掌故的考据、碑刻佚文的记叙以及民俗绘画茶道的述说之中，可见他的纪游散文是代表着一种文化型的日记体游记。"①范成大《吴船录》《骖鸾录》对后世日记写作同样深具影响力，它们仍以记程为主，但已非寥寥数语的提示或简述，而是所见所闻的细致描刻，且看作者乾道癸巳年一月游江西清江一段：

> 十四日，将登陆，家属已行，独冒微雨游芗林及盘园。芗林，故户部侍郎向公伯恭所作。本负郭平地，旧亦人家阡陇，故多古木修篁。厅事及芗林堂，皆为樾荫所追，森然以寒。宅旁入圃中，步步可观，构台最有思致。丛植大梅，中为小台，四面有涩道，梅皆交枝覆之。盖自梅洞蹑级而登，则又下临花顶，尽赏梅之致矣。企疏堂之侧，海棠一径，列植如槿篱，位置甚佳。其他处所，自有图本行于世，不暇悉纪。没后，诸子复葺墙后园池。搴芳诸亭，亦不草草。大率无水，仅有一派入园作小池及涧泉之类。所谓虎文者，亦不能详考。出芗林，对门又有荒园，甚广，未及葺。中有古岩桂大数围江乡无双者。伯恭欲为堂，亦不果。雨终日廉纤，假篮舆，以板为底，上起四柱，篮缺其前，以垂足于

① 朱德发《现代纪游"是一种了不起的文学体裁"——〈中国现代纪游文学史〉"导论"第一部分》，《山东师范大学学报》1990年第2期。

空虚,有雨雪,则以僧笠覆其上,两夫荷之。[1]

作者冲破了排日记事的窠臼或框架,详细描写景物之外,也录述故事、考证史迹,篇章内容充实了,情感也在随意自如或整饬修严的语词中汩汩流出。周必大《归庐陵日记》亦大体如此,描摹如画,笔法生动,文字雅致。无疑,陆游、范成大、周必大的写作赋予了日记明显的文学性与审美感,促使这种文体完成了从粗具文学性的记事片段到文学作品的关键转换。

在北宋,日记获得了文体上的命名。西汉刘向是首位将“日”“记”二字熔接的学者,而“日记”成为整词始见于东汉,王充《论衡》有“能上书日记者,文儒也”,意思是贤能有才之人可以经常写文章奏献君上。“日记”作为文体的命名,至赵抃《御使备官日记》得以完成,此书首用“日记”之名,它随后获得了官修史书的认可,《宋史·艺文志》著录了两种日记:《德祐事迹日记》四十五册和《赵概日记》一卷。至南宋,学者为日记订立了规范,试图将其格式化,如朱熹弟子黄榦即有“日记式”传世:

日记

圣贤之教曰:“博学于文,约之以礼。”又曰:“日知其所亡,月无忘其所能。”此录之所以作也。自旦至暮,自少至老,置之坐右,书以识之,文行相须,新故相寻,德进业广矣。

一记年月日。	岁次	一行。
一记气节、寒暑、雨旸之变。	天运	一行。
一记所寓之地。	所寓	一行。
一记所习经子史集四书多少,随力所及。	读书起止	四行。
一记所出入及所为大事。	出入动作	三行。

---

① 范成大《骖鸾录》,《范成大笔记六种》,中华书局 2002 年,第 50 页。

一记所闻善言、所见善行。　　　　　　善言善行　三行。
一记所见宾友。　　　　　　　　　　　宾友　　　三行。[①]

形式的规范化促成文体迈向了成熟之路，也为之后的书写者提供了可供参考的范式与理论支持，纵观后世日记，其形制或有差别，大多未溢出此外。于是，日记作为一种具有特定书写形式的文体被固定下来了。

元朝时期，日记数量较前代锐减，约有十余种传世，不过独特性凸显，疆域的变化使日记附着了异域色彩，如王恽《中堂记事》、李志常《长春真人西游记》分别记录了作者在蒙古开平或西域等地的行止与见闻，广涉地理山川、风俗民情等。作者的文化身份也使日记风格差别较大，如方凤《金华洞天行记》流露出强烈的遗民情结，而郭畀《云山日记》允推为日记佳构，驰誉文苑。

明代，日记写作重兴，作者尤为多元，有文人骚客、政界耆老、边关宿将等，不一而足，作品中“不乏十年乃至数十年长著，攸关某些年代的政治、经济、文化、军事等方面的若干动态”，或“着重于排日记录自己的生活状况，不啻为作者的一部生活实录”[②]，具体“如论书画，推李日华、袁中道。谈读书，推高攀龙、陆世仪。记园林，推潘允端等”“祁彪佳、冯梦龙、谈迁等所叙晚明时期错综复杂之政治斗争，有关人物生活举止，更富史料价值”[③]。最杰出的代表作品当数《徐霞客游记》(含《游名山日记》《西南游日记》等)，记录了作者三十年间对祖国地理、水文、地质、植物等方面的考察，为古时山川地理、政情民俗的研究储备了翔实可靠的资料。它也是一部工于摹写的文学大作，学者朱东润说过：“《徐霞客游记》的科学价值是不容置议的，可是

① 黄榦《日记式》，见《勉斋集》卷三四，《文渊阁四库全书》本。
② 陈左高《中国日记史略》，第31页。
③ 陈左高《历代日记丛谈・导言》，第2页。

这部著作的文学价值在游记中也是第一流的,甚至是第一位的,这一点我们决不可以忽视。”[①]明代日记可以划分为前期与中后期,前期并无太多特出之处,但中后期日记在向小品文写作靠拢的过程中显示出特有的生活情调、奇妙个性以及纷披的文采。

在明代,写作者对日记的认识有所深化,如杨一清指出日记写作的目的在于“以备遗忘”“事体所关,庶他日有足征者耳”[②];萧士玮认为日记写作应该“随笔所道”“出于自然”“作意则不妙耳”[③]。关于日记的概念、体式的理解愈加清晰化,如贺复征曾言:“日记者,逐日所书,随意命笔,正以琐屑毕备为妙。”[④]这是古代文人最早对日记作出的精确定义。他编定的《文章辨体汇选》录有欧阳修《于役志》、萧士玮《南归日录》等日记作品,“以备一体”,日记首次作为132类文体之一被单列出来,与诏、制、祝文、疏、论、说、书、启、传、帖、序、铭、诔等各体并称,无形中提升了它的文体价值和形式意义。

清代存世日记更多。据学者孔祥吉归纳,清中前期日记有两个鲜明的特点:一、民族矛盾与斗争是主要内容,如王秀楚《扬州十日记》、叶绍袁《甲行日注》等多有记述。二、因文网紧缩,文字狱陡兴,日记不得不取用曲笔、隐语,甚至改写史实,如戴名世《乙亥北行日记》等,导致部分内容不易理解[⑤]。有学者指出该时期日记还有个特点,就是科学性的,尤其是涉及自然科学的内容增多[⑥]。延及晚清,

---

① 朱东润《〈徐霞客游记〉的文学价值》,《读书》1982年第3期。

② 杨一清《西征日录·序》,见李德龙编《历代日记丛抄》第四册,学苑出版社2006年,第105页。

③ 贺复征《文章辨体汇选》卷六四〇《日记二》,上海古籍出版社《文渊阁四库全书》本。

④ 贺复征《文章辨体汇选》卷六三九《日记一》。

⑤ 孔祥吉《清人日记研究·自序》,广东人民出版社2008年,第2—8页。

⑥ 陈左高《中国日记源流概说(中)——清代前中期日记述略》,《语文学习》1991年第12期。

日记达于极盛，据统计从 1840 年至 1919 年的日记作品数量超过前几代的总和。这些日记的特征更为突出：一、写作主体多样化，除了文人、政客，学生、商人、旅行家、家庭妇女等也有所记录。二、几十万或百万字的鸿篇巨著频频出现，如《越缦堂日记》《缘督庐日记》等所谓“四大日记”，内容庞杂丰富。三、在“三千年未有之大变局”中，触目皆为痛史，因此日记充满了爱国忧民之思和追求文明进步的急切心态。四、异质性增强，批量外游、出使日记的出现使得日记的内容、形式与结构等粗具现代性特征。新与旧、传统与现代、东方与西方、民主思潮与封建意识等二元化的认知皆有体现，反映了早期那批具有世界性认识、眼光的知识人对家国命运与前途的思考，如郭嵩焘谈西方政体：

> 西洋君德，视中国三代令主，无有能庶几者；及伊、周之相业，亦未有闻焉。而国政一公之臣民，其君不以为私。其择官治事，亦有阶级资格，而所用必皆贤能，一与其臣民共之，朝廷之爱憎无所施。臣民一有不惬，即不得安其位。自始设立议政院，即分同、异二党，使各竭其志意，推究辨驳，以定是非，而秉政者亦于其间迭起以争胜。于是两党相持之局，一成而不可易，问难酬答，直输其情，无有隐避，积之久而亦习为风俗。①

可见，郭嵩焘推崇这种模式形成的制衡作用，以及执政者与民众的良性互动，试图为国内政体的改良提供参考。单士厘、薛福成、张德彝、徐建寅、戴鸿慈、崔国因、刘学询、曾纪泽、文廷式等均以“交际”“政俗”“艺器”等为主线，对东西洋的工业、军事、文艺等作了详略不一的记录。这批较早睁眼看世界的先行者体验到了他国在政体、教育、文化、军事等领域完成现代化转型后凸显出来的蓬勃活力，试图将进步

---

① 《郭嵩焘日记》第三卷，湖南人民出版社 1982 年，第 393 页。

的因素与理念引入中国,以求有所裨益。

正是出于对日记价值的认可,一些名人日记在二十世纪前半期得以出版或再版,如曾国藩日记有 1909 年上海中国图书公司版《曾文正公手书日记》,1923 年上海源记书庄版、1928 年上海大中书局版、1932 年上海启智书局版《曾国藩日记》,1934 年上海新文化书社版、1935 年上海大达图书供应社版、1942 年上海亚光书局版《曾文正公日记》,1932 年上海会文堂新记书局版《求阙斋日记类钞》等多种版本,成了文人案头的常备读物。商务印书馆 1920 年影印的李慈铭《越缦堂日记》一度洛阳纸贵,不久再出续编,其日记正续编 1945 年在北京标至三千元出售。一些书局出版过一批日记选本,如刘直编选的《日记选》(1934 年,北新书局)、朱雯选编的《中国文人日记抄》(1934 年,天马书店)、汪馥泉选注的《古今名人日记选》(1938 年,长沙商务印书馆)等选取自唐代至晚清的日记名篇,适当地加以笺注,为日记阅读与传播提供了便捷的文本资源。有些日记,如《扬州十日记》还被译成汉英对照本出版。同时,对这批日记的研究也得以展开。如 1945 年《文史月刊》第二期刊出"日记特辑",据彭《关于日记》简单地梳理了中国日记的发展史,对某些名人日记作了独到的评价;1948 年,陈左高《陆放翁日记》《范石湖日记》《漫谈曾布日记》等文在《申报》《益世报》相继刊发,预示着他数十年的日记研究之旅正式开启。

传统日记对现代作家的影响是不容忽视的,如周作人酷爱读日记,并撰有《入都日记》《〈虎口日记〉及其他》等关涉日记之文,其《日记与尺牍》更是讨论中国日记研究必然提及的经典篇目。郁达夫《日记文学》是在阅读吴锡麒《有正味斋日记》后有感而作的,它与《有目的的日记》等是研究现代作家日记观无法绕开的佳作。鲁迅、钱玄同读过《越缦堂日记》,前者多次在文中提到"吾乡李慈铭先生"的日记,并以其为例探讨问题,后者又试图通过范寅《事言日记》的记载对龚孝拱事迹做些考证。吴宓推崇曾国藩,常读其日记,以其为榜样,"观其少年服官京师,读书事视之时,所作日记,自责之严,问道之殷,居敬之笃，修学之勤，尤令末学小子，瞿然警觉。……以后作日记，宜注重修省之事，而略其余。苟有寸进，则亦曾公之赐也”[①]。出版家舒新城忆及：“我自十六岁(1909)因读曾文正之日记而学作日记，三十余年来很少间断。”[②]文体意识极强的阿英既有日记理论著作，也是重要的日记编选者和写作者，他撰写的《语体应用文作法》(署名钱谦吾，上海亚东图书馆，1929 年)第一章后来以《论日记文学》为名附载于多种书籍，它以现代视野分析了古代日记的历史脉络和美学特点，先从意义与价值上定义了日记，接着称扬《徐霞客游记》《滇行日录》等描写动人、情趣毕现，然后以陆游、范成大游记，洪亮吉、吴广霈日记为例证实日记“可以帮助作家练习笔力，可以帮助作家储蓄材料，同时又可以完成历史的记载，又可以完成一些水墨画似的短短的，硬钩的小品文”[③]，又分析了日记中的心理描写等，全文史料翔实，论述精到，堪称日记研究名篇。阿英 1931 年初版的理论著作《语体日记文作法》(上海南强书局，1931 年)分为“日记文的意义及其作者”“日记文的分类”“日记文的形式与内容”“日记文的作法”“日记文与生活记录”“日记文与心理解剖”“日记文与自然描写”“读书日记的作法”等八部分，列举古今中外各家日记加以证明和阐释，特别强调了焦循《艺花日记》等文本的模范意义。1933 年，他又在上海南强书局出版《日记文学丛选・文言卷》(录范成大、陆游、王士祯、王闿运等人日记 18 篇)，而在语体卷“序记”中，他爬梳了日记的演变史，比较了古人、近人日记的异同。

到了新时期，因为各种史料汇编、日记丛书或文人全集的陆续出版，大量传统日记文本被发掘、整理出来，使这种书写样式得到了较好的梳理与总结。

---

① 《吴宓日记》第二册，生活・读书・新知三联书店 1998 年，第 181 页。

② 舒新城《〈漫游日记〉序》，中华书局 1941 年，第 1 页。

③ 阿英《论日记文学》，见《模范日记文选》，第 259 页。

第二节　潮起潮落:现代作家日记的写作、刊载与出版

民国时期,日记写作之风殷炽,大小作家均有日记传世,从百字报刊短章至数百万字单行独著应有尽有,促成这种盛况的主要原因有:一、日记本身的特性与“五四”前后的人性解放思潮深相契合,写作主体的表达与倾诉欲望空前强烈,无论是在公共空间或是私人领域,他们总是试图展示真实的自我;二、现代出版的成熟为日记刊行保驾护航,现代稿酬、版税体系的规范化为日记作者提供了实物保证与经济支撑,诱使文人们参与其中。自然也有其他因素的作用,据郁达夫透露,1916 年北洋政府教育部曾要求留学生撰写并上交日记[①],这客观上扩充了日记的数量。厘清作家日记的写作、刊载与出版状况是从事日记研究的基础与前提,为了避免与前人的研究重叠,本书按照日记文本的刊出时序,以单行本、编选本或报纸杂志登载等出版形式为依据,将 1949 年作为分界点进行历时性梳理。

据笔者统计,1949 年以前出版的现代作家日记单行本有 20 种左右,如表格所示(按出版时序):

作者	作品名称、出版时间和出版机构
田　汉	《蔷薇之路》,1922 年 5 月初版,上海泰东图书局。
郁达夫	《日记九种》,1927 年 9 月初版,上海北新书局;《达夫日记集》,1935 年 7 月,上海北新书局。
阿　英	《流离》(署名寒星),1928 年 11 月,上海亚东图书馆。
蒋光慈	《异邦与故国》,1930 年 1 月初版,上海现代书局。

① 《郁达夫全集》第五卷,第 1 页。

续表

作者	作品名称、出版时间和出版机构
章衣萍	《倚枕日记》，1931 年 2 月，上海北新书局。
王礼锡	《战时日记》，1932 年 7 月初版，上海神州国光社。
吴曙天	《恋爱日记三种》，1933 年 3 月，上海天马书店；《曙天日记三种》，1943 年 3 月，成都复兴书局。
郭沫若	《离沪之前》，1933 年 1 月，上海新兴书店；1936 年 5 月，上海今代书店。
蔡文星	《衔微日记》，1933 年 8 月初版，1934 年 3 月再版，上海生活书店。
胡　适	《胡适日记》，1933 年 9 月，上海文化研究社；《藏晖室札记》，1939 年 4 月，上海亚东图书馆；《胡适留学日记》，1947 年 11 月，商务印书馆。
郑振铎	《欧行日记》，1934 年 10 月，上海良友图书印刷公司。
冰　心	《平绥沿线旅行记》，1935 年 2 月，平绥铁路管理局。
徐志摩	《爱眉小札》，1936 年 3 月，上海良友图书印刷公司；《志摩日记》，1947 年 3 月，上海晨光出版公司。
周立波	《战地日记》，1938 年 6 月初版，汉口上海杂志公司。
白　朗	《我们十四个》，1940 年 2 月初版，重庆上海杂志公司。
丰子恺	《教师日记》，1944 年 6 月，重庆崇德书店初版，1946 年 6 月由上海万光书局再版。
萧　乾	《南德的暮秋》，1946 年 3 月，上海文化生活出版社。
萨空了	《香港沦陷日记》，1946 年 4 月，选修出版教育社。
郭沫若	《苏联纪行》（含访苏日记），1946 年 10 月，上海中外出版社。
冰　心	《少年模范日记》（黄淑九编），1947 年 2 月，上海东方书店。
茅　盾	《苏联见闻录》（含游苏日记），1948 年 4 月初版，上海开明书店。

其中,比较重要的有:

1922 年 5 月,现代文学史上第一部日记单行本——田汉的《蔷薇之路》由上海泰东图书局刊印[①]。这部约五万字的日记记述了田汉与夫人易漱瑜及友人 1921 年 10 月 10 日至 30 日的留日生活,其中既有甜蜜的爱情、温馨的友谊,也有读书、玩乐的悠雅与尽意,散发出一种年轻的热力与美好。作者谈道:“日记是内外生活的记录,我颜我这记录曰《蔷薇之路》,但将来我们的路上到底是蔷薇是荆棘,还不可知。要之蔷薇荆棘,关夫天命。十年一年,在夫人事。”[②]有人评价田汉的描写“是带着充分的浪漫主义的情调的”[③]。

真正产生了非凡影响的现代日记作品是 1927 年 9 月上海北新书局出版的郁达夫《日记九种》,到 1929 年 5 月已经出至第五版,印数达 14000 册。郁达夫在日记中不吝托出“如何的遇到情感上的变迁”“如何的作了大家攻击的中心”“又如何的受人暗箭”致使多年老友按剑相向,并声明“半年来的生活记录,全部揭示在大家的眼前了,知我罪我,请读者自由判断,我也不必在此强词掩饰”,又免不了为自己“申剖一二”[④]。《日记九种》出版后遭到许多批评,认为它过于个人化,价值不大,也有人为其辩护,指出作品并非只是些颓废、浪漫生活的记录,也“能找得出描写北伐军攻上海时,旧军阀统治下的社会的混乱状况”[⑤],有明显的现实性和社会价值。1935 年 7 月,北新书局出版《达夫日记集》,在《日记九种》之外增收日记六种,前附《日记文学》《再谈日记》二文。《青年界》杂志为其广而告之:“郁达夫先生

---

① 采录乐齐的观点,见其文《现代日记文学述略》(《新文学史料》1988 年第 1 期)。

② 田汉《蔷薇之路·自记》,上海泰东图书局 1922 年。

③ 谢美云编《模范日记文读本·编者的话》,第 122 页。

④ 郁达夫《日记九种·后叙》,上海北新书局 1927 年。

⑤ 贺玉波《日记文作法》,上海广益书局 1933 年,第 4 页。

最近发一宏愿，把他以前的作品完全重编一过出版。本书即是他新编的全集第一种，除《日记九种》完全收入外，还有《忏余集》里的几种日记，以及别处所发表过的日记一并收入。首附长序一篇，放论日记文学之价值。”[①]1947 年 6 月，北新书局再版该集子。

1933 年 9 月，胡适日记的首个单行本《胡适日记》在上海文化研究社出版，内容是 1913 年的留美日记，次年 4 月再版。1939 年 4 月，上海亚东图书馆刊印《藏晖室札记》十七卷，即胡适留美七年的日记与札记，全书前两卷用日记体，从第三卷开始改用札记体。各卷书题后注明本卷记事起讫年月或居住地。在《自序》中，胡适论及日记的传记功能：“我开始写《札记》的时候，曾说‘自传则岂吾敢’。但我现在回看这些札记，才明白这几十万字是绝好的自传。这十七卷写的是一个中国青年学生六七年的私人生活，内心生活，思想演变的赤裸裸的历史。”[②]有论者点明了各卷中重要的部分：“卷一记自愿为耶稣信徒；卷二论梁任公之功，记清室逊位及民国肇造秘闻；卷三论乐观主义，论留学生，论孔教，记宋教仁刺案；卷六论中西家庭伦理，论后嗣与遗产；卷七论传记文学，论容忍迁就与各行其是；卷八论大同主义与不争主义；卷九至十一论诗论词；卷十一至十四论白话、文言与文学革命；卷十五论训诂与校勘之学；卷十六论周秦诸子学术及荀卿年代。”[③]该书出版时，各大城市遭日军入侵而沦陷，因此流通不广，未造成大反响。1947 年 11 月，商务印书馆以亚东原纸型为基础出版《胡适留学日记》。胡适日记早年由许怡荪摘录刊在《新青年》，称“藏晖室札记”，亚东图书馆为了纪念许氏沿用了旧名，胡适后来觉得不须再迁就旧习惯，改了书名。据胡适 1948 年 5 月 24 日致赵元任夫妇信函，他从商务印书馆拿到了一期版税六千万元。

---

① 《青年界》1938 年第 8 卷第 3 期。

② 胡适《藏晖室札记·自序》，上海亚东图书馆 1939 年。

③ 愚《藏晖室札记(十七卷)》。

徐志摩日记中最先刊出的是《翡冷翠日记》(英文)，登在上海光华大学校刊。1932 年 11 月《时代画报》登过《眉轩琐语》两则和序言。1936 年 3 月，为了纪念徐志摩四十周年诞辰，上海良友图书印刷公司出版《爱眉小札》，其中包括徐志摩 1925 年 8 月、9 月日记，同年 3—5 月致陆小曼信件 11 封，以及陆氏该年 3 月 11 日—7 月 11 日日记。良友公司做有广告介绍集子："这本日记本身中故事的历程是一幕有头有尾的悲剧。作者所写散文的美丽，已无庸赘述，这里更能使读者神往。另有作者到欧洲去后写给小曼女士的情书数十封，与日记中的故事相互关连。……小曼女士写得一手流丽的散文，风格笔调，极受志摩先生的影响。"[①]该公司同时出版了一种手稿影印本，共发行了 100 部。为了纪念徐志摩五十周年诞辰，上海晨光出版公司 1947 年 3 月出版《志摩日记》，含《西湖记》《爱眉小札》《眉轩琐语》《一本没有颜色的书》《小曼日记》五部分。是年《申报》为此登过数条信息，如 1947 年 3 月 9 日"诗人徐志摩生前有未发表日记二册，及太戈尔、胡适、杨杏佛、闻一多等题赠作者之诗画约卅幅。现由徐妻陆小曼女士辑成《志摩日记》一部，交晨光出版公司编入晨光文学丛书中，不日即可出版"。

日军侵华破坏了中国出版业，此后数年出版的日记单行本仅有丰子恺《教师日记》等少数几种。他原本不记日记，后因西行逃难，在舟车旅舍间抽闲写成《辞缘缘堂》《桐庐负暄》《萍乡闻耗》《汉口庆捷》《桂林讲学》五种，并养成记日记的习惯。《教师日记》记录了从 1938 年 10 月 24 日至 1939 年 6 月 24 日大后方的生活，目的"不仅记事志感"，悯"苍生之浩劫""亦将以鼓励恒心而习勤劳也"[②]。1944 年 6 月，日记由重庆崇德书店初版，1946 年 6 月由上海万光书局再版，

① 范用编《爱看书的广告》，生活·读书·新知三联书店 2004 年，第 105—106 页。

② 丰子恺《教师日记·序》，万光书局 1944 年。

1947年4月三版传世。

二十世纪三十年代是日记出版的繁盛期，各大书局相继推出了多种日记选本：

1931年出版，戴叔清（阿英）编选的《模范日记文选》（上海光明书局）是第一部专门的现代日记选本①，录有胡适、鲁迅、周作人、冰心、郭沫若、郁达夫、张资平、田汉、周全平、沈从文日记各一种，以及《论日记文学》。编者点明了其目的："希望：想探求日记作法门径的青年们，能从这里面获得写作的方法；已经从事日记写作的，能因此使自己的技术，向优秀方面发展；那想了解自己所钦仰的作家们的，能在这里面把握得更深入的认识；研究社会史的人，也可以从里面寻得若干的史料。"②早在1929年，他就出版过《语体应用文范本》（含日记、小品、书信三部分，上海亚东图书馆），此书是为了教学需要和方便青年读者而编成，日记部分收录胡适、鲁迅、郭沫若、郁达夫、谢冰心、寒星、许钦文等人日记7种，作了注释或删节。

1933年6月，阿英化名阮无名编选的《日记文学丛选（语体卷）》由上海南强书局出版，共分四卷：第一卷记游日记，收录陈衡哲《北戴河一周间》、钟敬文《海行日述》、梁启超《伦敦初旅》；第二卷社会考察日记，收录郭沫若《灾区视察日记》、高歌《洛阳日记》、巴金《京沪五日间》；第三卷私生活日记，收录周作人《苦雨斋日记》、鲁彦《船中日记》、郁达夫《水明楼日记》、徐志摩《眉轩琐语》；第四卷读书日记，收录鲁迅《日记与夜记》、胡适《读书日记》、顾颉刚《写歌札记》、俞平伯

---

① 据赵景深《现代日记选·序》（上海北新书局1934年），此前有六部集子出版，分别是：1929年，戴叔清《语体应用文范本》；1931年，戴叔清《模范日记文选》；1932年，沈仲文《现代日记文杰作选》；1933年，阮无名《日记文学丛选》；1934年，新绿社《名家日记》、谢美云《模范日记文读本》。而《语体应用文范本》是三种文体的合集，故将《模范日记文选》视为第一种专门的日记选本。

② 戴叔清《模范日记文选·题记》。

《孟子解颐零札》，附录列有张资平《岁望小农居日记》。编者在《序记》中对每篇日记的写作时间、登载刊物、出版日期和基本内容作了说明，并略述了其特色与价值，又在正文引语中简述了作家的生平和创作情况。这个集子的重要意义在于从“文言”“语体”的角度区别了古代日记与现代日记，确定了现代日记成为新文学书写的一种文体可能。

1933 年 10 月，新绿文学社编《名家日记》（上海文艺书局）出版，共选胡适日记一种，吴稚晖日记两种，鲁迅日记三种，周作人日记一种，郭沫若日记一种，徐志摩日记一种，郁达夫日记两种。全书采取分类而非编年的方法，按编者所言前者的目的在于“给读者以日记文学之实际作法的指示”，后者则是“在作日记文学之总的估计”。编者分论了几种日记的特征，如《胡适日记》乃“修业日记的代表作”，包含生活方法、思想变迁、政治主张、宗教信仰、哲学见解、见闻杂记等；吴稚晖《荼客日记》为“社交日记之良模”，录有许多社会活动与人际交往，对某些场景的描绘精微入骨，让人身历其境；鲁迅《马上日记》呈现“感想日记梗概”，代表日记的另一种作法，即“预定给第三者看的”；周作人《苦雨斋一周间》可以“明琐事日记的特色”“用简练的文字，写细小的事物”；通过郭沫若在日本的日记可见“旅行日记的一斑”；徐志摩《眉轩琐语》别示“恋爱日记的一例”；郁达夫《水明楼日记》《病闲日记》则是“文艺日记的范本”，因编者偏爱文艺家写文艺事的作法，特别推荐了这两种日记①。该集子于 1934 年 4 月再版。后有 1937 年 3 月中华书局版，1943 年 10 月成都中华书局再版，1944 年 4 月再版于重庆，并删去了周作人日记。

1934 年 10 月，上海北新书局出版了赵景深编《现代日记选》，选录胡适《庐山日记》，鲁迅《马上日记》《马上支日记》《马上日记之二》，周作人《访日本新村记》《苦雨斋的一周间》，冰心《从神户到波士顿》，

---

① 《名家日记・卷首弁语》，上海文艺书局 1933 年，第 1—6 页。

郭沫若《新生活日记》《离沪之前》，郁达夫《水明楼日记》《西游日记》，田汉《蔷薇之路》，沈从文《善钟里的生活》，陶晶孙《在炸弹下三日间》。编者在序中列表比较了此前的几种日记选本，认为多重复编选，新作不多，故重开炉灶兼收经典与新作。他提到了该书的特色："各篇的注释，在同类书中实均为第一次详细的加入。关于《庐山日记》和《西游日记》，我参考了许多别人的游记，大半取材于《古今游记丛钞》《新游记汇刊》以及《新游记汇刊续编》；关于《访日本新村记》，我参考了周作人的《艺术与生活》以及武者小路实笃的《人的生活》和《新村》，都相当的用过一些工夫。"①编者为每位作者撰有小传，简述了收录情况和文本特点，对人名、地名与难解之处作了注解。《青年界》杂志为此书登有广告："坊间所出日记选甚夥，惟附有详细注释者，实仅本书一种。而材料选至最近者，亦以本书为首。其中如郁达夫、郭沫若、田汉、沈从文诸作，均为他家所从未选过者。首附长序，从未发表过。注释曾参考各种书籍，尤极渊博。"②

1935 年 5 月，姚乃麟编《现代创作日记选》(上海中央书店)刊印，选了郁达夫日记三种，鲁迅日记三种，郭沫若日记二种，以及丰子恺、王鲁彦、周作人、巴金、田汉、沈从文、陈衡哲、钟敬文、周全平日记各一种。编者在序中谈及编选之难："编选日记的困难之处，是收罗材料的不易。在现代我国的文坛上，日记作品的产量真是多得不可开交，而有些名称上叫做日记的东西，实际上并不能算是属于日记的一类。既不像散文或杂感，也不像随笔或小说。失去日记的真面目不必说，而且连篇累牍地使人看了觉得索然无味，只是浪费时间和精神而已。"又对各家日记作了评价，论郁达夫"每篇有山水幽情之趣，令人读了会悠然神往"，鲁迅"描写一切事务精详备至，早已博得大多数读者的赞扬"，丰子恺"有天真稚憨之态，颇堪玩味"，郭沫若日记

① 赵景深《现代日记选·序》，上海北新书局 1934 年。

② 《青年界》1935 年第 8 卷第 1 期。

“为不可多得的佳作”,周作人“文笔简洁,朴素可爱”,巴金、沈从文、田汉“都具有独到的风格”①。

1936年4月,钱公侠、施瑛编《日记与游记》(上海启明书局)将鲁迅、郁达夫、郭沫若日记各三种,周作人日记二种,胡适、田汉、赵景深、周全平、沈从文日记各一种,以及朱自清、俞平伯、徐志摩、孙伏园、钟敬文、王世颖、刘明和邹韬奋等人的游记汇辑成集,编者谈到了原因:一、“合乎我们的标准而适于读者的浏览”的日记和游记“比其他部分要少,固然这两种可以选成两本单行本,然而我们希望读者只出一本书的价钱,就买到两本书的读物,所以印在一起”;二、“本篇中的材料,有许多不能够分出究竟是日记还是游记,因为记游的文章,有的以月日为经,以地方为纬,硬为分排,实在是何必多此一举。比如胡适的《庐山游记》,郁达夫的《西游日录》全是这样的东西。所以我们为同一起见,把日记和游记编选在一起,虽然未免庞杂,但是并无冲突”②。

同期,出现了以性别作为划分依据的选本,如张立英编《女作家日记选》(1933年,上海开华书局)录有陈衡哲《北戴河一周记》,陈学昭《家庭生活》,陆晶清《海上日记》《女学生日记》等日记19种;王定九编《当代女作家日记》(1935年,上海中央书店)录有丁玲《莎菲女士的日记》,谢冰心《旅欧日记》,黎缇维《少女日记》,王文宣《日记三则》等作品14种;姚名达编《少女日记》(1935年,上海女子书店)录有影华、余沧粟等8人作品;俊生编《现代女作家日记选》(1936年,上海仿古书店)录有谢冰莹、冰心、陆晶清、陈学昭等人日记19种。不过,女作家的日记选本雷同现象十分严重,重复选入篇目多。

有些日记集子将中外作家选入一本,如谢美云编《模范日记文读

① 姚乃麟编《现代创作日记选·编者题记》,上海中央书店1935年,第1—2页。

② 钱公侠、施瑛编《日记与游记·小引》,上海启明书局1936年,第2页。

本》(1933年，上海光华书局)在鲁迅、郭沫若、郁达夫、许钦文、田汉、胡适、冰心、张资平、周全平、周作人、冰莹、寒星、沈从文日记各一种之外，编入木村毅《西班牙记游》和陈西滢《蔓殊菲儿日记抄》。如陈子展编《注释中外名人日记选》(1935年，中华书局)录有吴敬恒《茶客日记》，鲁迅《马上日记》《马上支日记》《马上日记二》，田汉《蔷薇之路》，周作人《苦雨斋的一周间》，施蛰存译《托尔斯泰日记》，李伟森译《朵思退夫斯基夫人日记》等。编者加了注释，以《茶客日记》为例，说明了日记的来源、当时作者的处境和社会大势，注解了曹三(曹锟)、惕生(钮永建)等名字，翻译了篇中的日语表达。如卫明编《中外作家日记》(1943年，桂林普及出版社)载有曹白、陈衡哲、钟敬文、田汉、谢冰莹、巴金、鲁彦、冰心、周全平、胡适、沈从文、叶灵凤、徐志摩、郭沫若日记各一种，郁达夫日记二种，和安娜·格里戈里夫娜、曼殊斐儿、托尔斯泰等五位外国作家日记各一种，附录"日记文学创作"部分计有孟德格查《惜别日记——被唤起的意志》(夏丏尊译)，丁玲《恋爱日记——莎菲》，夏丏尊《牺牲——难中日记》。编者在题记中引述了阿廖沙之言"这日记，不会是灵魂前立着的谄谀的镜子。它可以帮助我心里重得着幸福，我要把他做我完成的一个利器"①，建议读者通过这些日记去感受作家悸动的灵魂。

其他可见的日记选本尚有：沈仲文编《现代文学杰作全集·现代日记文杰作选》(1932年，上海青年书店)选录鲁迅、郁达夫、郭沫若、冰心、周作人、赵景深、杨振声、章衣萍、许钦文、王礼锡等11位作家13种作品。朱益才编《现代日记文精选》(1936年，上海经纬书局)选收胡适、田汉、冰心、赵景深、沈从文、周全平等人日记10种。俊生编《现代日记文选》(1937年，上海仿古书店)选录胡适、张资平、周作人、田汉、郁达夫、鲁迅等12人日记作品17种。蔡之华编《日记文学》(1939年，奉天文艺书局)选收庐隐等人的作品。又钱一鸣编《名

① 卫明编《中外作家日记·题记》，桂林普及出版社1943年。

家模范日记》(1947 年,上海博文书店)收录胡适、鲁迅、郭沫若等人日记。

二十世纪三十年代,有报刊或出版机构举办了日记征稿活动。如 1934 年《青年界》杂志办有题为《暑假日记》的征文活动,得稿子数百件,赵景深择取十九篇优秀之作编成《青年日记》于同年 11 月出版,他认为“这些日记是全国青年心血的结晶,可以作为中学生以上学作日记的模范”[①]。1937 年,《青年界》“日记特辑”向作家学者征稿,后由赵景深编成《日记新作》(上海北新书局),录有陈柱尊、罗烽、宋云彬、曾虚白、胡怀琛、老舍、黎锦熙、周作人、傅惜华、曹聚仁、陈子展、骞先艾、倪贻德、路易士、陈白尘、许钦文、叶灵凤、谭正璧、周贻白、顾随、艾芜、贺玉波、叶德均、沅君、张次溪、叶鼎洛、李长之、钱南扬、臧克家、向培良、钱君匋、储皖峰、刘万章、何家槐、陈醉云、容肇祖、陶亢德、李辉英、杨骚、贾祖璋、刘麟生、易君左、梁乙真、陈伯吹、黑丁、罗根泽、周楞伽、黑婴、魏金枝、许杰、胡适、郁达夫、凌淑华、阿英、苏雪林、金溟若、洪深、田汉、任均、陈灵犀、朱雯等人日记 121 种,这是有史以来汇集最多现代作家日记的集子,颇有辑佚价值或文学史、出版史价值。其中最有意思的是黎锦熙的《三十五年以来的日记》,摘抄了他自 1903 年至 1937 年每年 5 月 1 日日记,涉及家庭活动、读书、交游等信息,中文、英文、注音符号和罗马字夹杂并行。又有署名“故鲁迅”1936 年 10 月日记:“十日晴。上午张维汉君来。午后同广平携海婴并邀玛理往上海大戏院观 Dubrovsky,甚佳。下午三弟及蕴如携晔儿来。晚内山书店送来命运の兵及すもらせ绘集各一本,共泉二元四角。何太太及雪儿同来。夜为《文艺周报》作短文一篇,共千五百字。又发热几三十八度。十一日,星期,晴。上午孔若君寄赠《中国小说史料》一本。得费慎祥信。得增田君信,即覆。寄烈文信。寄河清信。同广平携海婴在法租界看屋。午后访内山君

---

① 赵景深编《青年日记·序》,上海北新书局 1937 年。

谈。下午须藤先生来诊。”文后“编者按”谈道：“此为鲁迅先生逝世八九日前的日记，甚可珍贵，蒙景宋女士赐刊，谨此志谢。”[①]它们应该是“马上日记”系列之外最早公开刊登的鲁迅日常日记部分。

1936年，茅盾、王统照等模仿高尔基发起的“世界的一日”征文故例在上海《大公报》刊出《中国的一日》征文启事，向各界征求关于是年5月21日的记录。不久，由四百余篇文章构成，逾80万字的《中国的一日》在上海生活书店出版，不少篇章直接以日记命名。受此启发，1941年春晋察冀根据地冀中地区发起《冀中一日》写作运动，后由王林、孙犁等选定二百多篇编定成书。

总体而言，这些集子的编选有些杂乱，并未严格区分日记与其他文体，最明显的表现就是将日记与自传、日记体小说混为一谈，统归于“日记文学”名下。

有些日记先在刊物登出，后收入或汇成集子，如胡适《藏晖室札记》原载《新青年》(1916、1917、1918年)；郁达夫《芜城日记》原载《时事新报·学灯》(1921年)；郭沫若《到宜兴去》原载《孤军》第三卷第三至五期(1925年8—10月)；周作人《苦雨斋之一周》原载《现代》第一卷第五期(1932年9月)；老舍《五天的日记》、苏雪林《雨天的一周》原载《青年界》第十二卷一号(1937年6月)；唐弢《帝城十日》原载上海《万象》第四年第五期(1944年11月)。也有日记附录在作品集中传世，如滕固《关西之素描》收入《死人之叹息》(1925年，上海光华书局)；俞平伯《山阴五日记游》收入《杂拌儿》(1928年，开明书店)；陆晶清《海上日记》收入《流浪集》(1933年，上海神州国光社)。

自二十世纪三十年代以来，一些日记理论或应用指导类著作陆续出版，如钱谦吾(阿英)《语体日记文作法》(上海南强书局，1931年)，贺玉波《日记文作法》(上海广益书局，1933年)，卢冠六《日记作法》(上海春秋书社，1934年)，林华《日记文作法讲话》(上海乐华图

① 赵景深编《日记新作》，上海北新书局1937年，第222—223页。

书公司，1934年），吴芥坤《日记作法》（商务印书馆，1935年），任昌海《模范日记作法》（上海东方文学社，1941年）和沈志坚《模范日记与作法》（沪江图书公司，1943年）等，既有纯粹的理论著作，更多的是为教授儿童、中小学生或青年如何写日记的指导书，有的冠上了“补充课本”的名目，针对性、实用性强。有的著作做了广告，如《语体日记文作法》：“日记是每一个青年都应该学习写的。但，应该怎样去写呢？写的方法又有几种呢？写时应该注意那些地方呢？要有怎样的修养才能成为优秀的日记作者呢？此书就是答复这一些问题的。青年对于这一些关于日记的问题包管你能在此书得到满意的说明。”①

中华人民共和国成立前30年，作家作品的出版模式发生根本性变化，一切产品均被纳进计划轨道，日记这种袒露心迹的文本难以排入出版日程，只有《鲁迅日记》得以多次刊印，有1951年上海出版公司线装影印本，1959年人民文学出版社铅印标点本，1976年人民文学出版社版等版本传世。至二十世纪八十年代，作家日记的出版多了起来，并在二十世纪九十年代末和二十一世纪初呈现井喷之势。

谈到日记文稿的整理，首先应当提及的是《新文学史料》杂志，它的创刊号（1978年）就刊载了阿英《第一次文代会日记》，此后数十年，杂志刊出了黄谷柳、朱自清、王礼锡、周作人、叶圣陶、郁达夫、柔石、陈铨、丁玲、郑振铎、俞平伯、杜鹏程、郑伯奇、王统照、徐志摩、应修人、常任侠、萧军等人的日记作品，篇目繁多，部分附有整理者或研究者的考证、导读与辩诬，便于读者了解和接受。

鲁迅、胡适、周作人、钱玄同、吴宓、徐志摩、郁达夫、叶圣陶、常任侠、许寿裳等人的日记均有单行本传世。如《钱玄同日记》（整理本，北京大学出版社2014年）始于1905年终于1939年，记录了钱氏各个人生时段的真实生活，包含个人经历、所闻所见和与同时代人的交接，兼有对人、事和文学、社会现象与问题的观察、思考与批判，以及

① 阮无名《中国新文坛秘录》，上海南强书局1933年，后页。

批量的读书心得或学术成果。这是一部钱玄同人生自叙史，通过它可以了解这位举足轻重的知识分子在二十世纪前期的种种活动，学术思想、学术观念形成、演变的历程，它能为研究中国近现代史，尤其是文学史、教育史和学术史提供珍贵的资料。此前，北京鲁迅博物馆所编影印本《钱玄同日记》已在 2002 年由福建教育出版社出版。

迄今出版的季羡林日记有三种：《清华园日记》（2002 年，辽宁美术出版社）、《季羡林日记：留德岁月》（2014 年，江西人民出版社）、《此心安处是吾乡：季羡林归国日记 1946—1947》（2015 年，重庆出版社），分别记录了他从 1930 至 1934 年 11 月在清华的求学生涯，展示了一段激情敞亮的青葱岁月；从 1934 年 11 月至 1946 年 8 月留德十年时在哥廷根等地的生活学习状况，纳粹时代德国的政事与国情，从中可见求学之旅的艰难，无所适从的身份彷徨和刻苦求成的可敬精神，胸怀桑梓、苦念家国的高贵情怀；从 1946 年 5 月至 1947 年 10 月毕业回国到北大任教，所感受的复杂多变的社会激荡，以及修炼成学问家的忐忑心态。他对不同时期的日记有过比较："我仔细读了这两年的日记（《清华园日记》），觉得比我最近若干年写的日记要好得多。后者仿佛记流水账似的，刻板可厌，间有写自己的感情和感觉的地方，但不是太多。前者却写得丰满，比较生动，心中毫无顾忌，真正是畅所欲言。我有点喜欢上了这一些近七十年前自己还是一个二十二三岁的毛头小伙子时写的东西。"①确实，《清华园日记》记事洁净，语言清新直白，风格上独树一帜，比之后的日记有趣得多、自然得多。

随着新版作家文集、全集的出版，某些日记渐次浮出水面，如《朱自清全集》（1998 年）、《胡风全集》（1999 年）、《田汉全集》（2000 年）、《叶圣陶集》（2004 年）、《郁达夫全集》（2007 年）、《萧军全集》（2008 年）、《王统照全集》（2009 年）、《李广田全集》（2010 年）、《吴芳吉全集》（2014 年）、《艾芜全集》（2014 年）均录有或长或短的日记。这批

---

① 季羡林《清华园日记·引言》，江苏文艺出版社 2013 年，第 2 页。

单行本或附录本的日记整理完善、收集齐全，其中不乏数万字或几十万字的大作，甚至百万字的鸿篇巨著，或展现了作者精彩异常的数十年人生，造就了一部“个人史诗”；或记录了作者某时期的人生故事和社会折射，书写了一部“个人断代史”，它们与小说、诗歌、散文等共构了异彩纷呈的文学世界，为作家研究准备了可信的史源。

该时期有多种日记选本出版，比较重要的有两种：一是乐齐编选的《现代作家日记》(1989 年，文心出版社)，共收 40 位作家 44 篇日记，除了少数短章外，多为长篇日记单行本的节录。编选目的在于“集中展现中国现代日记文学的发展道路及其基本面貌和主要成就”[①]，为文学爱好者提供简明的日记读本作为学习的范文。该书兼顾题材、风格、类型等方面，选取的均为代表作；每篇日记前对作家及其日记作了扼要的介绍与提示，对正文中的一些人名、事件和外文等作了疏注，以便读者阅读。一是“中国现代作家日记丛书”第一辑(1997 年，山西教育出版社)，收入胡适、郭沫若、叶圣陶、茅盾、郁达夫、郑振铎、阿英、柔石、沙汀、蒲风 10 位作家不同时期的日记。该丛书主要特点有：选择的都是名家，他们对中华民族的文化事业厥功至伟；选择了存世日记中文化价值更大、可读性更强的部分；尽量保持日记原貌，仅做了些文字、标点方面的技术性处理；增加了少量注释；每册前均有编者所作前言，总论了该家日记的特色与价值。

大致算来，现代作家日记的登载、刊行已近百年，这些作品带给读者特别的阅读体验，让大家更真实、自在地贴近百年中国的文学、历史，感受到时代的迁转与个人命运的升沉。

---

① 乐齐编《现代作家日记・编后记》，文心出版社 1989 年，第 718 页。

第二章　中国现代作家日记本体的多维分析

熟稔文类的本体特征是对其进行解读的前提，过往研究缺乏这种意识，导致这方面的研究不足，其实现代作家、学者对日记理论的认知比较深透，阐释丰富。在文体上，现代作家日记呈现出前所未有的多元性，对其作形式美学的分析是推进日记研究的题中应有之义。

第一节　概念、特征、功能和作法：现代作家日记观诠解

虽然古代日记文本层见叠出，但绝少理论层面的探讨，不过偶加提点，这在现代时期大有改观，郁达夫、阿英、朱光潜、施蛰存等有长篇专文谈及，鲁迅、周作人等人的短章与各种日记中散落着片段化的评介，另有一些探讨日记写作的专著和日记选本序跋也透露了作者或编者的认知。无疑，通过对这些内容的分析大体能够明了现代作家的日记观。细析之，他们不外乎是从何为日记，日记与其他文体的关系，日记的类型，日记的特征，日记的作用、功能和如何撰写日记等层面进行论述的。

一、“何为日记”：日记的概念、属性及分类

在大众看来，日记就是日常见闻的笔录，如林华指出：“所谓日

记,就是记载个人日常的生活,语言,思想,和行动等的东西。”[①]朱光潜认为:“日记是作者用他的资禀经验修养所形成的观点上,以自己为中心,记载每日所见所闻。”[②]这两个言简意赅的定义道出了日记的基本特征。阿英多次定义过日记,如:“将日常的事实和感想每天用第一人的笔法记载下来,即是‘日记’。”[③]又如:“日记文是实际生活的记录,可以打破一切文字上的陈套;它能使真实性确立,使读者于不知不觉的中间受催眠的暗示;它是文学中特别有趣味的东西,因为比别种文章更显明的表出作者的个性。……它是文学的核心,是叙事文的础石,是学习作文的最适当的练习法。”[④]后一个定义是在总结周作人、郁达夫、夏丏尊等人观点的基础上提炼得出的。贺玉波作了更深入的思考和更富逻辑性的概括:“日记是记载个人,团体,或社会的实生活及其心理状况的;因其记载需含有绝大的真实性,所以容易使读者于不知不觉中受到催眠的暗示:他的题材非常宽广,而写作的技术又非常自由,不为一切文字上的陈套所限制,又能比别种文章更显明地表现作者的个性,所以成了文学中的一种特别有趣味有价值的文字。”[⑤]这个概念的涵容异常丰富,既点明了日记内容的基本构成:现实的事件与内心的呈现,放大了就是“社会的生活”和“大众的心理状况”,也归纳了日记的基本性质:真实性、宽广性、自由性与独特性。与阿英一样,他强调了日记在文学系统中的位置:一种被赋予了审美意蕴的文字,正好呼应了郁达夫的“日记文学,是文学里的一个核心,是正统文学以外的一个宝藏”[⑥]的观点。也有人从非文

---

① 林华《日记文作法讲话·上编》,第 2 页。
② 朱光潜《日记——小品文略谈之一》。
③ 戴叔清《文学术语辞典》,上海文艺书局 1931 年,第 7 页。
④ 钱谦吾《语体日记文作法》,上海南强书局 1932 年,第 8 页。
⑤ 贺玉波《日记文作法》,第 17 页。
⑥ 郁达夫《日记文学》,《郁达夫全集》第十卷,第 292 页。

学的角度加以定义，如季羡林认为："日记是最具体的生命的痕迹的记录。以后看起来，不但可以在里面找到以前的我的真面目，而且也可以发现我之所以成了现在的我的原因。"[①]它又成了记录生命蜕变与律动的载体。

关于日记的属性，讨论者的分歧较大，有人直接将它归于散文、随笔或小品文一类，如赵景深以为"日记不过是散文或随笔的一支"[②]。陈子展指出，从体式看，日记"可以作为随笔或随感录一类的东西"[③]。正是出于这种考虑，王英编成了《明人日记随笔选》，"有日记似的随笔，也有随笔似的日记。二者本没有多大的分野，可以由作者、读者随意称之"[④]。夏丏尊、刘薰宇认为日记是小品文的重要形式之一，"以片段的文字，表现感想或实生活底一部分的"[⑤]。显然，以上认识或观点模糊了日记与其他书写形式的边界，而有些学者更强调或重视日记的独特性，并通过与其他文体的比较确定其属性与本质，如有人认为在文学作品中传记和日记最能感人，因为它们"都是作者亲历的生活的实录，它们能表现出一个人人性和人格的美，而两者之中又以日记最易使人感动，传记有时出于别人的手笔，而日记却都是自己写的"，它"根于天性"，由"性灵深处激发"和"实际体验洗练"而出，自然也就"逼真而无虚饰""自然而无雕琢"[⑥]。其实，传记是一种后视性、回溯性的叙事，而作为碎片化自传文本的日记则是几乎同时的连续性写作。朱光潜则将编年记事史与日记比较，认为前者以国为中心，主要载录国家大事；后者以自己为中心，主要载录每

---

① 季羡林《清华园日记》，第 11 页。

② 赵景深《现代日记选·序》。

③ 陈子展《注释中外名人日记选·序》，中华书局 1935 年。

④ 王英编校《明人日记随笔选·自序》，上海南强书局 1935 年。

⑤ 夏丏尊、刘薰宇《小品文》，见戴叔清《语体应用文作法》，上海亚东图书馆 1929 年，第 212 页。

⑥ 杨同芳《读〈教师日记〉》。

天的所见所闻，或者私人琐事，也可能是天下大事。他还比较了笔记与日记，认为笔记在记录异闻、月旦人物、品论诗文、谈琐事、写风俗等方面与日记无异，但笔记不注明日期，也非逐日排定。更重要的是，笔记乃存心著述，有意流传后世的；日记作者则无意传世享名，仅为了个人方便或乐趣而写，故无拘无束，自言自语，不必把话说得委婉、漂亮，只须赤裸裸地直说事实或感想，“他只对自己‘披肝沥胆’(confidential)，所以他想写的真正是‘亲切的’(intimate)”①。

书信、尺牍是另一个比较参照点，如阿英指出日记与书信易于表现个人的思想和性格，从有价值的日记、书信中可以了解一个时代实际的社会生活，社会变革的过程和学术思想的研究，既富含个人的史料，也有巨大的社会意义，“日记和书信最顶点的作用是如此”②，强调了这两种文体的共性与价值。其他论者在比附中看出了日记的个性，如周作人认为诗文、小说都是做给第三者看的，虽然艺术上更精炼却多了做作的痕迹，日记和尺牍则是文学中特别有趣味的东西，更鲜明地表现了作者的个性；与写给第二人的信札相比，日记更真实，更天然③。夏丏尊谈到作书札比作日记有趣得多，“因为日记是独语，而书札确是对话了”④，将书札视作一种潜在的对话，日记则是寂寞的心灵独白。又有论者说：“书信还是有对象，是给第二者看的；而日记文学，却单是‘唯我可观’，又真实又清楚地，将作者生命史中的片段，化为纸上的文字，除了素来‘自欺欺人’的朋友以外，在日记上说谎，大概总没有这样的人的。”⑤

---

① 朱光潜《日记——小品文略谈之一》。

② 戴叔清《模范日记文选·题记》。

③ 周作人《日记与尺牍》，见钟叔河编《周作人文选(1898—1929)》，广州出版社1995年，第367页。

④ 夏丏尊、刘薰宇《小品文》，见戴叔清《语体应用文作法》，第217—218页。

⑤ 钱公侠、施瑛编《日记与游记·小引》。

贺玉波作了详尽全面的概括式比较，分别辨析了日记与小说、与小品文、与自传、与书信的联系与区别，如认为含有小说的日记文与用日记文体裁写成的小说，前者“内容上是复杂的，混乱的”，后者“内容上是单纯的，统一的”，其故事与情绪“有一致的线索可寻”，前者则“完全相反”；又如日记与自传之别：“日记文是记载我们日常的生活和心理状况的，在题材方面，可说是零碎的，庞杂的，在结构方面，可说是散乱而平板的，只以记载的先后时日为线索；自传文呢，却是记载我们一生或某个时期的生活和心理状况的，在题材方面，可说是整个的，有条理的，在结构方面，可说是有系统而有起伏的，虽然也以先后的年月为线索。”[①]从这些稍显空洞的总结性观点可以见出作者确立日记文体本质属性的意图，现代日记正是在他们的解读、辨析和规划中完成了本体独立性的塑造。

关于日记的分类也有不同的观点，夏丏尊、刘薰宇认为可分为“记述行事的”和“记述内面生活的”两种，前者注重事实方面，后者注重心情方面，它们是没有限制，任人自由的，而为了达到练习文章的目的应该注意二者的调和，因为一味抒写内心生活不免虚空，单纯表现为账簿式的事实排列实在没有趣味，因此“最好的日记，是于记述事实之中，可以表现心情的作法”[②]。阿英也提出两分法：“纯粹的关于个人的日记”和“具有社会的意义的非个人生活的日记”，前者可以细化为“生活记录与心理剖析的日记”“纪游以及关于个人的特殊时期的日记”以及“读书日记”三种；后者可以细化为“有关于一般的社会生活的记录的日记”“记载着社会的、政治的以及某一集团的生活等等的日记”以及“非个人的其他事项的日记”三种[③]。贺玉波认为分作“纪述行事的日记文”和“纪述内面生活的日记文”过于窄化，分

---

① 贺玉波《日记文作法》，第 25、27 页。

② 夏丏尊、刘薰宇《小品文》，见戴叔清《语体应用文作法》，第 215 页。

③ 钱谦吾《语体日记文作法》，第 29—30 页。

为“纯粹的关于个人的日记文”和“具有社会的意义的非个人生活的日记文”又过于宽泛，于是提出了自己的标准：“关于个人的日记文”，包括“生活记录的日记、心理分析的日记、纪游的日记、职业的日记、读书的日记”五类；“具有社会意义的日记文”，包括“一般社会生活的日记、团体生活的日记、特殊事项的日记、非个人的其他事项的日记”四类①。贺玉波细化了日记的类型却忽视了日记的复杂性，其实许多文本都是复合型的，描写中包含抒情，叙事中不乏心理活动，无法直接归类。郁达夫未对日记作具体类型的划分，但对英国学者阿谁·崩松倍关于历史的、宗教的、游历与畋猎的、社交与文艺的、军事与职业的、家庭的、妇孺的七分法表示了认同，并论及各种类型的特点。以上观点主要是以日记内容或作者身份为依据，也有论者从内容与形式上分而论之，如朱雯指出从形式上可借鉴薛福成之说，分作“排日纂事”和“随手札记”两种，内容上可分为“记述日常生活”“记述行程”和“专记某一件事的始末”三类②。

二、私密性、真实性、广泛性与趣味性：日记的特征

论者谈论最多的话题还是日记的特征，主要包括以下几个层面：

私密性是日记最突出的特点，也是界定日记与自传、年谱、回忆录等自传性文体的本质区别，它是日记创作的基础，昭示着日记写作是种个人化的、非公共性的行为，作者在写作中只须对自己负责，就如同完成一段自我倾诉之旅。鲁迅就强调“写给自己看的”，不“摆空架子”，生前不刊印的日记才是“日记的正宗嫡派”③。李长之指出日记只是“对自己说的话而已”④。施蛰存认为正是私密性造就了日记

① 贺玉波《日记文作法》，第29—31页。

② 朱雯《中国文人日记抄·序》，天马书店1934年。

③ 鲁迅《马上日记·豫序》，《鲁迅全集》第三卷，第325页。

④ 李长之《我的日记》，《青年界》第十二卷一期，1937年6月。

最最个人化的特质:其他文学作品是计划写给别人看的,日记则是写给自己看的;其他文学作品侧重于写别人的事情,日记主要记录自己的言行思想;其他文学作品适宜早日刊印,日记则最好永远不要刊印,即便在作者死后也尽可能延缓出版,“从这几点上看起来,日记岂不是一种最最个人的文学作品吗?”[①]私密性意味着排除读者的在场与无理掺和,让作者在个人意识的引导下真诚地书写,他不必顾及社会道德规范的约束,自由表达真实的想法与感受,以至于可以通过倾诉隐秘之事减轻负罪感,获得精神上的宣泄。这种私密性使日记呈现出来的内容与气质与其他文体迥然有别,恰如郁达夫所言:“我们大家都有过记日记的经验,都晓得在日记里,无论什么话,什么幻想,什么不近人情的事情,全可以自由自在地记叙下来,人家不会说你在说谎,不会说你在做小说,因为日记的目的,本来是在给你自己一个人看,为减轻你自己一个人的苦闷,或预防你一个人的私事遗忘而写的。”[②]

真实性是私密性的自然延伸,它要求写作者如实地展示现实生活与内心。如林华所言,写日记的人必须有忠实的态度,忠实于自己的生活,忠实于所处的环境,但凡真正具备这种态度才能将自己锐利的观察结果真实地表现出来,“肯说实话,真诚地表白自己,描写自己,这是一种伟大的人格表现,也是一种伟大的事业”,而“‘真实不欺’是记日记者的唯一态度”[③]。有些论者将真实性作为作品自评的重要标准,如章衣萍谈《倚枕日记》时借崇尚真实的卢梭自重,认为没有说一句谎话,也未粉饰自己:“我在这些日记上不曾丝毫将自己粉饰。我也可以同那可怜而伟大的卢骚一样,大声疾呼的说:‘这就是

① 施蛰存《域外文人日记抄·序》,天马书店1934年,第2页。

② 郁达夫《日记文学》,《郁达夫全集》第十卷,第287页。

③ 林华《日记文作法讲话·上编》,第20、24页。

我所做的,这就是我所想的,这就是我自己。'"[①]郑振铎肯定了自作的真实性:"也许这部旅行日记,便不完全是记行程、记游历的干枯之作,其中也许还杂着些具有真挚的情感的话。绝对不是着意的经营,从来没有装腔作态的描叙——因为本来只是写给一个人看的——也许这种不经意的写作,反倒觉到自然些。"[②]郁达夫更是认为日记体裁天生具备真实性的质素,可使读者在不知不觉间受到催眠的暗示,这种真实性的感染力让作家以日记体形式进行创作获得成功的可能性远远大于使用别的体裁,牢牢地攫取了读者的好奇心[③]。无疑"向内的自我回溯也好,向外的人我之间的交流也罢,贵在一个'真'字,也难得一个'真'字"[④],"真"使日记有了特殊的魅力。法国学者菲利普·勒热讷就把真实性上升到了伦理层面:"如果你在自己的日记中杜撰了自己的生活,那不是虚构,那是对他者的谎言或者是一种疯癫。"[⑤]

自然,有论者对日记的真实性提出质疑,如茅盾说过:"日记之能否真见其'为人',我怀疑。欧战后德国几个军国要人发表他们的日记,把'祸首'之说洗刷得精光,这大概还是后记吧?但不论是'日'记或'后'记,我总觉得倘有得之读之而涕泣感悟者,大概是傻瓜——不则,就是神话。"[⑥]指认日记存在矫饰与虚假,不洁的或犯下过罪恶的人可能会故意混淆视听,洗白自己。鲁迅反驳过郁达夫的观点,认为文学作品的写实与读者的幻灭不在于作品的体裁,如果日记的记载

---

① 章衣萍《倚枕日记·序》,上海北新书局 1931 年,第 1—2 页。

② 郑振铎《〈欧行日记〉自记》,《郑振铎日记》,山西教育出版社 1998 年,第 1—2 页。

③ 郁达夫《日记文学》,《郁达夫全集》第十卷,第 287 页。

④ 陈漱渝、李文儒编《中国现代作家日记丛书·编者的话》,山西教育出版社 1997 年。

⑤ 菲利普·勒热讷《从自传到日记,从大学到协会:一个研究者的踪迹》,《现代传记研究》2013 年第 1 期,第 37 页。

⑥ 茅盾《日记及其他》,《中流》第 1 卷第 9 期,1937 年 1 月。

是虚伪的也会让读者感到幻灭。在他看来,日记的真实性是有条件的,会受到其他因素干扰,如作者不愿别人弄明白,会采用暗语、隐语或运用不广,甚至已经无人使用的语言;日记的真实性也会被出版行为稀释、减弱,作者或编者会在作品刊印前作出抉择,删除或修改某些可能引起误会或引发矛盾的片段[①]。梁遇春指出真实性与作者的写作状态有关:"大凡好的日记一定是匆忙中记下来的,因为在那时候才能流露出真情,没有什么做作。"[②]施蛰存认为日记在创作过程中只对作者有价值,日记的文艺价值须在作者死后被视作文学遗产印行后才能实现,所以日记不能由作者当成文艺作品随时发表,可以发表的日记,多数不是真实的,但他又转而指出不发表的日记也未必就是最好的记录,因为作者在写作时已经预设了读者的存在,会加以虚饰,"这种日记,无论它在别方面的价值如何之大,但在文学上的价值是很低微的"[③]。其实,任何事物均有两面性,日记的待出版也可能激发作者的求真意识,如萧军所言:"我的日记也许有一天自己把它发表,这是一个巨大的挑战!因此我应该记得更忠实,更详细些。无论是卑丑的,光明的,自己的,别人的……党的,社会的……全要记载下来。"[④]因此,不能简单或机械地否认日记的真实性,即便某些记述与史实有差,也不能断定作者内心就是不真实的,或者这只是他从某个角度所能够了解到的事实,难免片面。显然,以某些非日记化的因素或者部分的非真实来否定整体的真实是不可取的,况且真实性也是一种相对的评价与标准,一旦我们否认了日记的真实性也就否定了日记的文体价值与意义。罗曼·罗兰这段话可以给我们启示:

---

① 鲁迅《孔另境编〈当代文人尺牍钞〉序》,《鲁迅全集》第六卷,第428—429页。

② 梁遇春《茄力克的日记》,见《毋忘草》,京华出版社2005年,第191页。

③ 施蛰存《域外文人日记抄·序》,第3—4页。

④ 《萧军全集》卷十八,华夏出版社2008年,第315页。

“我不止一次苦苦思索着，从历史角度来看，写给他人的信件和留给自己的笔记其价值是相对的，而笔记有当时匆匆记下的，还有再经斟酌回忆补叙的。不论哪种形式，都免不了会有缺陷和失误。但历史地利用各种形式的笔记还是颇有益处的，它们可以相互修正，相互补充。我的《莫斯科日记》恰好是这样一个例子。”①

从创作者身份上看，日记是一种最具普适性，普通大众皆可，非职业作家独能的书写形式。写作的开放性和入手的便捷性造成了人人即作者的全新写作模式，如贺玉波所言：“不论是怎样的人，也不管他的年龄与学力，只要他能用文字写作，他就能写作日记文。小学生也可以写作日记文，中学生也可以写作日记文，大学生也可以写作日记文，就是不曾受过学校教育的职业者，同样也可以写作日记文。当然，具有高深学识的专门学者，也可以写作日记文。所不同者，只是他们那些学识不同职业不同的人们所写的日记文，在社会的价值上，各有差别罢了。”②日记写作与文学创作不同，就创作主体的素质与禀赋而言，善于观察、敏于感悟和较强的语言表达能力对于日记作者就已足够，不一定非得过人的艺术想象力和创造力。日记写作内容也是广泛、自由的，如阿英所言：“日记的范围很广大，很自由，什么都可以写，只要是你所想到的，看到的，听到的，嗅到的，或抚摸到的。”③“日记文的作者的写作是极自由的，也可以详细的叙述生活，可以进行关于生活的批判，他可以批评艺术——批评一切，他更可以品评一切的人物，风俗，习惯等等，只要他想说，只要有意义，他都可以自由的尽量的写。”④它可以罗列个人或家庭琐事，即时的社会事

---

① 罗曼·罗兰著，袁俊生译《莫斯科日记》，东方出版社 2014 年，第 201 页。

② 贺玉波《日记文作法》，第 1 页。

③ 戴叔清《论日记文学》，见《模范日记文选》，第 273 页。

④ 钱谦吾《语体日记文作法》，第 159 页。

件、时代变故，也可以记录作者的省思与认知，或捕捉稍纵即逝的心灵感悟及情感体验，甚至吐露不可告人的隐私等，作者的亲历和道听途说往往糅杂在一起。日记写作手法也是自由的，“日记总是无始无终，没有一定的结构，没有谨严的文体，也没有叙述的脉络的”[①]。作者可以精心安排日记的结构，篇章的设计，技巧的使用，也可以舍弃任何艺术手法只笔录自己的言行或听闻，堆积未经加工的素材，所用辞句不必连贯，甚至在叙述时突然中断，顾左右而言他，形成模糊的，散乱的乃至于片段式的印象也无所谓，如有人依据《新生活日记》对郭沫若的日记写作有过评价：“沫若记日记的方法，便是‘感到就写’，想着少些，便写少些，想着多，便也写多些。”[②]在语言文字上，可以不加修饰，或者锻字炼句，不一定非得使用官话和通用语言，采用一些口语或方言也无伤大雅。

日记的内容虽然琐碎，每位作者的经历、见闻却是独特的，感受是个人化的，所以日记经常包含与众不同的章节，如某些令人喷饭的生活细节，某件令人瞠目结舌的名人轶事，某段匪夷所思的男女情感等，个性化造就了日记的趣味性，“日记是文学中特别有趣味的东西，因为在这种文体中，比较地能够表现出作者的个性”[③]。假如作者的文笔不错，优美片段或经典词句也能引发阅读兴趣，如阿英就特别欣赏日记的文字之趣：“我读日记，最喜欢读那着眼于细小地方的描写。这种琐碎的描写，是最有趣味的，夹在较长的日记文中，如那沙漠上的绿洲，使人望着生一种快感。简单几个字又妩媚，又动人，写景物的更如一颗露珠，玲珑剔透。你读到那里，不由得你不停住目光，向下深深思索。说干脆点罢，遇到这种地方，就如在酷热的天气里，吃

① 郁达夫《再谈日记》，《郁达夫全集》第十一卷，第 213 页。
② 林华《日记文作法讲话·下编》，第 15 页。
③ 朱雯《中国文人日记抄·序》。

上一两片冰雪梨,包管你内心凉适,别具风趣。”[①]自然,内容与文字均趣味十足的日记更能得到读者的青睐。

三、“为何记日记”:日记的作用与功能

不同领域的学者对日记的作用与功能有不同的总结,如历史学家将其当作通向过去的窗户和了解历史人物的补充信息源,社会学家借此挖掘特定时期的社会结构与社会关系,传记作家从中获得客观公正的文化见解,档案工作者强调其重要的信息与证据价值[②]。这也是现代文人讨论最勤的另一个话题。徐志摩指出,日记有百利而无一弊[③],但并未作过具体的阐释,“百利”究竟体现在哪些方面?有些作家、学者从日记对人生的认识、自照与调整,对时代的记录与映射,以及对从事写作和研究的影响力等方面提供了精当的观点。

读了李慈铭日记后,胡适赋有《病中读〈越缦堂日记〉,戏题》诗九首,其中第一首云:“五十一本日记,写出先生性情。还替那个时代,留下片面写生。”[④]可见他重视日记在表现个人性情和刻绘时代的功能。郁达夫指出日记是人生的反照镜,尤其是伟人烈士的一言一动皆足于移风易俗、感化世俗,如不逐日记录,势必如水上波纹与风俱逝,让人痛惜,自己虽非伟人烈士,所做记录也能展示“一时一刻之变迁移易”[⑤]。周作人认为日记对人生是有用的,“世界之有我也已二十年矣,然廿年以前无我也,廿年以后亦必无我也,则我之为我亦仅如轻尘栖弱草,弹指终归寂灭耳,于此而尚欲借驹隙之光阴,涉笔于

---

① 戴叔清《论日记文学》,见《模范日记文选》,第 256 页。

② Catherine O'Sullivan 著,吴开平、蔡娜编译《一种特殊的文件——日记在西方的发展历史及未来》,《山西档案》2006 年第 3 期。

③ 《徐志摩全集·日记卷》,浙江人民出版社 2015 年,第 220 页。

④ 《胡适日记全编 3》,安徽教育出版社 2001 年,第 733 页。

⑤ 《郁达夫全集》第五卷,第 1 页。

米盐之琐屑，亦愚甚矣。然而七情所感，哀乐无端，拉杂记之，以当雪泥鸿爪，亦未始非蜉蝣世界之一消遣法也”[①]。在他看来，日记记录的多是与柴米油盐相关的日常琐事或平日的喜怒哀乐，却不失为表现人生、抒发情感的重要方式。叶圣陶将日记作为发现自我、锻修品格的观照物，“且我过失孔多，已而察之，志之日记；已而不察，人或告之，亦志之日记，庶以求不贰过也”[②]。日记成了指导人生，调整人生步伐的工具，通过对不同的人生阶段作出总结，促使作者改过自新，以有所进步和成长。阿英也认为日记是有助于“人生”的：“日记的用处，不但能以帮助你的思想和笔力的进展，帮助你记录实生活，对于‘人生’也是有莫大的关系的……为着‘做人’，你也是有写日记的必要的。”[③]人的成长与前行确实需要日记的镜鉴与刺激。

钱玄同归纳了日记的两大功能：一、敦促自己改掉堕怠无恒的痼疾，把每天所做的事记录下来就知道干过什么，什么事情还没干，将浪费的光阴转到正事上去；二、记录思想的变迁，自己的思想屡有变化，却记不清了，如果记录下来就能整理思想的轨迹，明白变迁的痕迹及原因。他一度打算将日记命名为《我的忏悔录》[④]。他谈到每年总有写日记的定期冲动，“以今日之我与昔日之我挑战”，争取做到湔除旧污、奋发有为，“我若把每天的思想和行为详详细细的记在日记本子上，过后常常翻检，不但可以知道我的思想有无进步，行为是否改善，而且看了过去的幼稚思想和腐败行为，更可以令我毛骨悚然，肌肤起栗，努力前进，趋向改善之途，所以我每年到了这两日总要

---

① 周作人《〈秋草园日记〉序》，《周作人散文全集》卷一，广西师范大学出版社 2009 年，第 22 页。

② 叶圣陶《圣陶日记·缘起》，《叶圣陶集》第十九卷，江苏教育出版社 2004 年，第 3 页。

③ 戴叔清《论日记文学》，见《模范日记文选》，第 278 页。

④ 《钱玄同日记·上》，北京大学出版社 2014 年，第 336 页。

起一种写日记的冲动”①。为了达到目的，他常将前后悖反的观点罗列出来，揭示人生观、世界观的变化。蔡振寰表达了近似的观念，指出日记对日常生活景况的记述便于作者思考十年前或现在的自己如何，今后的自己将如何等，因此“日记就是生活，生活就是日记”②。

吴宓总结过写日记的四种用途：“一、每日之行事、闻见、思想、感触，凡可以为一己生涯历史增趣味，供谈助，并为他日著作‘大小说’及‘自传’之资料者录之。二、凡美人之议论，书报之记述，有关吾国前途、又时事无大无小，足以借鉴取法，则推究其重要始末，以及读书所得，思考所至，意将存留，以告吾国士夫人众者，均录之。三、吾生之责任，事业之计划，德智之进步，日记所得，以自鞭策，按时计程，斟酌损益，均暂录之。四、积成册帙，按月寄回国中亲友，以代信函。”③他尤其重视第三项功能，即日记在检束身心，觇验学识、德业进退上的裨补功能，他以此作为自我道德训诫的依据，所以有意识地载录自身品格与思想发展的过程，他经常取出过去的日记阅读，在自悔中重新调整读书的目的和做人的准则，以求在为人为学上有所进益。如此，日记的自照性、自省性和自我凝视的特征就充分体现出来了。但随着时代思潮、社会氛围的易换，吴宓对日记的认知发生改变，他在 1951 年谈到不愿焚烧日记，反而要续作的原因时说道：“日记所载，皆宓内心之感想，皆宓自言自语，自为问答之词。日记只供宓自读自阅，从未示人，更无意刊布。而宓所以必作此日记者，以宓为内向之人，处境孤独，愁苦烦郁至深且重，非书写出之，以代倾诉，以资宣泄，则我实不能自聊，无以自慰也。”而另外两种理由是：日记不过记录自己的真实见解和感触，无任何行事计划和作用；本人“论理而不论事，明道而不责人，皆不为今时此地立议陈情，而阐明天下万世文野升

① 《钱玄同日记·上》，第 432 页。

② 蔡振寰《日记的意义》，见赵景深《日记新作》，第 82 页。

③ 《吴宓日记》第二册，第 3—4 页。

降之机，治乱兴衰之故”[①]。经过对比可见吴宓态度的变化，日记由修身济人的推动力退化成了自我情感宣泄的保留地，但他心有不甘，虽然不敢对现实作出评价，却强调所想所写是关乎天下的“大道”。

林华认为日记的功能在于锻炼文字、培养观察力和修养身心，作为作文的基本练习，它还可以增进观察力，培养健全的思想，获得自省的机会[②]。阿英归纳出了四点：“第一，是为着生活的记录与考察；第二，是为着要帮助日记文作者自己养成健全的人格；第三，是为着各种历史的参考资料；第四，是为着文学的技术的学习。”[③]贺玉波特别重视日记在养成健全人格层面的作用：“只要是人，哪个没有过错？一天的生活混过去了，我们夜里静坐沉思的时候，便可以觉悟到自己一天的行为有什么错误。于是，我们把那种错误记载在日记里面，以便自己时时读到，而知道悔改。”[④]由此，日记被赋予了助力人生思考，提升自我的功能，他尤其关注包含作者毕生的经验与学识的文人学者日记，认为阅读它们“不仅仅对于他们的生活及其所感一目了然，而且可以获得种种处世接物的教训和学识”[⑤]。

有些作家重视日记对写作的影响，首先，他们将日记记述当作创作的素材，如叶紫指出日记是“材料库”，是随时随刻的写作的泉源[⑥]，沙汀、蒲风也表达过类似看法，他们的日记充当了文学创作资料库的功用，散布着无数小说化片段。吕正操将军为王林日记作序时也谈道：“王林日记涉及到一些重要的历史事件和各阶层人物，尤其是普通百姓，老马倌、带路人、村妇、光屁股小孩等等。他记录下所

---

① 《吴宓日记续编》第一册，第 111 页。

② 林华《日记文作法讲话·上编》，第 6—15 页。

③ 钱谦吾《语体日记文作法》，第 9 页。

④ 贺玉波《日记文作法》，第 19 页。

⑤ 贺玉波《日记文作法》，第 6 页。

⑥ 叶紫《叶紫日记》，见《中国现代文艺资料丛刊》第六辑，上海文艺出版社 1981 年，第 237 页。

见到的一切，为创作积累素材，如今却成为鲜活的冀中军民抗战图卷。”[①]胡适、钱玄同的日记则充斥着无数学术化的段落，成为他们结撰论文的雏形。其次，他们把写日记当作练习写作能力的基本手段，如章衣萍说过：“初学作文的人，练习记日记是最好的方法。”[②]夏丏尊、刘薰宇肯定写日记是“练习文章”的门径，日记的文字足于打破一切文字上的陈规，培养作者的书写能力[③]。郭沫若提出习作要“写尔所知”，丰富并深入生活很紧要，认真写日记就是好的、容易付诸实施的具体办法，每天把所思所想、所见所闻或一切经历简明地记录下来，必要时加以批判，对作家来说有绝大的好处[④]。叶圣陶认为写日记可以锻炼写作能力：“我们写日记，写作这件事就跟生活发生了最密切的联系。从这种联系逐渐发展，以至著书立说，述作等身，总不会违反现实，或者取那种不真诚不严肃的态度。”假如日记的学习写作能跟现代语文教学同步齐趋，“由此锻炼得来的写作能力，必然深至着实，决不会是摇笔展纸写几句花言巧语的勾当”[⑤]。

朱光潜谈到了日记对学术研究的重要性：首先，日记是绝佳的历史资料，可以弥补正史的缺失。正史一般只记录国家大事，只为风云变化中的主要人物立传，对普通社会或层面的风俗习惯和无法影响到政教大端的，却具有特性，值得记忆的人物或一概抹煞，或语焉不详；正史出自史官之手，依据官书，故不免偏袒忌讳，不利于追究历史真相。私人日记则提供了正史失录的小人物、小事件，载录了普通人对历史的看法或评论，与正史共同构成了中国史的完整形态。其次，

① 吕正操《序》，《王林文集》第五卷《抗战日记》，解放军出版社 2009 年。

② 章衣萍《作文讲话（第三版）》，上海北新书局 1932 年，第 152 页。

③ 夏丏尊、刘薰宇《小品文》，转引自戴叔清《语体应用文作法》，第 217 页。

④ 郭沫若《写尔所知》，见刘国正、陶伯英主编《中国近现代名家作文论》，文心出版社 1992 年，第 595—596 页。

⑤ 叶圣陶《日记与写作能力》，见刘国正、陶伯英主编《中国近现代名家作文论》，第 737 页。

日记记录是传记资料的关键来源，从中既可以寻找到撰写传记和年谱所需的原始、可靠的证据，也能了解作者的内心活动，完型传主的人生轨迹。再次，日记也是文学研究的绝佳资料，借助其记载可以深化和拓展对于文艺的了解与欣赏①。

对萧军而言，日记意味着更多，他十分感性地说过：日记是一台摄影机，照下应该照下的东西；日记是画家的速写簿，写下应该写下的内容；日记是一个无所不谈的朋友；日记是一具分析器，可以分析自己，分析旁人，分析所遇到的一切自觉有用或感兴趣的事物，分析自己的思想与情感，分析自己善恶的动机或闪念，“自己心灵自白的‘上帝’；灵魂散布的旷野”②。因此他录有许多秘事、糗闻和关于魂灵的拷问。也有其他人从心理层面谈道：“写日记仿佛只是有闲阶级的一种特殊的享乐。在有职业的时候，我总是终日栗碌的，无暇握笔：趁现在侘傺无聊，愁烦苦闷之际，我正好和这小册子亲近，把我痛苦之一涓一滴向它倾诉净尽，积聚在它里面，使它成为我自己的影子，以分任我一切的不幸之重担。”③可见，日记又被赋予了心理抚慰和心灵治疗的功能。

四、“如何记日记”：日记的作法、内容与技巧

有论者谈到如何撰写日记的问题，包括用何种语言，持哪种姿态，记什么内容或就什么形式等。譬如，教育家杨贤江主张用白话写作④。1937 年，郭沫若为上海书店《文艺日记》写过一篇激情四溢的

---

① 朱光潜《日记——小品文略谈之一》。

② 萧军《关于我的日记·代序》，《延安日记》(1940—1945)上卷，香港牛津大学出版社 2013 年。

③ 叔羽《后楼日记一》，《申报》1936 年 6 月 14 日。

④ 杨贤江说过：“记日记，我想以用白话为宜。因为白话要比文言来得亲切些，自然些。”见《青少年日记》1985 年 8 月 5 日。

献辞《日记应该怎么写》:“日记应该利用来作为自我生活之解剖台。要把自己解剖得鲜血淋漓,五脏六腑都暴露。但要留心,不要把胆石当成了宝珠,不要把蛔虫当成了未上天的龙虫。//日记是写给自己看,不是写给别人看。要写得来怕见人,甚至怕见自己。要自己看了都觉得惭愧的日记,才是理想的日记。能写这种日记的人,早迟也会成为理想的人。//除掉自己的生活而外,还有知道得更确切的东西吗?但这自己常把虚伪当作巧克力糖。他喜欢拿来晋客,也喜欢拿来塞满自己的胃脏。”①从姿态上看,他对日记写作的基本要求是:展现真实的个人,坦诚地裸露心曲,一切围绕自我和自我生活为中心,把握好一定的限度;好作品要拒绝虚伪、传递真实,做到文质统一。章衣萍说过:“记日记时最要注意的,便是‘真实不欺’,因为日记是‘写给自己看的’。我们应该不自欺。”②萧军也抱持类似观点,强调日记要日日求真、事事求真,不能有丝毫的虚饰与顾虑,“这是纠正和洗炼、坚强我灵魂和行动唯一的锻炼”③。丁玲却表示只会记载自己的荣光,不会记录自己的耻辱。

有些论者谈及应当记述什么内容,如胡适早年声称要载录“凡关于吾一生行实者”“论事之文”“记事之有重要关系者”“记游历所见”“论学之文”五个方面④,后来定了更明确的续作日记条例,包括读书札记,谈话、时事、私事摘要,“文章诗词,或附全文,或摘内容而附记著作的经过”和“通信,或留稿,或摘要,或摘‘由’”⑤。因此其日记内容丰富、结构完备。吴芳吉主张对“关于个人之学德者”“关于家庭之

---

① 郭沫若《日记应该怎么写》,转引自范用《文艺日记》,见古农编《日记品读》,人民日报出版社 2012 年,第 33 页。

② 章衣萍《作文讲话(第三版)》,第 154 页。

③ 《萧军全集》卷十九,第 531 页。

④ 《胡适留学日记》(上),同心出版社 2012 年,第 62 页。

⑤ 《胡适日记全编 5》,第 4 页。

境遇者”“关于社会之疾苦者”“关于国故之见闻者”要随时备录、必详必实[①]。胡行之列有“不尚空论，专注实录”“记日月晴雨”“记所作之事”“记所收书信”“记访晤友人”“记银钱出入”“记其他备忘之事”等七项，于每月月末作“一月统计表”[②]。章衣萍指出日记可以记录自己的行为和读书的心得，“前者是关于道德方面的，后者是关于智识方面的”[③]。阿英认为日记的题材为四类：生活描写、心理描写、自然现象和读书日记[④]。

一些理论书籍为如何写日记提供了完备细密的方法，如首先要正确地面对生活、体会生活，只有对一件件事物详加注意，明了其究竟和意义，才有好的日记材料，才不嫌枯乏无味[⑤]。如写作前要有“充实的生活”“深刻的观察”“多读的习惯”“熟练的文字”和“写作的恒心”[⑥]。阿英则指出在写作中要注意“总引”“起段”“主体”“总结”四个环节：“‘总引’，是指全部日记的开始的序说。‘起’是指逐日日记的‘起段’。所谓全部日记的开始的‘总引’，目的是使读者可以了解与这部日记有关联的过去，或者这部日记写作的意义或内容；所谓每天日记的‘起段’，那指的只是记日期、气候、地点的方法。‘总结’是指的全部日记最后的结语。”[⑦]以“主体”为例，“它的写法，也是不一定的，有的按早午夜的行动，顺序的加以纪录，有的只把一天主要的事件顺序写上，有的从昨夜开始一天的日录，有的弃去了大多的不重要材料只叙述一两件事，一两个感想，或主要的材料抄写，或记录

---

① 《吴芳吉全集》(下)，华东师范大学出版社 2014 年，第 1243 页。
② 胡行之《我的日记简则》，见赵景深编《日记新作》，第 27—28 页。
③ 章衣萍《作文讲话(第三版)》，第 152 页。
④ 见钱谦吾《语体日记文作法》，第 269 页。
⑤ 见林华《日记文作法讲话·上编》，第 5 页。
⑥ 见贺玉波《日记文作法》，第 47—52 页。
⑦ 戴叔清编《文学方法总论(上册)》，上海文艺书局 1931 年，第 147 页。

一回游览,一个访问:这是原则。”[①]可见,他对写作方法的思考已经比较成熟。

有论者从写作技巧上谈了如何撰写日记,如施蛰存认为日记的写作与其他体裁不同:论文强调阐释,日记不需要;小说注重刻划,日记不需要;散文重视文体的明白畅达,辞藻的风华典雅,日记也不需要。日记写作是否不需要任何技巧?自然不是,“虽然不要阐释,不要刻划,但是我们在中外名家的日记中,往往看到寥寥的数语,实在已尽了阐释与刻划的能事,对于文体及辞藻也一样,虽然作者无意于求工,然而在那些简约质朴的断片中,往往能感觉到卓越的隽味”[②]。他认为日记写作不必刻意追求技巧,只需要简约朴素,寥寥数语的自然呈现即可。茅盾主张不刻意经营,随意书写,“偶然看到一个人形状很可笑,听到什么事太离奇或颇有趣,或者经手什么事恐怕日后缠夹不清,或者读书时得了点意思,默坐时想起了可做小说的材料——都随手写了上去”[③]。吕乃真却认为不能将日记记成干燥无味的流水账,“不如每天选一件最值得记的,把它记得安妥服帖,记成一件‘作品’出来,那就够了”[④],要如结构文学作品一样从事日记写作。这种观点与钱玄同所言相呼应,钱氏 1922 年表达了改良日记的愿望,决心从两方面着手:一、不间断将每天的思想与行为记下来,锤炼恒心;二、一直觉得所作之文与理想的状态相差太远,理想中应该是既能畅快地表达思想,又有文学意味,避免枯燥无味的、记账式的写作方式,但自己的写作总达不到要求,原因是练习少,可以通过写日记,每天写,慢慢就能写得更畅达,成瘾后自然会运用深思,奇妙的

---

① 戴叔清编《文学方法总论(上册)》,第 167—168 页。

② 施蛰存《域外文人日记抄·序》,第 2—3 页。

③ 茅盾《日记及其他》。

④ 吕乃真《谈日记》,《申报》1948 年 1 月 22 日。

结构与滑稽的意味也就奔赴笔下[①]。在他看来，日记写作必须营造。

第二节　“泛文类写作”：现代日记文体的形式美学探赜

学者吴承学批评指出，文体形态是“文本存在的基本要素”，但学术界常忽视这方面的研究，“原因就是往往把文体形态看成只是无足轻重的形式。其实文体形态并不是纯粹的形式，它具有丰富的内涵”[②]。以日记文体为例，迄今尚无专家学者作过美学层面的分析。多数时候，研究者被日记的文体形式迷惑，不知如何界定与阐释，诚如有学者所言：“由于日记实用性与文学性兼具的特点，加之从日历那里继承来的史传功能与叙事特征，它经常与史传、杂录、随笔、笔记小说、游记等相关文体相互交叉、渗透、融合，彼此之间的界限有时候并不是非常清晰。”[③]这是针对传统日记而言，现代作家日记的包融性更广更强，几乎借鉴、使用了传统中国以及经改造后的西方所有重要的文体形式，早在二十世纪二十年代郁达夫就谈道：“以日记体写下来的文章，除有始有终的记事文之外，更可以作小品文，感想文，批评文之类，他的范围很广很自由的。”[④]每种文类都有足以让其独立的性质，标示了它的独一无二性，“既有的文类观念的存在为创作者提供了某种文本组织的秩序感，它在形式上的凝聚力（文类形成的惯例和成规），天然地区分了文学王国与外部世界，以及文学王国内由于形式感的不同而存在的不同的文类区划”[⑤]。细析之，现代作家日

---

① 《钱玄同日记·上》，第 433 页。

② 吴承学《文体形态：有意味的形式》，《学术研究》2001 年第 4 期。

③ 邓建《从日历到日记——对一种非典型文章的文体学考察》。

④ 郁达夫《日记文学》，《郁达夫全集》第十卷，第 293 页。

⑤ 南帆编《文学理论新读本》，浙江文艺出版社 2002 年，第 55 页。

记的文体形式难以用单个词汇或一种概念概括，某些日记同时具备多种特性，有明显的文类混合或跨界现象。

排日记事是日记的基本铺陈方式，许多日记都是以此为骨架展开的，如鲁迅直陈自己的写作目的："只在记上谁有来信，以便答复，或者何时答复过，尤其是学校的薪水，收到何年何月的几成几了，零零星星，总是记不清楚，必须有一笔帐，以便检查，庶几乎两不含胡，我也知道自己有多少债放在外面，万一将来收清之后，要成为怎样的一个小富翁。此外呢，什么野心也没有了。"①这种预设导致其日记繁琐细碎，无法形成阅读的愉悦感，不过他就是写给本人看的，不加文饰，多记信札往来、银钱收付等。周作人早期日记有些长篇，后来则寥寥几字，不成章节，这种风格的转变是受到了日本俳人小林一茶的影响，他认为一茶的日记语句极省却蕴含丰盈的暗示力量。总之，这类寥寥数语的日记的主要功能在于便利生活、储存备忘，文学性弱，但语言凝练简赅、精粹利落。而多数现代作家日记在排日记事的基础上录有对事物的细致描绘，人物的精心刻画，日常生活的随意叙写，思想、学术的凝练概括，它们兼具现实目的和审美意义，在文体上呈现多元繁复、纷杂合沓之势，体式上存在小说化、散文化、诗化、戏剧化倾向，也涵盖了读书札记体、学术论文体、书信体、书评体等，有些甚至带有超文本性质。

沙汀、白朗、周文、王林、杜鹏程、杨沫、艾芜、王鲁彦等人的日记有明显的小说化倾向，如有人评价王鲁彦的《船中日记》："犹如一篇创作的小说。这种记日记的方法是尽量的把自己的情感和笔调展开出去的。他不避长，只要觉得可以写的，便如'记叙文''描写文'般的写下了。"②小说所具备的表现手法，如人物的多角度刻画，情节的自由灵活展开，大小环境具体真切的描写和文学化语言的使用等在这

---

① 鲁迅《马上日记·豫序》，《鲁迅全集》第三卷，第325页。

② 林华《日记文作法讲话·下编》，第125—126页。

些日记中均有体现。他们关注现实社会与本真生活，在祛除了小说的虚构性与想象性后创造出一种引人入胜的真实，又借助小说的直线、流畅叙事塑造了典型人物。如阿英《敌后日记》中的新四军军长陈毅就区别于其他作品：他并非叱咤风云的战将，而是视野开阔，自军政至艺术无话不谈，谈无不尽彻的通才；喜爱阅读，精通文学，吐语文训的雅人；与下属联系紧密，关心文化人生活、家庭的好上级；关注下层文学创作和工农文化在底层社会传播的战略领导者。该书极大地丰富了陈毅的形象谱系。阿英逗留停翅港时，注意观察周边人物，塑造了一系列乡村人物：家境富有，有多件皮衣，却故意装束褴褛的地主张大爷；歪嘴，良善，经常拍马屁，类近守财奴的房东；喋喋不休，喜欢骂人，爱贪小便宜，令人厌烦的女主人；忠诚寡言，办事得力的甲长；固执，操作甚勤的乡长；善于应付人，满嘴政治术语的乡村先生……这些人给人留下了深刻的印象。有"冀中抗战风俗画"之称的王林的《抗战日记》描绘了不少冀中官民，尤其是普通百姓，如老马倌、带路者、农村妇女、乡村小孩等形象无不丰满逼真。周文《生产日记》记述了十数位作家在解放区劳作的情状，以疏朗明快的笔触勾勒了刘白羽、丁玲、李又然、吴伯箫、高阳等人挑粪刨地的场景，尽显文化人从事体力劳动时的笨拙与滑稽，对文协生产委员雷加着墨尤多，将其善于组织、乐于助人、勤劳吃苦、干练幽默的性格展露无遗。在自由、灵活地展开情节，注重事件的讲述与细节的绘制上，阿英也提供了好些例子，如记述老妇吵架的场景颇有笔记小说之风：

余曾目击两家争吵，始日出，歪嘴在空场上骂人偷瓜，时秃头之妻，一如《绿野仙踪》中老妖魔似的老妇，首先一面执帚工作，一面应嘴。后渐发展，秃头乃加入，三人相争，卒至老妖魔拖歪嘴裤，不知向何处走。歪嘴裤不系带，一拉即开，竟至对此妇女束手无策。凡历二小时余，始克将双方拉开。而骂声则时时隔壁相应，以迄于午，始告休止。[①]

有些日记近似报告文学，既强调了新闻性，真实迅疾地反映时代，也注重政论性，直接、鲜明地评价人和事，目的在于引起社会关注，呼吁有所变化。郭沫若、萧乾的部分日记作品就是如此，清晰有序地记录了二十世纪前期的某些重要历史事件。它们也记录社会生活，描绘人物形象，但目的性、功能性更强。1924 年 9 月至 10 月，江浙军阀齐燮元与卢永祥之间的混战给民众带来深重的灾难，上海几家报纸报道后引起社会各界的关注。郭沫若应邀参与调查活动，他与周全平从上海出发，历时一周完成。宜兴之行让他了解了军阀战争的社会破坏力，地主对百姓的压榨和农村的凋敝，促使他深入思考社会问题，加速了思想的转变。在调查日记《到宜兴去》中，他重点关注了两个问题：一是战争造成的后果，他为民众损失惨重，田地被蹂躏成硬土，洁净河水被污染，房子被焚毁，男子被拉夫累死或病死战场等现象痛心不已。他讥嘲、痛斥了官兵趁机掠夺民财的行为，在他看来士兵不过是苛刻、残暴的军阀头目获取政治、经济、军事利益的工具。他对当地民众失望不已，批评他们不集体起来反抗。二是农村经济的现状，他指出一个阶级吃着另一个阶级是江南农村乃至于全国农村日益衰颓的原因，地主榨干农民血汗钱却在吃喝玩乐，不事生产，导致泱泱中国沉落向无底的沉渊。因此，他大声疾呼："我们什么时候才能站起来呢？"[②]通观全篇，可以明显地感觉到郭沫若的问题意识，及其流露出的先进的社会认知、人民观和新的文艺思考。

1945 年，以记者身份活跃于欧洲战场的萧乾创作了《南德的暮秋》，这部风格突出、见地不凡的日记记录了作者在德国南部的旅行实况，涉及法兰克福、纽伦堡、慕尼黑等地。全书详略得当，遵循"凡

---

① 《阿英日记》，山西教育出版社 1997 年，第 136 页。

② 《郭沫若日记》，山西教育出版社 1997 年，第 34 页。

其所亲历，虽琐事必覙缕，非其所知所见，不论巨细，概有约束，不苟作”[①]的原则。如 10 月 8 日“战犯开审”一节，记录威斯巴登市政厅举行美占区第一次暴行审判，公审某精神病院七名职员残杀苏联、波兰四千余人一案。各级成员宣誓后，辩论开始，审判官旁征博引，试图证明七人罪名昭然，律师则千方百计证明他们无罪，双方你来我往，各施本领，然后证人上场，接受各方质询。作者借他人之口揭示了纳粹集中营的恐怖、残忍、毫无人道和民众在生理、心理上受到的戕害，抒发了对纳粹分子的憎恨以及对德国人民的深切同情，表现出明显的反战情绪。在结构上，本书主次合理，疏密得中，枝蔓含混之处极少，叙述精彩纷呈，笔法流利，有新颖出奇之感。

郁达夫将日记定位为散文的一种，“散文作品里头，最便当的一种体裁，是日记体”[②]，它确实常以散文体的形式呈现，因此许多古代散文集将日记纳入其中。但与散文相比，日记可以无视“形散神凝”的规矩，更芜杂、散乱一些，它可以一天记录一事，将前因后果讲述完全，也可以前一段记述某事，后一段却是另一件事，或者由其他事件引发的感想，上下之间毫无联系或逻辑关系。如胡适《观西方婚礼》(1914 年 6 月 20 日)，《赴亥叟先生之丧》(1914 年 10 月 19 日)等是典型的记事性散文，前者记述了参加美国人教堂婚礼的经历，谈到了婚礼的规制、活动类型和婚礼的程序，后者则记录了美国当地丧礼中的礼仪与情形。陆小曼《小曼日记》是记事散文与抒情散文的结合，作者一面记述日常生活，如为了离婚与家人之间形成的矛盾与争论，如与友人出游的快乐场景，一面不断倾诉对徐志摩的思念，关于爱情、生活的感想与体悟。另一种常见的是游记体散文，如俞平伯《山阴五日记游》(1920 年 5 月 1 日)：

---

① 少若《读萧乾先生〈南德的暮秋〉》，天津《大公报》1947 年 3 月 1 日。

② 郁达夫《日记文学》，《郁达夫全集》第十卷，第 287 页。

晨七时,步至柯岩。有庙,殿后有潭,石壁外覆,色纹黑白,斧头凿痕宛然。有一高阁,拾级登之。殿旁又一潭,小石桥跨其上,壁间雕观音像。岩左一庙,大殿中石佛高三四丈,金饰庄严。审视,殿倚石为壁,就之凿像。庙后奇峰一朵,镌"云骨"两隶字,四面玲珑,上丰下削,峰尖有断纹,树枝出其罅,谛视欣赏不已。稍偏一潭,拨草临之,深窈澄澈,投以石块,悠悠旋转而下。

十时返棹,移泊雷官,道中山川佳秀,左右挹盼。午后二时,以小竹兜游兰亭,约行七八里,沿路紫花繁开,而冈峦竹树杂呈翠绿。四山环合,清溪萦回。度一板桥,则兰亭在望矣。亭建于清乾隆时,新得修葺,粉垣漆楹,有兰亭、流觞亭、竹里行厨、鹅池等,皆后人依仿,遗址盖久湮为田垄。然以今所见,所谓"崇山峻岭,茂林修竹,清流激湍",则风物故依旧也。……①

作者将记事、写生和抒情融为一体,展示了一帧帧诗情画意的图景,在情与景、意与境的交融中烘托出隽永的格调,散发出动人的艺术感染力。徐志摩、郁达夫、丰子恺、叶圣陶等人日记也不乏这类文采斐然的篇章,浅浅几笔即点画出一幅山水佳作,读者在绘声绘色的描写和匠心独运的意境营造中如临其境。

又有议论式的散文,如徐志摩 1911 年 4 月 13 日写了一段关于刘邦、项羽的讨论,如胡适《游活铿谷记》(1914 年 7 月 28 日)不描写景观,稍稍提及后即展开议论,认为国家出资修路造桥让普通人也能跨越天险欣赏美景,真正实现了均等,人治高于天行就在于"人之智慧才力不能均也,天也,而人力可以均之。均之者何也?除其艰险,减其障碍,俾曩之惟圣且智乃可至者,今之匹夫匹妇皆可至焉;曩之所谓殊勋上赏以待不世之英杰者,今则人人皆可跻及焉。以人事之

① 乐齐编《现代作家日记》,第 33—34 页。

仁，补天行之不仁，不亦休乎！不亦仁乎！”[①]同游的任鸿隽却重写景记事，可见写作风格之区别。

茅盾谈到日记有两种写法：一是自夸而谀人，一是叫人头痛的写法，前者以《战争与和平》中的鲍尔康斯基为代表，后者以运用杂感形式的鲁迅为代表[②]。无疑，鲁迅《马上日记》《马上支日记》《马上日记之二》就是日记杂文化的经典，这十二则日记或重视政治分析，或侧重社会批评，或注重文艺批判，或关注国民性分析，活泼生趣、辛辣有力而又引人入胜，与流水账式的《鲁迅日记》截然不同。作为强调社会性、新闻性的文体，杂文有明确的现实性与战斗性，对现实中的愚昧、腐败、落后、庸常和不公正、不合理的现象反应敏锐，并予于嘲谑、反讽或抨击。在序中鲁迅就对段祺瑞加以嘲讽，表明日记书写不该像段氏《二感篇》一样“摆空架子”。在6月25日日记，他从自己生病谈到梁启超被误诊之事，转而讨论中西医问题，他对中医持怀疑态度，随“梁启超事件”而兴起的“中医了不得论”让他不安，但他也认为西医在中国的环境中尚未萌芽就已经堕落、腐败了，未能将真正的医学科学推行开来。在6月28日日记，他通过亲身经历讲述了长官出巡时各层次人士的神情样态，赤裸裸地讽刺了国民性中狐假虎威的劣根，对一些人仗着高官或洋人的威风随意呵斥同胞的行为予以驳斥。在7月1日日记，他谈到了吴佩孚的高论：赤化的始祖是蚩尤，因为“蚩”与“赤”音同，“蚩尤”即“赤尤”，“赤尤”之意就是“赤化之尤”，他认为这是近几年来闻知的最荒谬的说法。而7月1日和4日日记均从安冈秀夫《从小说看来的支那民族性》谈起，前一则批评了民族性中的“体面”文化，认为国人人前人后不一，喜欢做戏，看客经常配合演出，并且痛恨被揭穿而扫兴；后一则通过对中国菜的解读和宴会上的菜谱和吃法谈到现实社会的矛盾：文明与野蛮始终并存，从

---

① 《胡适日记全编1》，第397页。

② 茅盾《日记及其他》。

而揭示人类的困境。这些日记采用了反语、夸张、比喻、对比、象征等，在嬉笑怒骂或幽默冷峻中达成讥刺效果，既有思想的力度，也有文学的美感，如 7 月 8 日日记末段：

> 凡物总是以希为贵。假如在欧美留学，毕业论文最好是讲李太白，杨朱，张三；研究萧伯纳，威尔士就不大妥当，何况但丁之类。……待到回了中国，可就可以讲讲萧伯纳，威尔士，甚而至于莎士比亚了。何年何月自己曾在曼殊斐儿墓前痛哭，何月何日何时曾在何处和法兰斯点头，他还拍着自己的肩头说道：你将来要有些像我的！至于"四书""五经"之类，在本地似乎究以少谈为是。虽然夹些"流言"在内，也未必便于"学理和事实"有妨。①

胡适也有类似的日记章节，直指现实，但论述较平和，如《论袁世凯称帝》(1915 年 8 月 18 日)等以时事短评的形式评骘社会现实与历史事件，如《我国之"家族的个人主义"》(1914 年 6 月 7 日)、《国立大学之重要》(1915 年 2 月 20 日)等以随感录的形式对传统家族制度和当前教育或予于批驳或作出建言。

作为一种开放性的文体，日记既可能包含质朴的叙事、严谨的论述，也可能以一种诗化的语言表现出来。有学者在分析古典诗歌时得出过一个结论："日记是纪事的文体，也被认为是最为纪实的文体之一。诗歌具有日记化的形式，也有日记化的内容。日记化的形式要求诗歌有日记化的内容，诗人会以日记化的纪事方法写作，读者也会以日记化的方式要求和理解诗歌。"②其实，中国文学写作中既存

---

① 鲁迅《马上日记之二》，《鲁迅全集》第三卷，第 364 页。

② 张哲俊《诗歌为史的模式：日记化就是历史化——以白居易的诗歌为例》，《文化与诗学》2010 年第 2 期。

在诗歌日记化的现象，也存在日记诗歌化的现象，前者体现的是两种文体共有的记事功能，后者体现的是两者兼具的抒情功能。以现代作家日记为例：首先，不少写作者录有自己或他人的一些诗作，如早期胡适常以一首或几首古体诗，一阕或几阕词充当一篇日记，这些诗词附有序、引、跋一类的文字，有助于了解作者的生平、交游和诗学观或者文学事件的来龙去脉。吴宓、萧军、叶圣陶的日记亦有类似现象。其中自然不乏新诗，如柔石 1922 年 5 月 24 日日记就是一首短章："雨，你可不必下了//你决不能洗净那——//老农足上的泥污//少女面上的泪痕//和我心中的忧伤痕迹。"其次，作者以诗化的语言记录日常生活或瞬间感受。面向自己写作时，情感细腻或浪漫意识更浓的作者尤爱记下大段大段的内心独白或心理活动，如徐志摩 1925 年 12 月的一段日记：

耶稣诞日，蛰居终日，屋炉火热，坐久便昏昏欲睡。月色昏朦，如嫠负披纱，态色至惨。每一坐静，即驰神郊外，衰草上有风动焉。

诗意亦偶有来者，然恍惚即逝，不可捕捉。要亦少暇，心不静，如水常扰，景不留也。

勤食亦一堕志事。习成，少间即感不怿，非手有所拈，口有所啮，即不能安坐。眉害我也。

榴子渐戋，色亦渐衰。眉持刀奋切，无当意者，则弃置弗食。然此时令为之，榴实无咎。

雪里红烧细华生，真耐啖。炉边白薯亦焦淬透味。糖葫芦色艳艳迎人。蜜汁樱桃一瓶，仅存底浆。然眉儿犹哓哓苦口不尝新味，娇哉！

腊梅当已吐黄，红梅亦蚤结蕊。眉亦自道好花，尤昵梅，奈何屋具太俗艳，即邀冷香客来，虑不俳适。想想一枝疏影，一弯寒月，一领清溪，一条板凳，意境何尝不远妙？然眉儿怕冷，宁躲绣花被中熏苏入梦也！

并坐壁炉前,火光照面,谭去春颜色,来春消息。户外有落叶飞脱作响。坐垫殊软细,肌息尤醉人。眉不愿此否?

快乐时辰容易过,是真的。容易过故痕迹不深,追忆时亦只一片春光烂漫,不辨枝条。苦痛正是反面,故而容易记认。

眉,你我几时到山中做神仙去?

……[①]

在跳跃式的情绪表达中,他与陆小曼的情感通过诗的语言与节奏流泻出来。《爱眉小札》同样抛开了日记的记事功能,专心抒发如潮的情思,吐露积蕴胸中的情感波澜。这些记述富有诗的情绪、幻想,音乐性与节奏感,恰似一首首散文诗,语言流畅自然,有种练达与迂徐适度的灵动与巧妙。柔石则常常记录呓语般的独白,如 1922 年 6 月 2 日日记:

依着命运摆布,似无舵之船的在海洋中漂流,目的之岸,万难抵达。违反了,却又难能,而我又不愿,——逆流是不惯行的。怎样呢?人生的乐趣,究竟怎样向着适合之路上去走?

只有假设和想象,是毕生一切安慰的幸福罢!

夜中夜色颇好,唯似忧闷者之心的模糊耳。我和影总两相认识,而且一切神秘亦互相了解。不似人们的个个中间隔着一条望不到边岸之河。[②]

这些照录的内心活动隐晦零散,却有独特的内在韵律。柔石尤其喜欢这种倾诉衷肠式的格调,其 1922 年 9 月 20 日和 1924 年 6 月 4 日日记更是将散文与诗歌的美发挥到了极致,充满了诗情与灵性。

---

① 《志摩日记的一页》,《独立评论》第三号,1932 年 6 月。

② 《柔石日记》,山西教育出版社 1998 年,第 5 页。

在日记中记录学术观点或摘抄学术论断的做法自古有之，宋代韩淲《涧泉日记》就被当作“随手札记”的始作俑者，或随手摘记，或明示读书心得。胡适、钱玄同的日记遍布这种写作。胡适的学术札记比较随意，有读书心得、考订辩诬和随感记录等，如《词乃诗之进化》(1915 年 6 月 6 日)；有些篇章有连贯性，如分别记于 1915 年 8 月 3 日、4 日、18 日的《读白居易与元九书》《读香山诗琐记》《论文学》；有些篇章实为书评体，如《读托尔斯泰〈安娜传〉》(1915 年 7 月 10 日)等粗略地评价了作品。胡适日记还包括学术论文，其中部分是形式自由的学术短论，如《传记文学》(1916 年 4 月 5 日)分析了中西方传记，认为前者仅传其人格，后者在此基础上又传人格进化的历史，均有优缺点，用数百字将中西传记的特征讲得明白透彻。另一些学术性文字侧重思维的理论性和表达的论证性，或考证某个文本，或辨析某种说法，又或纠正某种学术观点，以实事求是的科学态度、严密的方法、规范的专业术语进行推演，逻辑明显、说服力强，如《尔汝篇》(1916 年 6 月 7 日)、《吾我篇》(1916 年 9 月 1 日)均作为学术论文刊发在 1917 年的《留美学生季报》。他的日记尚有书信体、演讲体、诗话体、序跋体、人物传记体和年谱体例的文字等，形态多样。

由此可见，日记的文体形态可以向小说倾斜，注重整体性和叙事性；或者向散文倾斜，偏于零散化和随意性；或者向诗歌倾斜，强调情绪化与跳跃性；或者向论文倾斜，重视严谨性与逻辑化；或者向戏剧倾斜，侧重记述的张力与对话性；又或者向小品文倾斜，着重瞬间情感的捕捉或片刻情绪的抒发。总之，它是多元的、开放的，绝非僵硬的、陈腐的，这也正契合有学者所言，日记“是一种难以严格界定的文类，具有灵活多样的特点，可以通过各种形式叙述作者的种种经历，因而缺乏明确的外延范围，并且常常与其他文类相杂合”[①]。文体特

① 唐岫敏《英国传记发展史》，上海外语教育出版社 2012 年，第 85 页。

征的多元化增强了它的吸引力,也对文类的划分原则形成挑战,让人不得不思考文类的范畴和边界的衡定等问题。

无疑,通过对现代作家日记观念的解读和文体美学的分析,我们对关涉日记本体的诸多议题的认知逐渐清晰化,真正从学理上了解了这种独特的文体。

第三章 生命故事的绘制：现代作家的日常生活与心史

日记是对自身经历、自我发展的同步、即时记录，它是一部处于持续写作中的自传，学者菲利普·勒热讷就将日记定义为“一系列标明日期的轨迹”[①]。在此过程中，写作者的个性在发展，对人生与社会的认识在变化，日记如实地反映出其中的点滴和微妙，呈现出作者的人生轨迹，绘制出作者的生命故事，可以说“日记是作者发现自我、发展人格的过程的忠实记录，是作者的生活史和心理发展史的原始文本”[②]。无疑，从日记记录可以了解写作者的生存状态与精神面貌，从各种心理流露和价值判断又能知晓他们的思想变化与心境转换。

第一节 物质与精神的变奏：现代作家的日常生活

日常生活是人类存在的基本内容，是“以个人的家庭、天然共同体等直接环境为基本寓所，旨在维持个体生存和再生产的日常消费活动、日常交往活动和日常观念活动的总称，它是一个以重复性思维和重复性实践为基本存在方式，凭借传统、习惯、经验以及血缘和天

① 菲利普·勒热讷《从自传到日记，从大学到协会：一个研究者的踪迹》。

② 杨正润《现代传记学》，第 380 页。

然情感的文化因素而加于维系的自在的类本质对象化领域”①。它的包容性超强、超广，涵盖了消费、交往和观念活动等，涉及政治、经济、思想、文化、心理等领域，即它与所有的活动都有深刻的关系；它拥有不可估量的渗透力，在各个层面制约着人类的生存，重现性或重复性是其最显著的特征。作为一个具有普遍意义的哲学观念，“日常生活”频繁地出现在各国学者的研究视域中，如法国思想家列斐伏尔对马克思哲学作了批判和反思，否认了人是政治的、理性的和技术的，而是日常生活的凡夫俗子；人类的最终解放不在政治、经济领域，而必须落实到日常生活中来。胡塞尔、哈贝马斯、欧文·戈夫曼、卢卡奇、赫勒，以及胡风、林默涵等均对日常生活有过解读与阐发。

日常生活如此重要，自然因为它是宏大叙事的基础，其本真状态似乎平淡无奇、零散重复，但不时表现出超越庸凡的创造性，“总是以偶然性、变动性、不确定性、片段性，展示社会理性和意识形态性”②。无疑，将它作为一种方法引入文史研究有重要的理论意义，法国学者谢和耐曾言：“生活方式与隶属于它的思想观念有着微妙而不可分割的关系。毫无疑问，当我们研究人类历史的时候，正是这一点使得我们对日常生活的细节发生了兴趣。人们的习惯和风俗为我们揭示了人类一般经验的一种特殊形式，某种确定的个性类型正是由此产生的。”③俄罗斯学者普什卡廖娃说得更直接：“日常生活对历史研究至关重要，它不但可以理解各社会阶层代表、种族的日常生活特征，而

---

① 衣俊卿《现代化与日常生活批判——人自身现代化的文化透视》，黑龙江教育出版社 1994 年，第 32—33 页。

② 吴学琴《当代中国日常生活维度的意识形态研究》，人民出版社 2014 年，第 35 页。

③ 谢和耐著，刘东译《蒙元入侵前夜的中国日常生活》，北京大学出版社 2008 年，第 238 页。

且可以预测现代社会的发展趋势。因时代、区域、宗教、职业和国家政治体系不同造成人类日常生活特征各异。生活的速度和节奏、劳动和休息模式使人们被迫接受与之相适应的生活方式,从而造成历史文化的差异,如某一天对于一些人而言是普通日子,而另一些人却对此倍加重视。换言之,日常生活的思维饱和度完全取决于个体的感受和生活方式,以及社会学家、历史学家和民族学家确定的其他影响因素。"[①]遗憾的是,这个原本活力非凡的论域因受到国家主义、政治威权和启蒙理想的挤压陷入到了尴尬的境地,长期被忽视。纵观中国现代文学研究和文学史书写可以发现,它们一直为宏大叙事所把持,研究者多关注重要的文学现象、文学思潮,大作家和知名作品,并由此推衍出时代概貌与现实风潮。与此相对应的是,关于作家的研究侧重于大事件对作家的影响,或从重要作品挖掘作家的思想、经验与心理等。这类研究确实重要、必要,但也只是现代文学研究的部分组成,而非全部,因过分强调而忽略了其他范式,不利于建构现代文学研究的完整系统。

近年,从日常生活的视野解读现代小说、戏剧的研究成果时有刊出,但很少从这种角度对写作主体的世界加以探讨与揭示。关于写作者的研究多从民族、国家等视角切入,展示了他们在公共空间的各种形象,一幅幅政治化了的,社会化了的作家面貌得以形塑。无疑,从日常生活着手有助于深化、拓展作家的研究,非政治的、世俗的、个性的角度有利于完璧其形象的多维建构,让每位作家成为一个"人"或一个"个人"。而这种必不可少,也行之有效的研究方式并未得到广泛地应用和加持。日记写作者是日常生活的记录者,日记里遍布本色的、朴素的日常化人生境况,是探究现代作家日常生活的直接的、关键的史料来源,这也是由日记作为表现人类生存状况的重要载体的本质属性决定的。

---

① 普什卡廖娃著,张广翔、邓沛勇译《微观史学的研究对象和方法》。

日常生活是个体再生产的家园,这种再生产包括物质与精神两个层面,学者王富仁谈及鲁迅的意义时说道,从参与新文化运动起,"(他)就把目光转向了中国包括知识分子在内的社会群众的具体的平凡的日常生活,转向了他们的物质的和精神的存在方式"[①]。本章也将从这两个维度分而论之。

一、变动的日常:从衣食住行谈起

日常生活是人类历史生成、延续与发展的基础,日常生活世界是人类存在的普通、典型或例行环境,具有基础性的意义,"与每一个个体的生存息息相关,又无言地孕育和滋养着人们的衣食住行和饮食男女"[②]。确实,衣食住行构成了日常生活的本体性需求,马恩经典学说强调过:"人们为了能够'创造历史'必须能够生活。但是为了生活,首先就需要衣食住以及其他东西。"[③]近代以来,外来科技、文化与思想的传入促发了国人生活结构、生存方式的变易,这个嬗变过程是渐进的、全方位的,如本·海默尔所言,在现代性中"日常变成了一个动态的过程的背景"[④],陌生事物逐渐为人们熟悉,习俗的溃败习以为常,人们通过抗争将新事物整合进来,并调整自己的生活方式,这在衣食住行上有了充分显现。而生活是实实在在的,每项活动莫不有具象生动的样式与内容,每位作家的现实情况也不一样,如钱玄同谈道:"我于衣食住行四事,衣住尚称能苟,食已太'布尔',行尤太腐败之至。以后当痛加改良,衣虽朴,但因懒,不穿短衣,虽不怕冷,

---

① 王富仁《中国文化的守夜人——鲁迅》,人民文学出版社 2002 年,第 238 页。

② 吴学琴《日常生活的意识形态矩阵分析》,《安徽大学学报》2012 年第 1 期。

③ 《马克思恩格斯选集》第一卷,人民出版社 1995 年,第 79 页。

④ 本·海默尔著,王志宏译《日常生活与文化理论导论》,商务印书馆 2008 年,第 5 页。

而以痴肥之身，萎靡不振之精神而穿一件臃肿之棉袍，亦殊欠精神，以后当以渐穿土布学生装为是，穿皮鞋以期多走路。”①限于篇幅，本书仅作概略式的描摹，不予细分或罗列，鉴于日记记载十分零碎，只择取有典型意义的事例进行讨论。

首先从容饰与衣装谈起。“衣服和身体装饰，是人类文化的重要部分。”②确实，留什么发式或穿哪种衣服在古代中国被赋予了明确的政治象征和隐晦复杂的文化意义，历代鼎革之际均涉及此问题。民元肇始，辫发引发了热议，是否剪辫子成为区分人物新旧的标志，鲁迅就表示：“我的爱护中华民国，焦唇敝舌，恐其衰微，大半正为了使我们得有剪辫的自由，假使当初为了保存古迹，留辫不剪，我大约是绝不会这样爱它的。”③显然，辫发的去留非简单的，关于生理或习俗的论争，而是涉及统治威权、社会制度、文化观念和价值认同的大是大非，所以革命军新政府刚成立就传谕官兵、平民限期内除去发辫。1911 年 12 月 20 日，叶圣陶有过评论：“今日割辫子者甚多。校中先生同学殆已割尽。然亦有一般人冥顽不灵，劳种奴性，死留此一条亡国之纪念物，自明为不肯与世推移者。此种人无以名之，只得谓之不完全之人耳。”④剪辫子对新作家而言不成问题，对以承传古代文化为意志的旧派士人来说却意味着违逆、破坏传统伦理，如陈三立在大街上与人起过争执誓死保护辫子。1912 年 2 月 26 日，剃了头的吴宓嘲弄起了留辫者：“徐朗西君来谈，云是日下午在电车上遇一华人，似亦读书士，而脑后犹垂长辫，同乘一西人突执其辫询之曰：此物何名？其人答曰：此物中国名之曰辫发。西人笑曰：中国人素无是

① 《钱玄同日记·中》，第 916 页。

② 爱尔乌德著，钟兆麟译《文化进化论》，上海文化出版社 1989 年，第 1 页。

③ 鲁迅《因太炎先生而想起的二三事》，《鲁迅全集》第六卷，第 576—577 页。

④ 《叶圣陶集》第十九卷，第 68 页。

物,焉得有是名乎?其人下惭,迨车停即下,趋理发店剪去其辫。事亦足解颐也。”[①]早已留洋的知识分子,如钱玄同在1905年就剪去发辫了,当他次年从日本归国见到沿途国人小帽一顶,辫子一条,精神状态极差,不免为之气结[②]。彼时,作为一种符号的辫发,是旧派、落后与积弱的象征,去除辫发意味着甩去历史包袱,向文明靠拢,获得现代的身份与命名。

与剪辫相对应的是易服。“服装是自我社会构成中极其重要的一部分。”[③]服饰也被认作礼制大防,其变易与正朔更改相关。随着学习西方的思潮兴起,康有为等在晚清就呼吁过改穿西服,并指出:“合古今中外而变通之,其唯改易西装,以蕲进于大同矣。既有西装之形式,斯不能不有所感触,进而讲求西装之精神。”[④]具备现代教育背景的知识分子多坦然地接受了西方服饰文化,胡适、吴宓日记均谈到出国治装之事,据吴宓记录,为了出洋访学,他1930年定制了常服二套,礼服一套,shirt二件,翻制了西式外套,计花费165元[⑤]。钱玄同对易服尤其看重,他在1936年4月1日日记中摘录了《大公报》的一条消息:“中央党部及行政机关职员,四月一日起,一律服用正中装及西装。”他评价“此事不得谓非进步,因(1)不必穿长袍马褂,(2)不禁止西装也”[⑥]。次年,他花重资为出国留学的儿子制作西服。确实,西装已成为身份地位鉴认的外在标准,郁达夫就批评阿猫阿狗都着起了西装,穿上了皮靴。但新旧并非绝对,往往新的已经出现,旧的却未退场,于是有了新旧的互渗与夹杂,传统服装仍是现代作家的

---

① 《吴宓日记》第一册,第198页。

② 《钱玄同日记·上》,第40页。

③ 史文德森著,李漫译《时尚的哲学》,北京大学出版社2010年,第11页。

④ 《论发辫原由》,张枬、王忍之编《辛亥革命前十年间时论选集》第一卷下册,生活·读书·新知三联书店1960年,第748页。

⑤ 《吴宓日记》第五册,第94页。

⑥ 《钱玄同日记·中》,第1187页。

重要选择之一。假如仔细观察鲁迅、胡适、吴宓、钱玄同等人照片会发现他们经常混穿，在不同场合变换西装、中山装或长袍，布鞋或皮鞋，周氏兄弟日记也有购买夹袍、长衫的记录。每位作家对衣饰的要求、品位不一，如吴宓批评梅光迪好华服、重享乐，邵洵美却说在这样一个表现的时代，服饰就是表现我们身体的艺术与本能，必须具备这方面的知识才能享受人生的真趣[①]。依照服饰定尊卑的认知已然弱化，但通过服饰仍能识别主人的社会地位与形象、性格，如吴宓喜欢记述女性的穿戴，凭此揣测别人的想法与心情。在经济发展稳定、物品相对充裕的年代，作家的着装大体正常，但到了物资奇缺、物价飞涨的抗战时期则受到严峻的考验，不少人穿戴破旧不堪，长年未添置新衣，朱自清等就抱怨过穿着上的捉襟见肘。如此，即便丝巾、袜子也奇货可居了，如吴宓曾将此当作重礼送给心仪的女性。

饮食是人类的原生本能，生命延续的起点，其意义又不局限于此，“吃不只是吃，更是几乎可以延伸到一切事物上去的活动”[②]。国父中山先生在《建国方略》中肯定了饮食的文化性与艺术性，指认“烹调之术本于文明而生”，作为“悦口之味”，它与“悦目之画”“悦耳之音”“皆为美术”[③]。除了满足口腹外，饮食的最大现实功用是充当基本的交际手段，学者钱钟书说过：“吃饭还有许多社交的功用，譬如联络感情、谈谈生意经等等，那就是‘请吃饭’了。社交的吃饭种类虽然复杂，性质极为简单。把饭给自己有饭吃的人吃，那是请饭；自己有饭可吃而去吃人家的饭，那是赏面子。交际的微妙不外乎此。”[④]吴宓对酬酢有过批评：“酬应本属社会恶习，而吾校同人，及今即仿效

---

① 邵洵美《从时代说到装饰》，《时代》1931 年第 2 卷第 3 期。

② 龚鹏程《中国传统文化十五讲》，北京大学出版社 2006 年，第 25 页。

③ 孙中山《建国方略》，上海民智书局 1922 年，第 3 页。

④ 钱钟书《吃饭》，见《钱钟书作品集》，云南人民出版社 1999 年，第 484 页。

之。有甚糜费者,是亦不可以已乎?”[①]但他自己就是宴席盟主,不全然反对聚餐,而是驳斥浪费,毕竟聚餐是勾连人类情感活动的重要方式。作家日记均有或多或少的聚餐记录,如周作人每年新年请好友钱玄同、俞平伯等到家聚会,吴宓定期在元宵日到瞿兑之家与友人团聚,有人整年参与或组织的宴请达到数十次乃至上百次,不少作品、规划或出版物就是在餐桌上聊出来的。就风格而言,有中餐与西餐之分,如鲁迅在京时常与陈师曾、钱稻孙等到西餐厅益錩就餐,钱玄同多次记录与周作人、温源宁等到德国饭店进餐。而蜚声中外的中餐仍是作家的最爱,这在鲁迅身上可以得到证实,益錩之外,他去得最多的是中餐厅广和居,这自然与文化传统有关。从作家的家庭饮食又能见出每个人的个性或人生态度,据王映霞回忆郁达夫讲究吃:“他常说:‘我们无产者唯一可靠的财产,便是自已的身体。’又说:‘文章做不出事小,身体养得好好的,这是第一着。’”[②]郁家每月开支200银元,有100元用于吃,常购置甲鱼等,伙食极好。穷作家则生活困顿,如萧军、萧红早期在沪时仅有一只泥火炉,几副碗筷和盐、醋,没有油,每天白水煮面片,汤里漂着几根菠菜。也有日记谈到特殊的人生经历,如李叔同录有如何断食以修身。而关于抽烟、饮酒方面的记述,对了解作家的生活习性、消费个性等亦有裨益。

“住宅者,人类居处之所托,上自政治、宗教、学术、风俗,下逮衣服、车马、器用之微,罔不息息相关,互为因果。”[③]可见住宅的关涉面极广,而作为有意味的空间,它与人类的现实生活、情感心灵密切相关,“是一种活生生的现实,自远古以来,它已使人类的存在变得富于

---

① 《吴宓日记》第一册,第503页。

② 王映霞《郁达夫的饮食》,见萧乾编《海上春秋》,中华书局2005年,第46页。

③ 刘敦桢《大壮室笔记》,《刘敦桢全集》第一卷,中国建筑工业出版社2007年,第86页。

意义,并使人类在时空之中寻找到了一个立足点"[①]。现代作家的居住方式多种多样:有购房的,如鲁迅买了八道湾四合院供一大家子居住;求学时住校,如柔石、吴宓、胡适分别记录了在浙江第一师范学校、清华学堂和康奈耳大学的宿舍生活;工作了住教职工宿舍,如吴宓在燕京、武大任教时皆是如此,茅盾、郑振铎等住过商务印书馆宿舍;在沪打拼的文学青年,如丁玲、萧军、萧红租住过亭子间。居住环境十分重要,鲁迅早年住绍兴会馆就被吵得无法入睡,如 1912 年 8 月 12 日日记:"半夜后邻客以闽音交谈,狺狺如犬相啮,不得安睡。"[②]类似情况时常发生,这或许是他后来购房的动因之一。除了鲁迅等少数人外,多数作家赁屋而居,承平时,除非遇上恶房东,住所相对固定,京沪等地可供选择的房源也多。经济宽裕可以租大房子,如钱玄同 1922 年以每月 33 元租了一栋 17 个房间的楼房;经济状况差或困窘只能租小房子或亭子间、阁楼了。到了大后方,房源紧缺,住宿问题棘手了,以各大学为例,学校不仅要解决校舍、教室,还要帮教职工租住房,不免要求教授同住,这让个性强、注重隐私的教授们难以适应,矛盾时时发生,如执拗而不合群的吴宓就与同室有过冲突,愤而搬离,感而作诗"未许蜗居长共读,甘依马厩自求邻"。日军持续轰炸给他们造成了困扰,1941 年 1 月 29 日联大教授宿舍被炸,此后数日教授们在破窗寒风中和衣而卧,靠窗口卧睡的吴宓立刻病了。有人租房时遭人愚弄,如 1941 年袁昌英之女杨静远就为苏雪林打抱不平:"苏先生做了一世好人,把自己心血换来的一点财产全捐给国家。这种热、赤、忠、牺牲,或者说是傻气,中国人中有几个?然而结果她的境遇是这样悲惨,天理在哪里?而一般损人利己的聪明

① 挪威学者舒尔茨语,见秦红岭《建筑的伦理意蕴》,中国建筑工业出版社 2006 年,第 13 页。

② 《鲁迅日记》第一册,人民文学出版社 2006 年,第 16 页。

人，恐怕连最后的良心不安都没有吧！”[①]朱自清也遭遇了窘境，他起初租住了紧邻街心的房子，嘈杂声影响工作与睡眠，而且房东还将棺材置于院内，遂决定换房。找好房后，房东夫妇耍赖，坚持没有新房客不退租，须续付租，于是他到处推销住所，直至一个月后新房客来到才拿回押金，令他烦恼不已，影响了教学与写作[②]。这也正合某学者所言：“住所是可以喻示出生活的真相的。它是私人空间的落脚点，是谋生社会的栖息地，也是个人经济能力、社会地位、生活状况的直接映现者。即使所住之地只是一间旅社、一家饭店，或是租来的房子、借居的所在，却都留有居住者的生活印迹与情感忧乐。”[③]

在行方面，现代交通工具满足了人类对空间位移的诉求，距离的压缩给现代作家的意识和生活带来巨变，如关于时空的认知，出行方式的择取等。从工具上看，他们出国多选择航行，如吴宓、常任侠、胡适、郑振铎、陈学昭等到欧美、日本均是坐船，随着欧亚大陆贯通，可乘火车经俄罗斯到欧洲各国。在国内行走多依靠火车、汽车或船只，延安或解放区作家甚至使用马或驴，而胡适、徐志摩等在二三十年代就乘坐起了飞机。现代作家对于行也是观念不一，如乘汽车对鲁迅而言是家常便饭，据许广平言：“如果作为挥霍或浪费的话，鲁迅先生一生最奢华的生活怕是坐汽车，看电影。”[④]郁达夫在行上则比较节约，据王映霞回忆他从未坐过出租汽车，多以电车或公共汽车出行，且选择三等座[⑤]。而日军侵华给国人出行造成了巨大的困难，如《吴

① 杨静远《让庐日记》，武汉大学出版社 2003 年，第 3 页。

② 《朱自清全集》第九卷，江苏教育出版社 1998 年，第 544—566 页。

③ 张蕾《稗史何妨虚文——现代通俗小说对衣食住行的社会解读》，《社会科学》2012 年第 4 期。

④ 许广平《鲁迅先生的娱乐》，《欣慰的纪念》，人民文学出版社 1981 年，第 93 页。

⑤ 王映霞《郁达夫的行》，萧乾编《海上春秋》，第 49 页。

宓日记》详细记述了从北京到长沙再到昆明途中的颠簸与不便,《丰子恺日记》对在川滇贵的迁移有翔实的记载。

在部分作家的描述中,某些特殊区域表现出截然不同的生活形态,如果说抗战前的京沪或抗战时的重庆、昆明等地的生活需求大抵按市场秩序运行,通过买卖获取,显得自主、合经济规律,延安却是另一番景象,更规则化、制度化,衣食住行是根据级别的高低、年限的长短采取供给制。据萧军记载,延安作家分为五级:特等作家,如茅盾,享受小厨房、双窑洞和男、女勤务,开销不限;甲等作家每月 12 元津贴;乙等每月 8 元;丙等每月 6 元;工作人员每月 4 元[①]。李又然就抱怨过丙等津贴过低,经常入不敷出。延安的物质贫乏让萧军极其苦恼,他认为"这里的伙食是刻板的,监狱似的伙食,早晚两次小米稀饭,一顿馒头,几片山芋,没有一点油水,毫不能刺激食欲"[②],担心长此以往影响身体。他给艾思奇写信,谈到文协的伙食问题,请艾思奇与鲁迅基金委员会商量每月借些钱,待收到稿费或版税后陆续归还,艾思奇回信称鲁迅基金贷金办法尚未定好,可特别先借 200 元。萧军牢骚满腹,多次因饮食问题与军干人员产生激烈的矛盾,他赌气离开延安到乡下开荒种地也是不满招待所执行的伙食制度,产生了自力更生的念头。他录有在医院道听途说的一些人的特殊待遇现象,他气愤地指出这些人也是拿四五元津贴却享受如此待遇,不免感叹"卑污地存在原来到处一样""革命的路还是遥远的"[③]。他对住行上的分化也有批评,认为高位者住双洞窑或新修窑,出入汽车接送不符合革命主旨所宣扬的规矩。总之,萧军认为延安的医院、传达室、戏院、饭馆"表现着官僚、凌乱、卑俗、无教养""丑恶到这里来集合了"

① 《萧军全集》卷十八,第 322 页。
② 《萧军全集》卷十八,第 441 页。
③ 《萧军全集》卷十八,第 449—450 页。

“这里是没有作家存在的,有的只是政治和军事与技术”①。他提议实施“有原则的平均主义”,像音节一般各提高半音,缩小不同级别的差距。丁玲也有此感受:“这里只有表面的热情,物质上是极端自私的,没有同情,只有冷酷!……并不如我所想的……是一家人……作家到这里也好像失去了彩色和作用。”②自 1940 年大生产运动后,延安的伙食和各项物资供应得到了极大改善,不过分灶制度等又让作家们颇有微词。

无疑,通过衣食住行的考察,我们全面了解了现代作家最本真、原始的日常生活和隐藏在其背后的现代政治、经济、社会与文化形态,拓宽了研究视域。

二、谋道或谋食:管窥现代文场的经济生态

谋道与谋食自古是中国知识分子的两大人生追求,前者已为研究者反复谈论,后者却仍未引起足够的重视。其实,经济视角原是文史研究的基本方法,二十世纪二三十年代,郭沫若、郑振铎、贺凯等就自觉地思考经济与文学或历史的关系了。显然,这个视角是有效的,一些悬而未决的问题得到了解释和说明,但随着政治标准第一成为宰制性思潮,这种研究方法被封存起来,即便有些研究试图以经济衡度立论,也蜕变成机械的经济基础决定论,罔顾具体史实而强行演绎出干巴无实的结论,学者胡明等对此有过批判,认为这类研究表面上是经济关系分析,骨子里却是政治,被简单化了,庸俗化了③。到了以现代化或启蒙为主线解读现代文学的时代,它仍然不被重视,学者们追求的是更为形而上的观念,造成了某位学者谈及的结果:“在过

---

① 《萧军全集》卷十八,第 426 页。

② 《萧军全集》卷十八,第 325 页。

③ 胡明《中国传统文学与经济生活·序》,见许建平、祁志祥编《中国传统文学与经济生活》,河南人民出版社 2006 年,第 2 页。

去的研究中,如果谈到经济的问题,大家都不屑一顾。”[①]新世纪后,这种研究多了起来,结论更多元和理性,学者李怡等提出应该从“民国经济”的角度重新观照中国现代文学,它蕴含着一种新的方法论,有助于思考现代文学生成的经济因素,现代作家在文坛的独特姿态和作家社团、流派形成背后的经济因素,现代作品生产、流通、传播与消费之间的关联等[②]。自然,从事这类研究的先决条件在于寻出关涉经济因素的文字记载。而作家日记遍布经济信息,有时甚至充当了账本的功能,鲁迅、郁达夫、吴宓、蒲风、钱玄同、叶圣陶、朱自清、郑振铎等均有批量记录,可以展开许多话题。

首先,可以了解现代作家的金钱意识。现代稿酬制度是在近代初步形成的,文人耻于谈钱的传统终究被打破。证据表明,卖文已成为现代作家的立身之本,无论哪一个流派、社团或任何一个阶级出身的作家均关注钱财,一些有固定专业或职业的其他领域知识分子也借此获取可观的额外收入。当然,其中不乏犹抱琵琶的说辞,如郑振铎挞伐“鸳鸯蝴蝶派”作家不过应了社会的要求,“把‘道听途说’的闲话,‘向空虚构’的叙事,勉勉强强的用单调干枯的笔写了出来,换来几片面包,以养活他自己以至他的家人而已”[③],但他也为了稿费出售私人性质浓郁,写给夫人一个人看的《欧行日记》。柔石批评过朋友们存在一种“于文学,只说卖钱”[④]的态度,但其日记、书信屡屡谈及经济议题。其实,现代作家之所以能立足于世,并在有限的范围内自由发声就在于经济权的独立,这是建立在以金钱为基础的稿酬制和版税制之上的,如美国学者莱斯利·菲德勒所言:“诚如所有作家

---

① 党圣元《重读经济生活与文学之关系》,《社会科学报》2003 年 11 月 24 日。

② 李怡《民国政治经济形态与文学》,花城出版社 2014 年,第 69 页。

③ 西谛《悲观》,《文学旬刊》1922 年第 36 号。

④ 《柔石日记》,第 107 页。

心知肚明的，这意味着即便我们大多数人（包括我自己）羞于承认，文学和文学作品，都是只有在从书桌走到市场之后才告完成。这是说，在被包装、宣传、广告和卖出之前，文学都是不完整的。”[①]确实，只有当作品实现了经济价值才算真正的完成了一个循环。在这方面，郁达夫最为直白，总是直接披露心迹，如“想写一篇《喀拉衣儿和他的批评态度》寄给《东方杂志》，去卖几个钱”[②]，“为维持生活计，今年又必须翻译一点东西”[③]。追求王映霞时，其日常用度剧增，遂将希望寄托在卖文上：“我的钱，已经花完了，今天午前，就在此地做它半天小说，去卖钱去吧！我若能得到王女士的爱，那么恐怕此后的创作力更要强些。……写小说，快写小说，写好一篇来去换钱去，换了钱来为王女士买一点生辰的礼物。”[④]1929年，蒋光慈谈及刊印日记的原因：“像我这样年纪还轻的作家，本不应当即行将个人的日记发表出来，但是一因为要纪念此行，二因为经济的催促，所以也就不得不做例外的事了。”[⑤]显然，他们不以卖文为耻，而是当作一种具有强烈自我认同感的生存方式。在某个时期，郭沫若经常陷入窘局，嗟叹前有饿鬼临门，后有牛刀架颈：“我纵使是架造文机器，已颓圮如斯，宁可不稍加休润耶？……节省，节省，节省！万事都是钱，钱就是命！”[⑥]他对惟金钱观是厌恶的，批判的，又无法否认其重要性，他以自身经历为例探讨过卖文现象，认为以文章可以卖钱为荣耀与之前受过的教育相悖，旧时将文章卖作商品会被视为“江湖派”，认作文人中的“最下流”，稍自矜持的人都不肯走这一步，但“由卖文为辱转而为卖文为

---

① 莱斯利·菲德勒著，陆扬译《文学是什么？高雅文化与大众社会》，译林出版社2011年，第16页。

② 《郁达夫全集》第五卷，第37页。

③ 《郁达夫全集》第五卷，第71页。

④ 《郁达夫全集》第五卷，第76页。

⑤ 蒋光慈《〈异邦与故国〉序》，上海现代书局1930年。

⑥ 郭沫若《新生活日记》，见钱谦吾编《语体日记文作法》，第312页。

荣,这是一个社会革命,是由封建意识转变而为资本主义的革命。我自己在那时是经过了这种意识上的革命来的"①,在理论上为卖文行为作了辩护,将其归结于意识演进的必然结果,这符合德国哲学家齐美尔的设定:"货币心理"是现代社会区别于前现代社会秩序的重要参考,"非人格化"的货币作为一种理性力量形塑了人们的行为方式,认同其重要性成为社会发展的必然趋势②。

其次,可以分析现代作家的收入构成。许多现代作家的收入来源是多元的,如鲁迅的收入源自稿费、版税、教育部工资、大学院津贴、兼任讲师薪水和编辑收入等;周作人的收入来自教师薪水、稿费、编辑费、版税等;吴宓的收入包括教师薪水、校外兼课、演讲、《学衡》或诗集售书所得、稿费、报纸或刊物编辑费、部聘教授津贴、学术研究补助费、主任办公经费、贸易公司股票和银行券利息等;叶圣陶的收入有教师薪水、稿费、编辑费、开明书店分红和"文协"经费资助等;萧军的收入包含稿费、版税、延安每月固定津贴、编辑费、鲁迅研究中心资助经费和延安高层领导募捐等。有的作家、学者做些小生意,或收取篆刻、寿铭或墓志的润笔,录制电台讲座或充当家教等。乍一看,种类繁多,但对多数现代作家来说稿费才是最重要的,不是每位作家均有其他收益或出书获得版税。稿费是作家安身立命的倚靠,能将他们从经济困局中超拔出来,如蒲风 1937 年 7 月 21 日记道:"已花到只有最后的十几个铜板了。稿费还是不见发下,真叫我苦莫能言。然而,不向别人借又有什么办法呢?"窘困让他焦虑不安,而当稿费、售书费寄到,其精神状态迅疾发生变化:"我快活起来

① 郭沫若《创造十年续编》,《郭沫若创作精编:郭沫若自传·上》,安徽文艺出版社 1997 年,第 288 页。

② 见戴维·英格利斯著,张秋月等译《文化与日常生活》,中央编译出版社 2010 年,第 58 页。

了。我是正担心着来周的饭票、邮票钱无处可筹了的哪!”[①]他随即领取出来偿还负债,购买食物、日用品,看了电影,还帮侄子订了半年杂志。

再次,可以明晰现代作家的经济状况,判断其社会地位。假如有持续的明细即能估算出作家一季或一年的收入,如《鲁迅日记》详录了鲁迅某些年份的收益,可以大体算明年总收入和平均月收入,如1930年总收入15148.90元,月收入约1262.5元;1931年总收入9109.30元,月收入约为759.1元;1932年总收入4857.50元,月收入约405元;1933年总收入10440.93元,月收入约870.1元;1934年总收入5631.45元,月收入约469.3元;1935年总收入5403.30元,月收入约450.3元[②]。无疑,鲁迅晚年收入实在丰厚,也印证了苏雪林对他的攻击:“当上海书业景气时代,鲁迅个人版税,年达万元。其人表面敝衣破履,充分平民化,腰缠则久已累累。或谓鲁迅讽刺文笔之佳妙,不如萧伯纳,而口唱社会主义,身拥百万家财之一点,则颇相类。”[③]胡适日记也有些残缺的记录,粗略统计收入不输于鲁迅。从吴宓、郁达夫、叶圣陶、丰子恺、钱玄同、郑振铎等人的日记可辨别他们的收入也不错。他们在文人群体中鹤立鸡群,与其他社会群体相比如何?先看公务员的收入,国民政府1929年颁布的《暂行文官官等薪俸表》规定了各级官员薪资:特任部长800元/月;次长一级600元/月,二级560元/月;署长520元/月;司长480元/月;局长440元/月;厅长400元/月;一等秘书370元/月;二等秘书340元/月;三等秘书310元/月;三个级别的科长分别为280元、250元、220元/月;普通工作人员分12等,分别为200元、180元、160元、140

① 《蒲风日记》,山西教育出版社1998年,第218页。

② 见叶中强《上海社会与文人生活(1843—1945)》,上海辞书出版社2010年,第541—562页。

③ 苏雪林《与蔡孑民先生论鲁迅书》,《奔涛》第一卷第二期,1937年3月。

元、120 元、100 元、90 元、80 元、70 元、60 元、50 元、40 元/月[①]。再看二十世纪三十年代上海文化、教育行业从业人员的月薪:报社主笔 200 至 400 元,编辑主任 100 至 200 元,编辑 40 至 100 元,职员 60 至 100 元,大学教授 400 至 600 元,副教授 260 至 400 元,讲师 160 至 260 元,助教 100 至 160 元,中学教员 50 至 140 元,小学教员 30 至 90 元[②]。据记载,1930 年各大城市男工月薪如下:上海,一般 15.3 元,最高 50 元,最低 8 元;南京,一般 10.8 元,最高 30 元,最低 6.5 元;汉口,一般 19.5 元,最高 41 元,最低 8 元;广州,一般 10.6 元,最高 30 元,最低 7.5 元[③]。通过比较可以直观地看出鲁迅的收入在整个社会中处于高位,他 1930 年的月收入是特任部长的 1.5 倍,普通科员的 30 倍;是大学教授的 2—3 倍,小学教员的 13—40 倍;是上海工人最高薪资的 24 倍,最低薪资的 150 倍。虽然达到鲁迅这个层次的不多,但收入丰厚的现代作家不在少数,他们共同组成了民国文教界的高收入人群。鲁迅、胡适、周作人、吴宓等之所以经常主持饭局,或观影、看戏,随手借出数十元,或慷慨捐资,以及保持相对独立的政治姿态,是以雄厚的经济实力为后盾的,财务自由便于获得精神上的独立,由此证明了“经济权就见得最要紧了”[④]。

又次,可以清楚现代作家的消费结构与获得感。假如对《鲁迅日记》(1912—1936)“银钱收付”进行分析,可见其消费类型大体有六种:书账、家用、馈赠、外借、赠捐和生活杂费,其中开销最大的是购书,二十多年花费 13000 余元。从各类金额又可见出鲁迅的性格,如

---

① 慈鸿飞《20 世纪二三十年代教师、公务员工资及生活状况考》,《经济社会史评论》2013 年刊。

② 见忻平《从上海发现历史——现代化进程中的上海人及其社会生活(1927—1937)》,上海人民出版社 1996 年,第 320 页。

③ 国民政府主计处统计局编《中华民国统计提要(民国二十四年辑)》,编者印 1935 年,第 277 页。

④ 鲁迅《娜拉走后怎样》,《鲁迅全集》第一卷,第 168 页。

在为教育总长傅增湘之父和上司秦汾做寿集资时他给了一元了事，而穷学生冯省三离京归乡他赞助了五元，可见其急公好义、爱憎分明，不阿谀奉承、趋炎附势的品格；又如他数以百计地借钱给求学心切的年轻学生与热情创办刊物的文艺青年，有时数十数十地直接赠予，可见其热衷奖掖后进、提携青年的宽大胸怀和推动现代文艺发展的热情；他常为社会事业出力，数次捐助赣粤豫皖等地水灾，大力支持进步团体青年会、互济会、左联和学生活动，甚至帮女工花钱赎身，可见其强烈的社会责任感与人文情怀[①]。吴宓对待挚友豪爽，如长年扶持吴芳吉及其亲属，添衣置物，赠友、赏人皆为常事，对父亲、前妻、女儿以及其他亲人亦不吝啬，散尽了收入。再如，胡适在家庭花销、购书、饮宴之外，屡屡不求回报地施与友朋或年轻人，或大额资助青年出国留学。从这些例子也可以辨明现代作家的处世修身之道。

又次，可以见识作家消费水平的变化。有学者对1926—1936年上海市零售物价作过统计，发现除1933年跌幅稍大外其他年份物价基本稳定，本节即选取1930年物价作为衡量标准：1930年，籼米（一号）13.6元/石（约0.11元/斤）；鲜猪肉0.31元/斤；棉花0.57元/斤；小子煤0.15元/担；煤油0.11元/斤；肥皂0.05元/块；香烟0.048元/盒；茶叶0.29元/斤；活鸡0.39元/斤；鲜蛋0.032元/个；豆油0.22元/斤；猪油0.35元/斤；食盐0.069元/斤；白糖0.099元/斤；细布0.113元/尺；线呢0.166元/尺[②]。而其他城市的消费更低。经过换算，作家一篇稿件能换取相当数量的消费物资，因此1937年8月在福州生活的蒲风得稿费二元就觉得“也不算少了”[③]，至少可以购得约20斤米。大体上，有固定收入的文字工作者基本可

① 李绍华《〈鲁迅日记〉中的银钱收付》，《社会科学辑刊》1983年第6期。

② 见忻平《从上海发现历史——现代化进程中的上海人及其社会生活（1927—1937）》，第340页。

③ 《蒲风日记》，第285页。

以满足日常需要,大作家、大编辑或大教授则过着优渥的生活。全面抗战爆发后,他们无法享受如此丰裕的物资了,主要原因是物资短缺和物价持续上涨,据《吴虞日记》记载四川新繁米价 1937 年 7 月为 21.4 元/石,1939 年 1 月为 24 元/石,同年 11 月涨到 38 元/石,1940 年 5 月米价为 74 元/石,同年 7 月飙升到 123 元/石①。吴宓记录了昆明某店早餐价格从 8 元、12 元、15 元至 18 元不断升高的情形。至 1942 年后,物价涨幅更加惊人,他们的生活质量急剧下降,终至举步维艰,如朱自清日记就有多次变卖家中值钱物件的记录,有人则在房前屋后种起了蔬菜以改善生活。

最后,可以剖析金钱对作家活动的影响。1946 年 11 月,吴宓答应接手《武汉日报·文学副刊》,原因有二:觅得一个表达、推行文化理念的园地和获得不错的报酬。起初,报社提供的薪酬是每月编辑费 15 万元,每期稿费 10 万元,不久法币贬值,他屡次要求涨薪,报社起初还能满足要求,但因法币贬值过快,到 1947 年下半年报社常常拖延,导致他对编辑工作失去兴趣。他的日记有不少索取编辑费、稿费的记录,如 10 月 25 日去函《武汉日报》副社长希望副刊稿费每月 60 万元与薪津同发②。到了年底,他的耐性消失,出语更为急切:

> (12 月 8 日)函《武汉日报》宋社长漱石,决辞去《文学副刊》主编之职(编至今年底第五十期止),并举荐程会昌继任主编。云云。写函方半,接《武汉日报》函告(复十二月三日瑞函)。自十二月份起,薪津加倍(宓可得六十万元),稿费亦加倍(千字四万元)。
>
> (12 月 9 日)拟向《武汉日报》要求月给宓主编费二百万元(以武大月薪为比,一年中增十倍),程、盛二君薪津亦照增。《文

---

① 《吴虞日记》,四川人民出版社 1986 年,第 746—834 页。

② 《吴宓日记》第十册,第 266 页。

副》仍可续办。

(12月22日)晚编《文副》稿,乃发见《武汉日报》宋漱石社长十二月十五日复宓函,虽婉词挽留宓续编《文副》,而毫无增加薪津、改良待遇之意。……宓拟向之要求月薪百五六十万,否则决辞职停刊云。

(12月23日)晚饭后,招般来,商《文副》事。般力劝宓辞《文副》职,谓经济可无少损,而精神大有裨益。……即附函致《武汉日报》秘书主任高袖海,退还熊道琛馀稿,并托代达宋社长,谢其挽留。但宓仍坚决辞职云云。[①]

编完第50期后,吴宓辞职了,却仍与报社因薪资、稿费问题争执不休,据1948年1月9日日记:"《武汉日报》社寄来宓十二月份薪津六十万元。而于程、盛二君之薪津各三十万元,则名之曰稿费,而不给《文副》四十八、四十九及五十期之稿费。宓大怒,乃于下午函宋漱石社长争辩,请补增《文副》四十六、四十七期稿费各十五万元。又发给《文副》四十八、四十九、五十期稿费各三十万元,共应发给积欠之稿费一百二十万元。……人事之多艰,而一般人之无信义也。"[②]直到1月13日领到了补款120万元,此事方告清结。可见,吴宓放弃这块园地的主因是出于经济收益的考量。过去的研究在探讨类似事例时多归结为文化理念的差异,讳言经济目的和因此造成的负面效果,自然片面。"任何文化活动都离不开经济基础的承托,无论文化市场的形成还是作家创作热情的持续,都需要经济这根主杠杆"[③],忽略或否认物质(金钱)要素是不可取的,也是不现实的,作家的意识或行为

① 《吴宓日记》第十册,第288、289、295、296页。

② 《吴宓日记》第十册,第310—311页。

③ 裴毅然《20世纪30年代的中国文学与经济之关系》,《学术月刊》2009年第4期。

深受经济形势和经济利益的影响，它会迫使作家调整日常活动或文学创作，这是无须避讳的。

三、恋书、结社与游憩：雅俗之间的精神话语

前面两节探讨了现代作家日记中的“物质话语”，大致了解了作家的“及物性”，接下来将对其中的精神话语作些分析。作为文化史上一对重要的概念，雅、俗在中国文人的日常生活中有清晰的体现，事实证明现代作家也概莫能外：一方面，作为文化人，他们在读书、写作、收藏或清谈、吟风弄月上追求生活的雅致化；另一方面，有钱或有闲的现实又让他们不免去接触并享受俗世的娱乐。

“书本原是人类思想的结晶，也就是启发人类思想的母胎。它产生了人生存在的意义，它供给了智识饥渴的乳料。世界上的大思想家和大发明家，都从书堆中进去，再从书堆中出来。”[①]无疑，郁达夫这段话得到无数作家的认可。对以处理文字为事业的人而言，书乃是获得写作灵感的源头活水与实现自我价值的重要媒质，与书相关的活动，如购书、读书、写书、卖书自然成为日常最紧要的部分。从某种意义上说，他们的世界就是由书籍编织的。许多现代作家有购书之癖，如徐志摩云：“买书已成癖。康侯言下城有店，储书甚富。欣然偕去，摸索二时，得书十三册，共价九元，携归展玩，满志踌躇。买书自不是坏事，有彰明较著的二大利益。其一买书愈多，奋学之心愈坚。其二因好书故，不浪费金钱。”[②]胡适说过：“吾有书癖，每见佳书，辄徘徊不忍去，囊中虽无一文，亦必借贷以市之，记之以自嘲。”[③]各家日记处处可见购书记录，以鲁迅为例，自 1912 年入京后他就常到琉璃厂寻书，并有自嘲：“审自五月之年莫，凡八月间而购书五六十

① 郁达夫《人与书》，《立报·言林》1935 年 9 月 27 日。

② 《徐志摩全集·日记卷》，第 252 页。

③ 《胡适日记全编 1》，第 309 页。

余元,然无善本。京师视古籍为骨董,唯大力者能致之耳。今人处世不必读书,而我辈复无购书之力,尚复月掷二十余金,收拾破书数册以自怡说,亦可笑叹人。”[①]翻阅鲁迅日记可以知晓他到琉璃厂的频度:1912 年 28 次,1913 年 37 次,1914 年 42 次,1915 年 45 次,1916 年 69 次,1917 年 45 次,1918 年 56 次,1919 年 31 次,1920 年 20 次,1921 年 22 次,1923 年 24 次。到沪后,他保持了逛书摊、购书的习惯,据其日记所附书账统计,从 1912 年算起他在有生之年共购置、保藏了 9600 多册书籍与 6900 多份文物拓片,总计超 16500 多件文字资料[②],尤以上海时期为多,如 1928 年 235 种,1929 年 223 种,1930 年 298 种,1931 年 223 种,即便在他逝世的 1936 年也有 142 种。又如阿英,他 1949 年 5 月入京开第一次文代会,刚落脚就迫不及待地奔向书市,如 5 月 13 日、14 日、15 日、16 日、22 日、23 日、24 日、25 日、26 日、27 日、28 日、29 日、30 日、31 日均有购书记录。进入 6 月份更夸张,几乎日日为书奔忙,如 6 月 1 日购得拓片、画像数种;3 日购得话本一部,画像、拓片数种;4 日购得手卷、拓本数种;5 日购得蒋光慈著作一种;6 日购得手卷、图册数种;7 日购得画像、拓片数种;8 日购得法国作家作品集一种;9 日购得古籍、碑帖数种;10 日购得古籍数种;11 日购得拓片、画像等数种;14 日购得石印书,周作人著作数种;15 日购得古籍,陈垣著作数种;18 日到东安市场看书;19 日购得明刻图册一种;20 日购得周少白册子一种;21 日购得画像、拓片多种;22 日购得古籍数种;23 日购得拓片、书画数种;25 日购得拓片、古籍数种;26 日购得林纾著作,字画、拓片数种;27 日购得拓片数种;28 日购得照像数种;29 日购得古籍、书联多种。即便在开会的 7 月

① 《鲁迅日记》第一册,第 41 页。

② 见陈明远《何以为生:文化名人的经济背景》,新华出版社 2007 年,第 63 页。

份,他也时常利用间隙购进[①]。购书、逛书店或书肆已成了鲁迅、阿英的日常化生活形态,重要性不下于衣食。像这样浸淫书海的现代作家大有人在,胡适、吴宓、周作人、钱玄同、常任侠等均可称书蠹,季羡林道出了他们的心声:“我自己爱书确乎有点成癖了。自己现在的经济情形总算够恶劣的,每天啃干面包,但却省下钱来买书,不是傻子,不成癖,谁肯干呢?但我爱我自己,还就因为自己有这点癖,傻癖。”[②]

现代作家是纸媒阅读的一代,书籍形构了他们的心智,出于诉说的需要,他们又借助文字进行表达,阅读和写作就占据了他们的日常时空。鲁迅描述过这样一种状态:“嗜好的读书,该如爱打牌的一样,天天打,夜夜打,连续地去打,有时被公安局捉去了,放出来还是打。”[③]确实,许多作家嗜书如命,留有批量的读书信息,以毕树棠为例,在他刊出的48则1932年日记中直接谈到读书的有27则:1月4日读《娱乐醒心编》、7日读《评法译〈金瓶梅〉》、8日读《俗话倾谈》、11日读《黛爱伦与萧伯纳》、19日读英译《苏东坡选集》、28日读赛珍珠His First Wife;3月3日读张恨水《落霞孤鹜》、7日读《张文襄幕府纪闻》、10日读《吟风阁杂剧》、14日读Helps to the study of the Bible、17日读Red-Book杂志、18日读Gold-Book杂志、22日读Best Short Story of 1931;4月5日读茅盾《三人行》、6日读The Flower Forbidden、8日读TH周刊;5月12日读陈慎言《海上情花》;6月15日读《留东外史》;8月2日读数种外国杂志;10月12日读《不如归》、13日读梁实秋《浪漫的与古典的》论文集;11月7日读《新月》杂志、

---

① 《阿英日记》,第275—305页。

② 《季羡林日记:留德岁月》(第二卷),江西人民出版社2014年,第565页。

③ 鲁迅《读书杂谈》,《鲁迅自编文集·而已集》,译林出版社2013年,第32页。

14日读盛成《海外工读十年纪实》、15日读《新月》杂志,《文艺杂志》;12月7日读杨钧《草堂之灵》、28日读Story of Philosophy[①]。此外,尚有多则读报心得。他的阅读书目包括多部长篇小说,诗文集,十数卷本的丛书和多种外文作品,阅读量极大,可以想象他平日里手不释卷的形貌。现代作家们还会制定相对长时段的阅读规划,如朱自清1932年10月25日日记:"定读书程序如次:每日读《诗经》,诵诗、词、曲、新诗(诗每周居四日)。二、四、六上午准备备课。一、三、五上午读专书。一、三、五下午读专书、治事。饭后读报及杂志。晚作文及读小书。"[②]他分别于1931年10月14日,1932年10月19日,1934年7月26日,1935年10月17日,1936年2月7日,1936年9月12日,1937年6月27日,1938年1月20日,1942年5月3日,1943年6月28日,1945年3月7日安排了近期阅读的书目和预设目标。作为自传性文献的日记是值得信赖的阅读史研究的资料来源,借此可以分析现代作家的阅读实践、阅读倾向和阅读体验,明了他们的知识体系的建构过程和产生的现实效应。要了解、分析现代作家的日常生活,这是不可忽略的。

生活世界是个人的,又是共享的,当某些人对世界、观念和文艺等寄托了近似的认知,打算一同讨论与分享,或者有一批人计划构筑一个理念相近的空间,又或某种威权试图笼络社会成员为其服务,结社的需求就产生了。加入社团是融入圈子、获得身份认同的重要渠道。自古以来,社团文化在中国就非常兴盛,成为文风蔚然的显在标志,现代文坛也出现了许多诗文社,形成了一个个的文学共同体,它们在文学思潮的鼓呼,文学作品的催生,文学制度的设计,文学刊物的印行和作家的培养上厥功至伟。社团生活是作家日记中常见的内容之一,如胡适对中国科学社、新月社、平社等社团活动的记录,郁达

① 《艺文杂志》第二卷第十一期,1944年11月。

② 《朱自清全集》第九卷,第168页。

夫对创造社活动的记录,徐志摩对新月社活动的记录,钱玄同、周作人、林语堂对语丝社活动的记录,叶圣陶对"文协"成都分会活动的记录,蒲风对"中国诗歌会"福建分会活动的记录,萧军对"边区文协"、鲁迅研究会座谈活动的记述等。这些活动既包括社团内部成员的聚宴、讨论与纷争,也包括社团成员之间或与他人、他社的来往与互攻,勾画出一幅幅生动有趣的作家人生百态图。笔者将以吴宓为例,探讨现代知识分子的另类生活方式,他乐于组织和参与社团,清华"进德会""新天人会",东南高师"学衡社"均有其身影,而二十世纪四十年代他又在昆明、成都、武汉等地参与或组织了数个社团。

椒花诗社 1939 年 9 月,吴宓、李赋宁、周珏良、王德锡、郑侨结成椒花诗社,有过数次雅集:9 月 5 日,周珏良主持第一次雅集,每人作七绝一首,记分评定甲乙等;9 月 7 日,李赋宁主持第二次雅集,拈题作七绝;9 月 17 日,郑侨主持第三次雅集,杨周翰等加入;9 月 29 日,吴宓主持第四次雅集,评定诗作,以"东"字飞觞。此后,吴宓又为第五集作过《秃笔》一律。

心社 1939 年 11 月 20 日,吴宓与贺麟、任继愈论及设立讲道学会,初名"心社",并撰成《心社简章》,次日吴氏为此拜访赵紫宸。22 日,赵紫宸、吴宓、贺麟商定以文林堂为集会之所。28 日,吴宓至文林堂赴心社筹备会,决定不用社名和组织,计划每两周到赵宅聚谈。心社持续到赵紫宸离开昆明而止,每次由六位成员之一主讲一个主题,然后展开讨论、深入交流。

石社 吴宓聚拢喜爱《红楼梦》的师生而组织成立于 1940 年 5 月 12 日的社团,刘文典曾应邀加入。不过,该社长期无声息,至 1942 年 8 月 28 日,吴宓与王逊谈到《红楼梦》及石社,9 月 7 日,吴宓、翁同文共同拟订《重建石社草章》。1943 年 2 月 7 日,石社举行第二次聚会,吴宓、李赋宁、翁同文、王般做东,请张尔琼、沈有鼎、沈师光等午餐,饭后邀李宗蕖等到大观楼茗坐叙谈。

击钵吟社　吴宓在武汉与华中大学教授何君超、徐嘉瑞、林之棠、沈来秋等结成击钵吟社。因《吴宓日记》1947 年前两月记录缺失,该社首次雅集已难考索,其他几次分别为:1947 年 2 月 26 日,在徐宅举行第二次集会,吴宓作《春晚》《月下》七绝各一首,诗钟四联。3 月 5 日,在何宅举行第三次集会,他下午作七言绝句,晚上打诗钟。3 月 12 日,在徐宅举行第四次集会,他下午作《踏青》七律二首,晚上打诗钟。3 月 19 日,在何宅举行第五次集会,他下午作《浪淘沙》二阕,晚上打诗钟。3 月 26 日,在沈宅举行第六次集会,他作《贺新郎》一阕,晚上作诗钟“回雁”三条。4 月 2 日,在徐宅举行第七次集会,他作诗钟《钢琴》《猫》等。4 月 9 日,在何宅举行第八次集会,他作诗钟《墙》。

学者朱寿桐认为,从运作风格来看,中国现代文学社团可以分为两类:“传统型”和“现代型”,前者“基本上保存着古代文人聚会的某些传统,以社交、酬唱、自娱自乐为目的,以才情风雅、正则行规为旨趣,与旧的文人会社传统有一种承继关系”[①]。以上几个社团均可称作“传统型”,石社、心社是比较专业的学术团体,前者以研讨《红楼梦》为旨归,后者注重哲学与宗教思想的论辩。椒花诗社、击钵吟社是传统文人社团的延续,是士人诗赋文化与生活方式的现代重现。这种集会虽有交流情感、编制人际网络的现实功能,但本质上是一种精英化、雅化的生活模式,参与者饱含盎然雅趣与风致情韵,凭借艺术精神实现了日常生活的审美化。如果考虑到吴宓、李赋宁、周珏良、杨周翰主攻外国文学,何君超主修化学,这种文质彬彬、高雅脱俗

① 朱寿桐《现代文学社团与传统文人会社比较论》,《深圳大学学报》2005 年第 4 期。

的格调就更加难能可贵了。这类结社也折射出某种时代精神与社会风尚，即新文学虽然已经成为主潮，却有不少人，甚至深受西方文化濡染的新式作家、学者依旧怀念、模仿和实践传统的生活方式。从文学成就上来讲，这些集会诗或许价值不大，其中丰富的历史内容，深广的文化蕴涵和不俗的人格意义却令人怀念。

如果说关涉书、文学或社团的活动算作雅的部分，观影、跳舞、打牌、搓麻将等就归于俗的部分了，这些游憩行为是日常休闲的基本内容。根据马斯洛的理论，人类存在阶梯状的需求，低层次需求满足后会产生高层次的需求，但大多时候人总是试图同时满足多种需求，如此雅与俗的均衡或并行不悖就成为人生的常态。

美国学者苏珊·桑塔格说过："每一种艺术都会吸引一批迷恋者——电影激发出来的爱曾十分博大，因为人们从一开始就确信电影不同于其他任何一门艺术：他具有典型的现代性为人们喜闻乐见，诗情与神秘感、色情与道德存于一体。"[①]确实，这种新兴的，富含科技色彩的娱乐形式一到中国就攫取了群体性关注，二十世纪二十年代上海竹枝词即有"浊世休论爱与憎，且将电影作良朋"之说，"电影院更蓬勃一时，摩登的人物都以'看电影'为唯一口号"[②]。在仙台医专学习时，鲁迅就因教师放风景片或时事片而接触过影像，并因"幻灯片事件"改医从文，可见电影对其人生转折的关键性意义。遍查日记，可知他共观影 149 次，第一次是 1916 年 9 月 24 日在北京，随后的年份极少，至沪后愈加频繁，正合他自言："去年到上海来，才又得到消遣无聊的处所，那便是看电影。"[③]其观影记录集中在 1927 年 10 月至 1936 年 10 月，为 145 次：1927 年 6 次，1928 年 10 次，1929 年 7

---

① 苏珊·桑塔格著，陶洁、黄灿然等译《重点所在》，上海译文出版社 2004 年，第 141 页。

② 王定九编《上海顾问》，上海中央书店 1934 年，第 678 页。

③ 《朋友》，《申报·自由谈》1934 年 5 月 1 日。

次,1930年1次,1931年21次,1932年2次,1933年6次,1934年36次,1935年37次,1936年19次,去世前的10月10日他还与妻儿等到上海大戏院观看Dubrovsky。平均算来,他生命最后十年每月看一场电影,观影成为他晚年生活的重要活动,但他对国片印象不佳,多看外国片。

郁达夫也是电影爱好者,其日记中最早的观影记录是1926年11月2日,时在广州的郁达夫与学生同看此前已在日本观赏过的《三个火枪手》,并称赞主角Douglas Fairbanks表演精彩。次日,他与白薇等再次观看。6日、10日,他又与朋友看电影。1927年,郁达夫返沪,观影活动的记录更多了,2月份他连续四天待在影院,直至1928年3月觉得太费时间决定不再看电影了,但仍不时有所记录。他看的多是外国片,避祸南洋后才常看国片。与鲁迅以"看影戏""观电影""看电影"一笔带过不同,他对影片作有简短的评价,如评Midnight Sun"系叙一舞女与一陆军将校毕业生的恋爱的。中间写有俄国革命以前的贵族的腐败情形,及革命党初期的牺牲热忱,尚不失为一好影片"①。

频繁的观影活动既让鲁迅、郁达夫享受了视觉的盛宴,也让他们的思考与写作伸展到了新领域。据许广平回忆:"鲁迅有时候也利用电影的材料写东西。"②鲁迅虽无专门论述电影的著作,却在一些杂文、书信或译文附记中频现卓识。他视电影为启迪民智、匡正社群与拓宽生活视野的重要手段,目的在于有用、有益,他赞扬某些外国片,批判本国电影,又不忘提醒警惕附着在影片中的文化侵略因素;他不否认电影的娱乐功能,又指出须把握好度,不要过分强调,否则无法起到寓教于乐的功能。从中可以看出鲁迅与部分学者在认知上的差

---

① 《郁达夫全集》第五卷,第212页。

② 许广平《鲁迅先生怎样对待写作和编辑工作》,《鲁迅回忆录》,上海文艺出版社1978年,第213页。

别,一种“俗”的娱乐样式被他附加了严肃的启蒙意义。郁达夫也撰有多篇讨论电影的文章,如《电影与文艺》肯定了电影的生命力,认为“二十世纪文化的结晶,可以在冰淇淋和电影上求之”“二十世纪将要成为电影的世纪”,并总结了电影的五大特征:它是各种艺术形式的集大成者;它的性质是艺术的、立体的和动态的;它合乎近代经济原则,以市场为导向;它比别的艺术更容易满足观众的好奇心;它合乎近世的社会主义的理想,终而点明提高电影艺术品位的方法:吸收文艺的精灵[①]。如《如何的救度中国的电影》批评了中国电影死守通俗化的规则,过于模仿美国影片,缺乏创造性,并提出了制作新电影的要求:必须富含中国元素和坚持原创性[②]。无疑,若无丰富的观影经验是无法构思和撰成这批文章的。

许多现代作家接受了观影这种时尚的休闲方式,如居沪的施蛰存、徐迟、穆时英、叶灵凤、刘呐鸥、赵景深、田汉、洪深、夏衍、唐诺等,在京的胡适、吴宓、朱自清等,旅穗的蒲风等均有提及,不少人还参与过当时的电影论争,促成了电影形式的中国化和本地化。到了大后方,他们也不断出入影院,吴宓就有频密的记录,还饶有兴致地串联片名赋诗赠予张尔琼。夏济安录有1946年1月1日至9月29日在昆明、重庆等城市近四十次的观影经历,并作有简评,内容丰富有趣,涉及演员、对白、色彩、人物和故事。它也是留学生消遣时光的重要方式,据季羡林日记从1938年至二十世纪四十年代初他在德国观赏过近百部电影,留学日本的常任侠亦屡有观影记录。

中国西化最充分的都市上海自晚清起就出现了一种新的娱乐活动:跳舞,至二十世纪二三十年代已然流行成风。“跳舞是高尚的娱乐,有益身心的运动。上海跳舞场很多,华灯掩映,乐声铮锹,纤腰在

① 《银星》第十二期,1927年8月1日。
② 《银星》第十三期,1927年10月1日。

抱，香泽微闻，试问此情此景，谁不欲仙欲死呢？”[1]不少在沪生活的现代作家均好此道，如被誉为“舞王”的刘呐鸥热衷于出入舞场，常与朋友探讨舞技，研究过舞蹈手册 Dacing do's and don't's，教导同乡跳 Fox trot（狐步舞）等[2]。这种生活习性影响了文学创作，其作品屡屡写到十里洋场的舞厅景观，或直接将故事场景设置在舞厅，如小说《游戏》开篇就是：“在这‘探戈宫’里的一切都在一种旋律的动摇中——男女的肢体，五彩的灯光，和光亮的酒杯，红绿的液体以及纤细的指头，石榴色的嘴唇，发焰的眼光。中央一片光滑的地板反映着四周的椅桌和人们的错杂的光景，使人觉得，好像入了魔宫一样，心神都在一种魔力的势力下。在这中间最精细又最敏捷的可算是那白衣的仆欧的动作，他们活泼泼地，正像穿花的蛱蝶一样，由这一边飞到那一边，由那一边又飞到别的一边，而且一点也不露着粗鲁的样子。”[3]表现了新式青年沉溺于感官刺激的肉欲生活，虽然色调灰颓却元气淋漓。穆时英干脆将小说命名为《上海的狐步舞》，成为艺术与生活互补互证的例证。当然，跳舞不是新潮市民或洋场作家才爱的运动，老实木讷的朱自清也是舞蹈爱好者，游学英国时他就跳探戈，学狐步舞和华尔兹，他后来常与夫人在家举行舞会，受邀者多为清华同事和好友。

郑振铎、胡适、朱自清等是麻将或牌类爱好者。据郑振铎 1943 年日记，他 3 月打麻将 12 次，4 月 14 次，5 月 15 次，他曾试图戒掉，如 3 月 12 日记到：“二时，至张宅雀战，到夜十点半才散，负近二百金。‘劳民伤财’以赌为甚，当力戒之也。”[4]16 日又开战。他 6 月 25 日说道：“至张宅，雀战至十时散。负三百十五元。‘戏’诚‘无益’也。

---

① 王定九编《上海顾问》，第 684 页。

② 见彭小妍《刘呐鸥一九二七年日记——身世、婚姻与学业》，《读书》1998 年第 10 期。

③ 刘呐鸥《游戏》，见《都市风景线》，黑龙江人民出版社 1999 年，第 1 页。

④ 《郑振铎日记》，第 170 页。

劳民伤财,拟戒之! 精神甚倦。”[①]不日又上桌摸牌。麻将已成为他不可或缺的日常游戏,难以切割。胡适早期爱打牌,以 1911 年为例,6 个月内打牌 36 次,有时连续三四天有活动,直至 9 月 5 日与友人相约戒牌。归国后他打起了麻将,还研究过马吊。朱自清钟爱桥牌,乐此不疲,因此招致妻子不快,有段时间兴致减弱,没几天又加入牌局。“七七事变”后,清华大学计划迁往长沙,他在打包整理家当的间隙还到陈福田家打牌。到大后方后,生活重入正轨,又开启了打桥牌的休闲模式。1939 年 1 月 28 日,朱自清等组织了桥牌俱乐部,“成员有十二,明之、化成、逖生、心恒、无忌、江清、以颂、鸣岐、范景武及我自己”[②],计划每星期举行一次桥会,由于 2 月 25 日桥会时间过长影响了次日的工作与生活,又决定改为两周一次例会。从当时的记录看,打牌是西南联大教授最常见的日常娱乐,已成生活惯例。不过,也有人深受其害而满腹牢骚,吴宓就叫苦不迭,如 1941 年 11 月 18 日晚他打算早寝,但同室诸人斗牌吸烟直至半夜,不免有所争吵;又如 1942 年 1 月 24 日同室诸人据桌斗牌,从下午两点持续到凌晨一点,喧闹异常,他对室友恶言相向,随后搬离。

在延安,日常娱乐不外乎跳舞、看戏、观影和唱歌等。据萧军记录,作家俱乐部、中央医院和枣园经常开跳舞晚会。他起初是拒绝的,但从 1941 年底开始参与,每次都倾情表现,因为他逐渐觉得舞蹈是优美的,女性的,能不断提升自己。看戏却让萧军多有怨言,延安的看戏活动是免费的,有与民同乐的性质,位置的安排自然不是根据消费额度,而是依照单位或品阶的不同,他有诗“前排后位费平章”加以讥嘲。萧军曾为看戏一事与妻子有了冲突,随即评价延安的戏剧是庸俗的,戏园子有种卑鄙的封建的小家子气的气氛。席位的区划让他不自在,认为充满官派气息,自己偏偏要勉强坐在“特殊”的席位

---

① 《郑振铎日记》,第 211 页。

② 《朱自清全集》第十卷《日记》(下),第 9 页。

上,他甚至狂言:“这样一卑俗的地方,这是没有我去厕所愉快的,在那里我可以看日落,流水,远山。”①

中国文人向来有崇雅鄙俗的传统,对俗的追求会被赋上一种原罪意识,这也对现代作家造成了困扰。他们对同质化、重复性的日常娱乐的态度是矛盾的,总在陷溺与自省中徘徊,既享受娱乐带来的适意,又保持警惕,担忧精神世界的稀释与消解,如柔石认为周边的朋友缺乏主动性与对未来的思考,一切随波逐流,拼命迎接新时代却不深信新时代,这些“可诅咒的青年现象!亡国的现象!饭是要吃的,人不能饿死,我知道;但他们却说‘有跳舞热’,‘打小麻将’,听来真不舒服!唉,为什么会到如此地步!”②胡适对国人爱打麻将的行为有过批评和反思:“从前的革新家说中国有三害:鸦片,八股,小脚。鸦片虽然没禁绝,总算是犯法的了。虽然还有做‘洋八股’与更时髦的‘党八股’的,但八股的四书文是过去的了。小脚也差不多没有了。只有这第四害,麻将,还是日兴月盛,没有一点衰歇的样子,没有人说它是可以亡国的大害。新近麻将先生居然大摇大摆地跑到西洋去招摇一次,几乎做了鸦片与杨梅疮的还敬礼物。但如今它仍旧缩回来了,仍旧回来做东方精神文明的国家的国粹,国戏!”③人性的基本需求怂恿知识分子们追求“固定化的快感”,作为理性的人,他们又害怕日常娱乐阻碍理想精神的建构与高扬,这是试图承担起启蒙精神的知识者经常陷入的心理怪圈。

英国学者戴维·英格利斯说过:“不同的人有着不同种类的日常生活;他们所参与的日常例事与活动的种类取决于他们的社会地位;要想了解某人的日常生活是如何被塑造的,那么就要了解他们所处于的社会本身是如何被形塑和组织的。非常简单,如果我们想要全

---

① 《萧军全集》卷十八,第341页。

② 《柔石日记》,第107页。

③ 胡适《漫游的感想》,《现代评论》第6卷第145期,1927年9月。

面理解日常生活,超越将其视为空洞无聊与微不足道的行为的集合观点,我们就必须理解更广阔的社会与社会结构是如何使得日常生活适合于不同类型的人群的。反之,如果我们没能理解在日常生活里,不同群体的人们处在什么状态的话,我们就不能够理解一个社会,或者它的某一特定部分是如何运作的。"[①]无疑,日常生活属于个人世界,又是社会运转的基点。通过对现代作家日常生活的分析,我们对民国社会有了更深的认识,了解了这个群体是如何被塑造的,而日常生活的既成性特征让他们或进行批判,坚持清醒的理性认识,或甘之若饴,在物质与精神的双重烘托中悠然自得。

第二节　心史:现代作家的灵魂记忆与家国忧思

英国学者柯林武德在《历史的观念》指出,自然科学是单纯的现象,历史学是关于思想的认知,前者建立在自然事实之上,后者则本于心灵事实,因此历史的知识其实是关于心灵在过去做过什么的知识;历史学面对的对象不是单纯的对象,也不是心灵之外的东西;它面对的是一种思想的活动,只有在认识者的心灵中加以重演,并在此过程中进行研究才能真正地被认识,"对于历史学家来说,他所正在研究其历史的那些活动并不是要加以观看的景象,而是要通过他自己的心灵去生活的那些经验;它们是客观的,或者说是为他所认识的,仅仅因为它们也是主观的,或者说也是他自己的活动"。历史是记述人类思想或心灵变迁的知识集合,由此他推衍出了两个互生的结论:"一切关于心灵的知识都是历史的","历史知识就是人类心灵

① 戴维·英格利斯著,张秋月等译《文化与日常生活》,第5页。

关于它自己所能有的唯一知识”[①]。认识人的心灵,一个团体或一个时代的集体心灵,也是体认那个时代的政治活动和思想精神等。关于心灵的科学与历史学研究无法截然区分,或者说应当将前者作为后者运作程序中必不可少的关键构成。基于这种认识,二十世纪六十年代西方史学界出现了“心态史”的研究风潮,他们将日常意识、价值观念和处世哲学等关涉心智、情感和精神的领域作为对象加以有效的解读和阐释。

类似观念在文学研究领域也能寻得呼应,如法国学者丹纳说过,假如一部文学作品的内容足够丰富,人们懂得如何去解读它,那么从作品中找到的“会是一种人的心理,时常也就是一个时代的心理,有时更是一种种族的心理”[②],将文学作品的终极内蕴指向了对个人、时代或种族心理的描叙。丹麦学者勃兰兑斯认为:“文学史,就其最深刻的意义来说,是一种心理学,研究人的灵魂,是灵魂的历史。”[③]在他看来,任何国家的文学作品都是关于人物的描绘以及情感和思想的表达,人物越杰出,越富有代表性,作品的历史价值越大,因为它越清楚地揭示了某个国家某个时期人们内心的真实情况。也有中国学者认为历史过程和各种生活方式影响了人们的心灵:“心理结构正是浓缩了的人类历史文明,文人的创作则又是打开时代灵魂的心理学。”[④]由此延伸开来,一部中国文学发展史就是一部形象、生动的,细腻的人民与知识分子的灵魂史。可见,中外学者均重视文学作品

---

① 科林武德著,何兆武、张文杰译《历史的观念》(增补版),北京大学出版社 2010 年,第 216—220 页。

② 丹纳《英国文学史序言》,见吴蠡甫《西方文论选》(下卷),上海译文出版社 1979 年,第 241 页。

③ 勃兰兑斯《十九世纪文学主流·引言》,人民文学出版社 1980 年,第 2 页。

④ 宗宁一《探寻心灵的辩证法(代序)》,见幺书仪《元代文人心态》,人民文学出版社 2013 年。

的创作或文学史的研究、撰写须关注特定时代人类的心灵。遗憾的是,这点始终未能实现,检阅多数文学史著作,不过是文学大事记与作家作品论的简单混合:“那些波澜起伏的时代心潮,那些在各种这样的欲望和意志支配下活动着、较量着的人,他们的心态变迁历程,都不见了。绚丽多彩、激动人心的文学现象被挤压成干巴巴的教科书语言、社论语言。文学史丧失了文学的生命力。因此,理所当然地,人们呼唤文学史家展现作家们作为‘时代感应的神经’的精神品格,揭示不同的文学观深层积淀着的时代主题。”[①]评论者的批判锋芒直指古代文学研究领域,现代文学研究何尝不是存在这种弊病?

以上讨论的是借助作家作品或作品人物的心理探究时代的风貌,其实有种更直观的审视与解读,即进入创作主体的内心世界来了解、认知和呈现时代与社会,作家日记提供了直接材料。从风格上看,传统日记多记途程、谈时务、考掌故和诂经评史,少吐露心声,阿英有过总结:“不过关于解剖心理,阐明苦闷的日记,在中国的名家日记里并不多,就是有也不过一两句,像《亚米爱儿》那样三十年如一日说明自己的作家,根本上就没有。文文山、杨椒山的狱中日记无论如何是远不如王尔德(Oscar Wilde)在狱中那样的在斗室中创造别样的天地。便是辛弃疾的《南渡录》亦止于悲惨的事实的记载而已。中国过去所有的日记,实在是缺乏关于心理解剖的力作,将来总该有的。”[②]进入现代时期,随着主体性的解放与张扬达到了新高度,人们对日记的认识产生了变化:“心理分析,真是记日记时一件重要的任务,这里可以显出自己特有的心理现象,以及别人的外姿态。”[③]日记风格出现了从“无我”到“自我”的抒情化、个性化的转变,表现性、抒

---

① 宁宗一《关于文学史观与文学史编写的若干断想》,《文学遗产》1992年第5期。

② 戴叔清《论日记文学》,见《模范日记文选》,第258页。

③ 林华《日记文作法讲话·上编》,第69页。

情性的内容增多，多变的、复杂的心理描写比比皆是，这也正契合朱光潜对日记的认定：日记的好处就在于泄露作者内心深处的秘密，如果怕泄露，日记的好处也就丧失了①。持此观点的还有阿英，他指出日记是"生活的记录"，包括"生活行动"与"内心生活"，只有将它们集合起来才是生活的全部，"日记文的作者，不仅要注意于他自己日常生活的描写，也应该用着相等的精力，注意于他自己内心生活的解剖；要很精细的，很周到的，把他自己的心理的状态，心理的演变，心理的演变的过程，心理上的矛盾的形式，以及心理演变的事实依据，全般的描写下来"②。无疑，通过日记中作家情感的波动、凝结和转移或心灵的悸动可以观察时代的风尚、社会的进退和思潮的迁移。而人类心理好似大海的波浪，总是千变万化，"日记的作者，不特要写出自己内心生活态度，并且要分析解剖自己心理的变化——变化的姿态和变化的历程"③。作家心态是个历史的范畴，非静止不动的，时刻有自身的变化，研究者要尽可能地勾勒出其运动的过程与流向。

有学者为"心态史"作过定义和概括，它"是一门研究历史上人们、特别是其中的某一群体或集团的心态结构及其演变过程和趋势的史学分支。它的研究对象主要是这种心态结构的各种表现，即历史上社会群体在社会生活中所共有的观念和意识（这些观念和意识与意识形态既有紧密的联系，但又有明显的区别），以及这种观念和意识与当时现实物质环境之间的关系"④。总体而言，心态史研究既注重个人或社会的精神意识和心理行为，也指向集体的、社会的表现与判断，本书也将从这两个方面进行论述。

---

① 朱光潜《日记——小品文略谈之一》。

② 钱谦吾《语体日记文作法》，第170页。

③ 林华《日记文作法讲话·上编》，第59—60页。

④ 吕一民《法国心态史学述评》，《史学理论研究》1992年第3期。

一、自我的认同、拒斥与剖析：关于人生和爱情等

“五四”前后，张扬个性成为社会的共同意识，创作者在自我发现中加重了对内面生活的关注与审视。这影响了日记这种天然适合展示自我、认识自我的载体，如章衣萍指出日记应该描写自我：“这不过是一册私人的日记，并不是什么文学作品。据说现代的新兴文学，应该写‘他’，写‘社会’，不应该再写‘我’了。但我真不明白，‘我’是不是也是社会一分子。如果没有个人的分子，那里来社会的集团？我以为旧写实主义的缺点，是把作者站在客观方面去描写，不知道作者也是社会上的一分子，一切人性的善恶悲欢，都脱不了关系的。中国应该有许多忠实的，深刻的描写自我新写实的作品，新文学前途才有发达的希望。”[①]一个时期文学的形成看上去是政治、经济和文化等因素合力的结果，但无论受到多少外力的影响，终究必须经过作者情感、心灵的过滤和淘洗，作品便是心态外化的直接表现。现代作家日记充斥着无数关于自我的书写，写作者本着内心的要求大胆地暴露自己，甚至包括个人私生活中灵与肉的冲突和非常态的性心理，这在柔石、郁达夫、萧军、吴宓、王林等人的日记中尤为突出。

正如有学者所指出的，柔石日记的第一个特征即对自我和周边的人作了深入地解剖与探讨[②]。整体看来，柔石的生命基调是消极颓废的，深陷宿命式的灰败和悲怆，如他在 1922 年 5 月 21 日表达了一种时不我待的生命急迫感，感叹二十年人生不知不觉飕忽而去：“我已经到开花期和结果期了。假如再不想想，以后的生命也无用继续。”[③]时年二十岁，就读于浙江第一师范学校的他喜爱思考人生、展望未来，但因性格问题和社会普遍覆盖的沉闷气氛陷入虚无和迷茫，

① 章衣萍《倚枕日记·序》，第 2—3 页。

② 姚锡佩《柔石日记·前言》，第 4 页。

③ 《柔石日记》，第 1 页。

他试图保持积极的心态战胜风云,却总是患得患失,觉得被命运摆布得如同无舵之船在海洋中漂流,永远无法抵达目的之岸。在闭塞的家乡逗留时,他的无奈感加重了,经常如同疯子般呓语。家庭生活的种种不如意,如对生病儿子的心疼,与父母妻子情感的隔阂,以及乡间的无聊、保守与平庸深深地刺激了他,让他对人生倍感绝望。他不断遭遇现实的挤迫,尤其是儿子的早夭让他伤心欲绝,认为一切都是幻觉,没有必要去追求什么人生意义了。他诅咒造物者的刻薄,让他承受了如此多的人间痛苦。他知晓生活是现实的,但他脆弱的内心总是难于承受现实造成的冲击而战栗,他自觉过着"渣滓的生活",是"反刍动物所反刍而齿缝中溜出来的涎货生活"[①]。他考虑过自杀却无勇气拿起刀枪,也试图在哲学化的冥想中寻求解脱,清醒后发现仍然无法摆脱悲愁的萦系,如此循环,心力交悴。

柔石对从教工作缺乏热情,总显露出倦怠感,他描绘过一天之中的几段式生活:早餐后,心头开始发闷,朝会的哨声像粗绳捆绑了灵魂;上课钟一响,意念全灰,孩子们的纠缠、胡闹,课堂的传授就像在监狱里被狱卒大力鞭挞;中餐后稍觉爽快,但总有学生来告状,说某某欺负某某了,某某干坏事了,直到五点放学后,吃过晚餐才有些自由的幸福。他认为多数时间是非自由的,是一种"非我愿意的强迫","消磨在一群不美化的穷而可怜的孩子队里,尝非我的不自然的书本粉笔和教鞭的滋味"[②]。教书生活让他觉得浅薄无聊、烦恼郁闷,父母兄弟却认为有固定的收入可以养活自己和接济家庭,劝他安心工作,殊不知他"真似吞石般的苦楚而难下咽了"[③]。朋友们知晓他的想法,却因担负同样的压迫而无能为力。柔石自认承担教职不过是为食物所诱引,生存目的受到了物质势力的侵扰,他悲叹人类不过是

---

① 《柔石日记》,第64页。

② 《柔石日记》,第101—102页。

③ 《柔石日记》,第97页。

一只没有翅膀又要飞行觅食的禽类,缺乏真正的主宰力。

现实给了柔石严重的挫败感,让他心昏体疲、自怨自艾,倍觉人生无趣。他诘问,无论人生的目的是什么,总是和一般生物一样追求快乐和回避痛苦,如果得不到快乐、回避不了苦痛应该怎样维持以后的生命?他悲伤地指出即使冰也有消融的日子,铁也有炼成钢的可能,石头也有雕琢的企望,“独有我的心呦!是和死一样的腐败了!”[①]他愤恨为何独独遗传了一颗黄连的心给他。他幻想被鹏鸟或大孔雀挟飞送给大鱼隐匿在其腹中,等到被送到市场开腹时就可以庆祝再生了。他企盼本真地活着,不要让人生变成一出大把戏,尽是娱乐又或呆板地做人,摆出庄严的架子,因此他毫不顾忌地书写隐私,甚至不乏关于性渴望的表达。

郁达夫对日记体裁有种天然、坚定的好感,认为从中可以知悉作者真实的生活与心灵。这影响了他本人的日记写作,大量的直抒胸臆与自我陈述成了其日记的显明特征,随处可见个人的情绪流动与心理变化。郁达夫在小说中塑造了经典的“零余者”形象,这也是他自身的写照,是其生活轨迹文学化、形象化的呈现,从这个角度看其小说与日记存在一种同构、互证的关系。通过日记可以看出早期郁达夫就是一个现实版的“零余者”。他自幼多愁善感,留学日本时就忽而生发天体有恒、人世无常之感,并写下遗言;忽而谈到想成为政治家、思想家,为中国洗雪数十年的耻辱,为世界文明作贡献,迫于现实又不得不做万事投人所好之人,却非其所愿。回国后,他在多个城市飘荡,过着颓唐的生活,如 1926 年 11 月 21 日记录思想已经濒临危机:“此后若不自振作,恐怕要成一个时代的落伍者,我以后想在思想的方面,修养修养。年纪到了中年,身体也日就衰老,若在醉生梦死的过去一二年,则从前的努力,将等于零,老残之躯,恐归无用,振

---

① 《柔石日记》,第 99 页。

作的事情,当自戒烟戒酒,保养身体做起。"[①]他想过改变,可就在12月2日又跑到下等妓船上借宿,在烟雾缭绕中长吁短叹恋爱的不成与事业的空虚,咒骂无意义的残生对自己造成了沉重的压榨。1927年1月21日,心情抑郁的郁达夫到大世界听妓女唱戏,至半夜一点多因伤悲难遣又去喝到三点,归后无法入睡,在室内来回走动到天明。1月25日,他与友人喝至半夜两点,到马路上打野鸡时与巡警数次发生冲突,随后到妓女处坐到天明,次日同吸鸦片。2月7日,他因追求女性受挫而自伤:"大约我的时候已经过去了,blooming season是不会来了,像我这样的一生,可以说完全是造物主的精神的浪费,是创造者的无为的播弄。上帝——若是有上帝的时候——(或者说运命也好)做了一出恶戏,对于它究竟有什么意义呢?"[②]将出版部所有的酒喝光后,他妄想飞雪把过去埋葬,当天化作过去的末日。至半夜,他仍无法入睡,又出去喝酒,并找老妓吸鸦片到天明。2月12日,他信誓旦旦地决定改掉放浪行为,又在夜里喝得半醉方归,此后每每故态复萌。郁达夫的情绪流动和心理变化清晰地记录在日记中,种种举动完全符合"零余者"特性,或觉得在政治压迫、经济窘困或社会挤压下无法把握的命运,歧路彷徨,或求欢不成即消极地看待人生,其精神困境可见一斑。直至与王映霞的关系稳定后,他的"零余者"状态才有所转变,恢复了普通人的日常情状。

郁达夫毫不忌讳地将情爱心理的波澜涌动记录在案,暴露了滥情的本性。1926年,他抛妇别雏到广州工作,不时想念妻儿,感叹有家归不得,与白薇重遇后却有了暧昧的心思。他到上海后偶尔念及家人,如1927年1月8日记:"晨七时即醒,听窗外雨滴声,倍觉得凄楚。半生事业,空如轻气,至今垂老无家,栖托在友人处,起居饮食,

---

① 《郁达夫全集》第五卷,第45页。

② 《郁达夫全集》第五卷,第96—97页。

又多感不便,啊,我的荃君,我的儿女,我的老母。”①他决心多赚稿费寄回家中。可是不到一周,他就为王映霞而疯狂,起初的不顺让他紊乱如麻、似火中烧。情思昏乱的他同时在关注 Madam S,幻想带她到欧洲去度异国之春。自然,家庭被他置之脑后,只有遭到女人拒绝时才会想起可怜的妻子和小孩,他坦诚有一个月未曾为他们上过心,表示要向夫人忏悔:“我要向她 confess,我要求她的饶赦,我要她能够接受我这一刻时候的我的纯洁的真情。”②转念之间,他又不断给王映霞写去浓情如火的求爱信函。此后,他常在妻儿与王映霞之间纠结不已:“我时时刻刻忘不了映霞,也时时刻刻忘不了北京的儿女。一想到荃君的那种孤独怀远的悲哀,我就要流泪,但映霞的丰肥的体质和澄美的瞳神,又一步也不离的在追迫我。”③这些记录将其人格中的“小”和扭曲的灵魂一一展示出来了。阿英说过:“日记文的作者,应该是自己的心理形象的写实的画家,他不仅是勾画出心理形象的轮廓,也要描绘到那为人们所不注意的最细小而又最有力的部分。”④从这个角度说,郁达夫不愧是称职的日记写作者。

吴宓的矛盾灵魂主要体现在爱情追求的混乱和对人生态度的匡正纠偏上。他建构了一整套自己的爱情婚姻观念与哲学,却与常理及现实脱节,也无法付诸实施,因此患得患失,徒留遗憾。他与陈心一离婚后转而热恋毛彦文,毛氏起初总是避而不见或不复函,但架不住其苦苦哀求、屡屡函问,逐渐有所松动,打算接受其情感,并为婚配。不料,本该与毛彦文会合的吴宓又去约会其他女子,导致毛氏盛怒之余与他断绝关系,转而嫁给熊希龄。吴宓仍不死心,总有意无意关注毛彦文,并在熊氏逝世后不断去函,表达忏悔之意,以求复合。

---

① 《郁达夫全集》第五卷,第 59 页。
② 《郁达夫全集》第五卷,第 96 页。
③ 《郁达夫全集》第五卷,第 112 页。
④ 钱谦吾《语体日记文作法》,第 178 页。

在追求其他女性时，吴宓独特的情爱观也遭到抵制，始终无法与理想中的女性结合。而在为人处世上，他过于执着、拘泥，优柔寡断、反复无常而让友人懊恼，他为此一次次自我谴责，终又陷入循环之中。二十世纪四十年代前期，与陈福田等人的不和使吴宓产生了离开清华到浙大执教的想法，得到友人郭斌龢等人的支持，郭氏郑重地告知了浙大主政者，为其申请了聘书，但吴宓忽而去信表示愿意前往，忽而去信表示无法成行，最终放弃，令郭氏左右为难。纵观其日记，吴宓在许多事情上表现出这种特性，让涉身其中的人多有微词，讥讽其行止反复。钱钟书对吴宓有过评价，认为他是一个矛盾的自我，一个有些精神错乱的悲剧主角，在他的内心世界，两个自我就如同黑夜中的对手，互相冲撞，互相撕扯①。确为的论。

萧军称日记是作家的情感记录，写作时不该隐瞒，否则不利于自我研究、自我解剖："我只知道自己是并不那般'纯洁'和'崇高'的，什么坏的、恶的、丑的、下贱的、卑鄙的、错误的、狂妄的、杂乱的……思想和感情全出现过、扰乱过自己。当时我要忠实地把它们写下来，来研究它们，分析它们，对比地解剖自己的灵魂，从而也试验着解剖别人的灵魂。因为我是从事文学业务的，这一工作就更为必不可少。如果你不能够深深地以致残酷地解剖自己、挖掘自己，客观地对待自己，你也就难以理解别人。"②确实，他属于多血质性格，情感丰富，且不吝真诚地表达出来，因此在日记中堆积了大段的内心感触与心理独白。他乐于坦诚自我，承认拥有极端的矛盾性格，始终在人性与兽性，动与静，丑与美，善与恶，有趣与无聊，偏狭与宽大，自尊与自卑，动摇与坚定，锐利与模糊，主观与客观，进取与保守，个人与群体之间摇荡。他有清醒的自我认知，像他这般表述得如此透彻，解剖得如此鲜血淋漓的现代作家很少。不过，不自知、狂傲控制、吞噬着他，导致

---

① 见李洪岩《钱钟书与近代学人》，百花文艺出版社 1998 年，第 54 页。

② 萧军《关于我的日记·代序》，《延安日记》(1940—1945)上卷。

他总以自我为中心，这既造就了他“战斗即生活”的新英雄主义信念，赋予他强硬的性格，摆脱了知识分子的懦弱、退却与无助感，又给他人带来巨大的心理压力，让他在与同事、亲人交流时出现障碍。因此，在反思处世之道时，他时常自我批评，提出要避免怀着嫉妒和偏狭的唯我观念，要更宽大地迎接一切，即便不乐意面对的情形也要正面接受，锻炼勇气，避免庸劣和无勇的表现。

在人生道路的定位上，萧军是迷幻的，矛盾的，他以“每天向着理性、坚强和冷淡、孤独、压抑痛苦的路上走”“变成怀疑、冷淡一切，无声无色地走自己的路的人”①规约自己，认为鲁迅的勇敢是从理性出发的，自己的勇敢则是从感情出发，脆弱而不坚定，要多练习才能成为科学的、认明真理的、能克制自己的、不拘泥于情和物的勇敢者。他怀有极大的自我期许，总在臆想中推促自己，自言有颗难以驮载的雄心，感觉前面有大冰山等着他去消除，有无际的原野等着他去驱驰，有巨大的历史陈账等着他去结清，有若干前人的、社会的、各方面的菁华等着他去吸取。野心点燃着他，让他有了超越鲁迅的想法，要做人类文化的承继者、综合与开拓者，把人类的文化、文学导向正当的方向，给它以指路和奠基。他幻想将列宁与鲁迅融于一人，肩负起创造历史与书写历史的重任，既以新英雄主义建立新中国，又要使己作在世界范围内被广泛阅读。目睹种种现状后，他又对政治感到绝望，认为政治不讲良心与公道，与商场一样讲资本和技巧，因此他对从事政治的人感到厌恶，认为他们时时以实力、眼前利益为目的，又让他产生了回归纯粹的文学家园的想法。在现实生活中，他试图寻求超脱，热情地投入工作，认为工作才是坚贞不骛的永恒的朋友和爱人，才能带来幸福和愉悦，但有时为了工作他不得不违心地改变自己，主动去遵循某些运作规则，因为他深知完成自己的文艺计划需要金钱、名誉和地位。一旦遭遇不如意，他又牢骚不断，甚至打算抛开

---

① 《萧军全集》卷十八，第306页。

妻儿远走他处："我不愿再'卑下的'生活在这光照里。"[1]有时他会企图反击，立志做大海中顽强的礁石，虽然被浪群弄得遍体鳞伤也要战斗着将浪花碎在脚下。通过萧军的独白与心理暗示可见他是个矛盾体，理想的高扬与现实的挤迫让他左右摇摆、无所适从，其中反映出的追求民主、自由的知识分子与全景笼罩，缺乏空隙的政治之间的难以兼容确实令人深思。不幸的是，纠缠他的不仅有政治、经济上的挫折，家庭也不断刺激他，他认为琐碎的家庭生活使人变得麻木平庸，丧失了诗和理想的味道，孩子亦如可悲的枷锁框住自己。

在根据地生活、写作的王林经历了扒皮挫骨式的心理蜕变，他早先试图在集体和个人之间寻找缓冲，在作品中注入更多个人元素，展现英雄的故事和品格，却不免碰壁。他不时剖析自己，如在 1938 年 9 月 6 日暗自检讨，"有时评鉴现实事没有立场"，主要原因是小资产阶级富农意识作祟，被表象蒙蔽，忽略了阶级感情的巨大作用，"小知识分子之梦想成为超级的英雄，实际上是隐蔽自己的阶级企图"[2]。他分析了为何会失去阶级立场，在于人的两重性：当一个人的私欲满足了，即便社会政治认知差，尚能通过努力学习去接近；当私欲受到了打击，社会认知好也能服从大义，情绪却受到影响；当私欲压倒了社会大义，又遇到外界的诱惑则会走入歧途，以个人意气或喜恶为出发点[3]。当延安整风运动的精神传到冀中革命根据地，王林的心理波动更大，对内心的挖掘更深刻，他分析过造成自身"不良"思想的根源和原因：一、阶级出身。出身不好是无法解决和选择的。二、在白区的党员养成了反抗强权统治的习性，进入根据地后尽管阶级关系产生了变迁，心态却未调整过来，错误地将它看成一个"权势"，这种无原则的反抗心理造成了无政府主义倾向。三、过去的党内政策

① 《萧军全集》卷十八，第 298 页。
② 《王林文集》第五卷，第 101 页。
③ 《王林文集》第五卷，第 154 页。

和一些变节分子影响过自己,再加上受过批评,就由苦闷生成了变态心理,要求刺激、玩世,试图以游戏人生解决现实的痛苦。四、私生活不如意造成以嘲解嘲、自暴自弃的心态,主要原因是未寻得合适美满的妻子。五、行政工作和艺术创作有矛盾,行政上层与下层生活的联系不紧密导致自己故意选择去描绘基层群众的斗争和生活[①]。他一再反省自己小毛病不断,错误地选择了自由主义,自暴自弃的游戏人生观和艺术至上主义,自责将艺术与做人分离了。

日记"是充满热情写就并被珍藏的自我之书,它是人存在于世间的本质特征"[②]。许多日记录有作家关于人生的思索、命运的感悟,关于爱情、异性、婚姻和家庭的见解,他们或理直气壮地直陈,或欲说还羞地倾述,既有对自我的认同,也有对自我的反驳,或者在忏悔中否定自己,让我们见识了一个个或令人尊崇,或让人生厌,或不置可否,又格外鲜明的人物形象。不过,也有人排斥这种内容,陈子展谈到受了"五四"运动的刺激写了六七年日记,因整日埋头粉笔灰里了无生趣,除了牢骚感叹无事可写,到了国民革命军北伐时他精神一振,认为中国要得救,个人的荣枯得失不值一提,可是不久社会情势大变,他的情绪归于悲愤,"觉得但写个人生活的日记不值得再写了",已写的也付之丙丁,并有诗:"日记千言自此休,悔将椽笔写闲愁。腐儒事业一锅面,看汝糊涂到白头。"[③]

二、家国之痛:离乱时代的焦灼与忧思

1911年10月,鸣彻武昌的炮声送走了清王朝,也摧毁了延续千年的封建制度,华夏古国旧貌换新颜,广大民众却未过上安定的生

① 《王林文集》第五卷,第271页。

② 罗伯特·弗特吉尔《私人编年史:英国日记研究》,见唐岫敏《英国传记发展史》,第84页。

③ 陈子展《暂写一天日记》,见赵景深编《日记新作》,第269页。

活,之后南北战争、军阀混战、国民革命、抗日战争和国共内战接连爆发,短暂的民国在一场场血与火的争斗中萧然远逝。狂暴的现实赋予了知识分子们深沉的家国之痛,他们在焦灼中谴责暴力、呼唤和平,期盼国人能够享有安全、闲适的生活,在面对各种政治势力的角力时他们会作出评价与选择,反思个人、民族和文化的未来命运。尽管有人自我批评缺乏家国观念:"我全没有一分国家的观念,更没有一分国民的责任。五卅!五卅!别人的血是何等沸!而我却没有帮她出过一颗汗过!什么爱国团,示威运动,国民大会……和我全风马牛不相及!他们结队呼喊着走,而我却独自冷冷静静地去徘徊,好似亡了国,都不相干似的,我好算国民么?惭愧,惭愧,我确是自认不是国民!"[①]其实,绝大多数现代作家是关注现实的,他们呼吁营造理想的、自由的、独立的生存空间,有人为此走上了街头。本书将从辛亥革命前后、抗日战争前后和国共内战前后现代作家的心理变化来探讨他们的家国忧思。这是中国近现代史的三个转折点,第一个时段显示了传统与现代、新与旧转变的艰难,第二个时段显示了世界范围内民族与国家的矛盾与斗争,第三个时段显示了不同党派与阶层因不同的利益诉求追求不同的国体与政体,这是中国现代知识分子思考最多、最深,纠结不已而不得不面对和解决的三大难题。

湖北新兵起事让小学教师叶圣陶激动万分,他乐于见到清廷倾覆,认为自由魂的返归和民气的昌旺在此一举。在他看来,丧权辱国的晚清政府颟顸愚钝,推翻它才能实现民主,当务之急在于呼唤更多的少年英雄雄起,光复神州,推促中国进行改革,不改革国家则无起色,因循守故终究陷入奴隶的境地,"苟一改革,则我至勇至慧至有能力之同胞,皆即为少年中国之分子。而今果改革矣,乐又何如!"[②]他密切关注辛亥革命的进展,忧心革命军的胜负,感叹假如失败被灭则

---

① 《柔石日记》,第104页。

② 《叶圣陶集》第十九卷,第36页。

生无可望了,一些省份群起响应让他信心爆满:“从此以后,腥膻尽涤,大耻一洗,汉族同胞共歌自由,当即有一共和政体之中华民国发现于东半球之东,乐矣哉。”①见大厦将倾的晚清政府下了罪己诏,他斥责其虚伪,提醒一旦革命风潮静息政府定会采取蛇蝎手段加以报复,革命者不该动恻隐之心,减缓征伐的步伐;只要世间有君王就必定有绝大不平之事发生,所以无论君主善或恶都应当铲除,这种统治方式本身就侵害了民众的自由权。他对家乡江苏未即刻融入革命的洪流感到失望,认为对文教之邦来说是种耻辱,这种放弃天职的行为将不齿于人类,而一般少年连“口舌纸笔为鼓吹”都未能做到,令人沮丧。后来江苏因张勋的阻扰光复失败,叶圣陶咒骂他为“异族之功狗”“汉家之罪人”,立誓如果能生擒他当寸寸磔之,可见其书生意气。令他失望的是,多数人对革命持观望态度,认为双方成败与我等小民无关,不知“此次苟再失败,吾同胞当失立足于地球之权,唯有蹈东海而死”,他批判了这些坐观成败的人,痛惜自己无能力为革命作出贡献。革命的持续推进让他欢呼雀跃,南北议和,袁世凯当选大总统则让他灰心愤懑,他痛斥袁氏倚权自恃,由专制魔王改任了共和国总统,也为清廷政界走狗化身为民国议员而不安,悲叹“如火如荼之革命,大雄无畏之革命家,竖自由旗,策国民军,雪花飞舞,城市灰烬”换来如此结果,不免痛惜心伤②。从日记中,我们梳理出了叶圣陶从惊喜到焦灼,到兴奋,最终陷入失望的完整心理变化过程。

在清华学堂学生吴宓看来,“辛亥革命”是一场造成大规模社会戕害的动乱。与叶圣陶呼吁建立自由国家的自信不同,他表现出对未来的迷茫,认为战乱影响了国家前途和自己的未来:“乱事方炽,正有未已,吾不知中国前途如何?果于何时灭亡也!吾辈又将如之何

---

① 《叶圣陶集》第十九卷,第 44 页。

② 《叶圣陶集》第十九卷,第 96 页。

而可乎?”[①]见南北频现战事,他惊惶异常,忧心忡忡,虽为故乡陕西尚称太平、父母安好而欣慰,内心的隐忧始终无法消除,担心只是旦夕之安。他起初持就正统观念,频以“乱事”“失陷”“不大安靖”等词汇形容这场具有象征意义的革命行动,后来才有了一个渐变的认识过程,如从开始默许袁世凯平乱到认为袁氏不该强做曾国藩、左宗棠第二,因为是逆历史潮流的;对革命军由原来的不以为意转而肯定他们目的远大,谋划周密,令人惊服。关于南北战事,吴宓内心颇为矛盾,一方面他承认革命军是进步的,如果失败了,京城虽安,却会斫损英杰、沮伤元气,这不是他所希望看到的,但革命军一旦渡河北进,京师戒严,又会引起经济恐慌,土匪增多,危害清华学生的安危。当同学纷纷离校避难,吴宓甚是悲观,认为“此时逃避将趋何地,中国危像若此,茫茫宇宙将以何处托足”[②],他有了自己的想法,断定革命军无法取胜,即便京师有事,也能在危境中安稳渡过,如此则既能达到增广闻见、增添知识的目的,而掇拾轶闻琐事可以为他日著书准备材料。他时常焦虑,却又觉得“能经此一番离奇变迁,目睹而心识之,亦人生不可多得之幸事也”[③]。时局的变化让人眼花缭乱,难以辨认,吴宓最终听从父辈建议至沪避祸,有了一段短暂的借读生涯。

总体而言,现代作家对打倒封建皇权是持赞成态度的,认为这是国家的新起点,给国民带来了新希望。即便如吴宓一样出于自身安危的考量,质疑过这场革命的人最终还是欢欣鼓舞、踌躇满志地安排新人生。在此后难称太平的几十年中,他们多能以民主、自由和进步为武器,同情底层工农,谴责、批判既得利者和施暴者,试图通过对封建性、殖民性的批判唤醒沉睡的国人。而日军全面侵华给他们造成了更大的生理与心灵冲击,出于或悲观或自信的情绪,他们产生了分

---

① 《吴宓日记》第一册,第160页。

② 《吴宓日记》第一册,第164—165页。

③ 《吴宓日记》第一册,第172页。

化:有人弃民族利益不顾而落水,成了日寇的统治工具;有人迟疑,不自信,时而壮怀激烈,时而沉沦迷失;有人怀着坚定的信仰,舔舐着民族的伤口昂首前行,在谴责日军暴行的同时,不怯于批评、警醒民国政府,呼唤高效的管理与和美的社会。

入侵方起,有些知识分子直接参与了抗战,如逗留日本十年的郭沫若受"卢沟桥"事变的刺激于同年7月25日偷离日本,艰难返回祖国。他痛陈国族到了垂危的时候,不能安闲地顾着一身一家的安全,激励自己:"处之死地而后生,置之亡地而后存。我自己现在所走的路,我相信正是唯一的生路。"①之后,他担任了国民政府军事委员会政治部第三厅厅长,积极参与鼓呼和宣传抗日。

胡适最初是主和的,1937年7月11日他到庐山参加谈话会,他与友人在21日、24日、25日、26日多次谈及北方战事,27日受汪精卫之邀谈对日外交问题。30日他与高宗武等谈国事,提出:"① 外交线路不能断绝,应由宗武积极负责去打通此路线。② 时机甚紧迫,须有肯负责任的政治家担负此大任。"②31日,听闻蒋介石宣扬开战,胡适未表态,只向蒋氏建议让高宗武继续寻求外交路线解决。8月6日,胡适全盘托出自己的对日态度:大战之前作一次最大的和平努力,近卫内阁是可以谈的,机不可失;日本财政存在困难,有和平的希望;国家的雏形是建筑在新式中央军军力之上,不可轻易破坏,否则将来国家解体后更没有和平的希望。他指出和平外交的目标就是趁有实力可以一战之时用外交手段收复新失去的领土,保存未失去的领土,彻底调整中日关系,谋求五十年和平。要达到这个目的必须分两步走:首先停战,恢复七月七日以前的疆土状况,其次正式对调整中日关系进行交涉,在两三个月内完成③。这种幼稚的书生之见

① 《郭沫若日记》,第96页。
② 《胡适日记全编6》,第700页。
③ 《胡适日记全编6》,第702页。

自然无功。战局的变化使他的态度与策略有所转变,在9月8日与高宗武谈话中表示八月初所做的和平努力是不错的,但未免有些过虑了,过去一个月的战争证明中国能打,也肯打,"谋国不能不小心,但冒险也有其用处。"①与蒋介石多次会面后,胡适决定接受指派到美国进行外交斡旋。此后,他通过一次次如《中国能赢吗?》《中国为自由而斗争》《中国的战争及其问题》之类的演讲向世界宣传中国抗战,获得了西方国家与民众的支持,为抗战作出了大贡献。

吴宓对抗战起初是悲观的,战端刚起,他就认为中国战局危迫,大祸将临:

> 今后或则(一)华北沦亡,身为奴辱。或则(二)战争破坏,玉石俱焚。要之,求如前此安乐静适丰舒高贵之生活,必不可得。我一生之盛时佳期,今已全毕。……回计一生,宁非辜负?今后或自杀,或为僧,或抗节,或就义,无论若何结果,终留无穷之悔恨。更伤心者,即宓本为踔厉奋发、慷慨勤勉之人。自1928以来,以婚姻恋爱之失败,生活性欲之不满足,以致身心破毁,性行堕废。故当今国家大变,我亦软弱无力,不克振奋,不能为文天祥、顾亭林,且亦无力为吴梅村。盖才性志气已全漓灭矣。此为我最伤心而不可救药之事。如此卑劣,生世亦何益?思及此,但有自杀,别无他途。……②

陈寅恪也表达出悲观的情绪,在与吴宓交流时,他指出我国国民性存在致命的弱点:上愚下诈,最终必然是屈服,并预测了战争结果,华北各军事将领和南京中央都无抵抗日本的意愿,抵抗的话必定亡国,当务之急在于先保全华南,然后悉心备战,如此将来或许有逐渐

① 《胡适日记全编6》,第710页。

② 《吴宓日记》第六册,第168页。

恢复的希望,至少可以偏安南方,一旦交战有可能全军覆没,中国随之而亡。战争胜败的关键在于科学技术的高下和器械军力的强弱,民气、士气的作用比较微小,况且中国人心士气虚矫怯懦,不可恃靠[①]。吴宓则认为无论是特洛伊、迦太基,或是宋、明的灭亡均历经苦战,之后再图谋恢复,从来没有与当今情况相似的。他断定原因在于中国的科学技术与物质经济远不如人,而国人的道德尤其卑下,这才是致命伤。如果中国人的精神与行为未能改良,国家民族的败亡在意料之中,根本不可能谈什么复兴。他多次强调自己的观点,认为中国的前途和中日战争的胜败取决于两个民族道德高下的区别,而他对中国的命运感到失望,在他看来中国是个道德败坏的社会,能够幸存不过是"天幸与事机之偶然",他甚至幻想通过创作小说《新旧姻缘》唤醒国民,实现以道德拯救国家的意图:"就国家世界大局论,宓身历中国及世界近数十年之变迁,终至中国灭亡,世界危乱。于是离幻趋真,旷观全史,求厥因果。以此证明道德宗教之真实,盛衰兴亡之有定理。"[②]吴宓试图以普遍价值完成对新国民、新国家的塑造。那么重塑道德的资源从何而来?他在听闻陈铨谈到四川强征壮丁的流弊后说过:"中国人心道德如不改良,终于无望。若如此法驱民而战,则虽胜日本亦无意义与价值,况由今之道必败乎?宓观于西欧、俄、德等国之诈横,及日本、中国之虐用其民,乃益明悉孔子、孟子抑霸重民、主德斥利之学说劝教之正大切要,于今之势尤为合宜。"[③]显然,就是传统的孔孟之道与新人文主义学说的结合,这是治疗中西方社会弊病的对症良药,必须运用中西古代圣贤的理念来规范世道人心。他将社会乱象归结于道德的沦陷,如从叶公超屯货牟利而论及危难之际的政治、吏治,他感叹中央、地方皆"上下交征利而国危矣",

① 《吴宓日记》第六册,第168页。
② 《吴宓日记》第六册,第9页。
③ 《吴宓日记》第六册,第81页。

由此论定“国家之败,由官邪也,官之不德,宠赂彰也”。传统儒家的殉道精神,清介气节的消失让他郁闷不已:“今之中国殉财、殉名、殉欲者,比比皆是。而殉道、殉情者几于绝无仅有。而国社危亡至此,何能挽救?况士子方暴戾恣睢为教,而以破灭中国旧文化为能。革命、共产……种种口号,相炫相蒙,而中国之希望何存?”失望之余,他只能主张乐天知命,不侥幸、不营谋,读书养神,至于国亡种灭,文字、礼教崩丧也是天命难违,人孽所自造,只有安心承受了[①]。

有学者谈及陈寅恪、吴宓的认知时常有诟病,如任继愈苛责地认为陈氏缺乏民族自信:“抗日战争的时候,他认为中国打不过日本,有他的诗为证。没有民族自信。中国打败日本,靠民族的自信心。比武器装备,中国不如日本。一个人的看法如何,那是一种主观的精神。大家都那么看,那就会成为一种物质的力量。陈缺乏这样一种民族的自信。”[②]在他们看来,抗战走向胜利是水到渠成的必然结局,事实并非如此,晚清至抗战之前,中国与日本发生摩擦时均以失败告结,而战事初开时要对敌方策略、整体格局等作出准确判断也非易事,这都会影响个人的认知。学者王奇生指出,抗战初期,虽然大众媒体充溢着积极抗战的言论,其中不乏有些人投机取巧,故意发表激烈言论以取悦于世人,私下里主和比主战更具普遍性,在中国文化中这需要承担道德的指责,所以这些声音多在私人场合或私密性日记中表达。知识分子中的胡适、蒋梦麟、蒋廷黻、陈之迈等,政治人物中的孔祥熙、何应钦、陈立夫、阎锡山、陈布雷等都表达过类似意思,招致蒋介石的讥责。如何评价这种现象,王奇生提出的评判准则就显得重要了:“若回到这场战争的起点,并一步步地追踪历史行动者当时的处境与心境,以及他们每一步所面临的艰难抉择及其行动方略,我们当深切感觉到,历史并非那么必然地、坚定地、一往直前地走向

① 《吴宓日记》第六册,第165页。

② 张国风《任继愈先生漫谈录》,《中华读书报》2016年4月15日。

如我们所知的最后结局。”①

留日期间,常任侠于日本人及日本文化印象颇佳,故对日军侵华极为愤恨,听闻中央大学被炸,怒斥为暴劫:“多年经营,一旦毁于暴日,深可愤慨。”②在斥责日本帝国主义无义时,他有了与其战斗,为人类雪耻的决心。听到朋友讲述日军在北平的暴虐,常任侠愈发产生了极端的厌恶心理,认为日军炸商户、平民的行为狗彘鬼畜不如,指责日军“如此则直非人类,诚为帝国主义中之最贱劣者”③,平常却假仁假义。他批评了某日本学者的《满蒙游记》一书处心积虑,甘心被帝国主义利用,充当了侵略的工具。他对国民政府各级官员惊惶逃避,毫无组织予于谴责,痛斥政治腐化。对撤退的忠勇伤兵,他肃然起敬,见来往民众无人施以援手而痛恨国人的无能与残忍。为鼓舞国人抗战,他积极参与各种宣传活动,如在《卢沟桥》剧中饰演吉星文,在合肥民众教育馆演讲全民抗战与民族复兴。他尤其注重培养学生的爱国意识,给学生讲“反帝反法西斯与国防”;让学生以“拥护抗战与组织民众”为题撰文;批判汉奸理论,坚定抗战国策及国共统一战线;教导学生要认识到贫苦大众所受的痛苦,不能做奴隶为帝国主义所驱使,要致力于民族的复兴。从一幅挽联就颇能见出其心境:“老人家,睡下了,永不看那些日本强盗,疯狂凶相;孩子们,站起来,共同唱一支救亡歌曲,敬慰幽灵。”到了武汉后,他进入政治部第三厅工作,积极贡献所能为抗战宣传服务。

战争兴起后,丰子恺不得不结束安定的缘缘堂生活,拖家带口、历经艰难到达大后方,他比较乐观,认为整体上全国万众一心:“后方之民不懈于内,前线之士忘身于外,长此以往,抗战不忧不胜,建国不

---

① 王奇生《抗战第一年的政略与战略》,《读书》2015年第9期。

② 常任侠《战云记事》,海天出版社1999年,第47页。

③ 常任侠《战云记事》,第56页。

愁不成。”[①]听闻汪精卫被刺杀,他为之欣慰,觉得显示了国人齐力的抗战决心与凝聚力。他告诫友人不要为敌人的骚扰而懊恼,损失元气,要振作精神自强自立:“今日民族正当生死存亡关头,多些麻烦,诚不算苦。吾等要自励不屈不挠精神,以为国民表式。此亦一种教育,此亦一种抗战。”[②]丰子恺指出,流离失所或许能让中国因祸得福,前途有望,“盖暴敌之蹂躏吾民族,除死者正待复仇外,生者皆因奋斗磨练而增其所不能”[③],生于忧患死于安乐,抗战可以锻炼国人的身心。他没有沉沦于苦难不能自拔,反而反省抗战前国家百事颓唐才导致了这场灾祸,因此提出今后必须彻底改革,文教界中人尤其要及时努力去除弊端,使一切事业本乎天理、合乎人情。他强调做好分内的工作就是支持抗战,在为桂林师范学校谱写校歌时不忘倡议为以后的国家建设提供优秀的学生:“凡武力侵略,必不能持久。日本迟早必败。我们将来抗战胜利,重新建国的时候,就好比吾人大病初愈,百体疲乏,需要多量的牛奶来营养调理,方能恢复健康。”[④]他把对家国的忧虑转移到培养优秀人才的工作中去。他通过战争反思了人类文明,认为物质文明的片面发达会给人类带来灾难,必须伴以高度的精神文明,才能建构起美好的世界。

留学德国的季羡林经历着炼狱般的心灵煎熬,身处异域的他总在喜悦、失望与忧虑之间徘徊,一旦知晓国民政府有所行动或国人作了有效的抵抗则高兴不已,满怀希望,得知某次战争失败的消息又让他心情沉重,顾影自怜:“故国的影子再也离不开我的心头,中国大概没有希望了。我自己也只像秋风里的黄叶,目前且在枝头颤抖但大风一来,也就被吹落下来,落在地上,或者飘到什么地方去,最后的命

---

① 《子恺日记》,海豚出版社 2013 年,第 117 页。

② 《子恺日记》,第 69 页。

③ 《子恺日记》,第 121 页。

④ 《子恺日记》,第 40 页。

运终于还是让人践踏,变成泥。"[①]对家乡的思念与亲人的关心让他忧心如焚。他经常谴责亲日派与投降者,恨不能食其肉,他认为即便中国存在很多弱点,武力、宣传均不如人,但还是有希望的,可是卖国贼大行其道却将中国推入了深渊[②]。他力主高扬爱国热情与英雄气概,知晓赵登禹战死后他放声大哭,想着如何给赵将军募捐,怎样改名字以示纪念。随着国内外战况的不断变化,他度过了忽悲忽喜、时歌时哭的数年光阴,直至德国、日本相继投降才解脱出来。

抗战胜利后,知识分子们又得考虑站队的问题了,这就涉及在国民党与共产党之间如何选择以及怎样评价苏联的问题。如果说抗战期间他们还能同仇敌忾,共斥日本帝国主义(少数"落水"文人除外),那么此时他们再次产生了严重的分化:有人继续跟着国民党,又认为国民政府太腐朽,必须有所改变;有人直接靠向共产党,呼吁建立新的人民政权;有人在观望,既对当前政权不满,又因对延安势力不了解而疏离,体现出一种歧路彷徨的心态。学者幺书仪在讨论元代文人时说过这么一段话:"古代文人总是处于种种矛盾的夹缝之中,一辈子在仕与隐、君与亲、忠与孝、名节与生命、生前与身后等问题上痛哭的煎熬,这种痛哭和矛盾的文化性格,来自于中国传统文化心理,也与复杂的社会环境有关。"[③]现代作家也是如此,他们也未能摆脱这种宿命,不少人始终在矛盾中挣扎。

1945 年 8 月,得知日本无条件投降的吴宓慨然赋诗:"东西齐奏凯,寰宇战云终。戎首原无幸,天心本至公。及兹宜戒惧,举世尚贪功。归去吾何往? 悲欢匪众同。"战争的胜利让他兴奋不已,目下的社会现状又让他不满,他多次痛斥国民政府及国民党的所作所为,他不希望爆发内战导致生灵涂炭。吴宓分析过时局,认为中国的形势

① 《季羡林日记:留德岁月》(第二卷),第 499 页。

② 《季羡林日记:留德岁月》(第二卷),第 503 页。

③ 幺书仪《元代文人心态 · 原序》。

如同南北朝："河、淮以北，甚至江、淮以北，将为共党所据，而隶属于俄；南方则为国民党之中国，号称正统，而禀命于美。异日纵横相斗，俄与英、美、日等国大战，中国适成战场。而分立阋墙，互攻互残。赤县古国，遂至末日，沦胥以尽。况文字已擅改，历史不存。教化学术，悉秉承于美、俄，即中国名号犹在。甚至人民安富尊荣，其国魂已丧失，精神已荡灭。"[①]在他看来，无论是依靠苏联建制，还是利用欧美立国，国魂与文化魂均会散失，学术亦将泯灭。苏联始终是他的心病，他对本国青年崇拜苏俄表示不解："哀哉！少年人犹膜拜苏俄如斯之甚也！"[②]在这方面，陈寅恪与他同调，1945 年陈氏有诗："谁缔宣和海上盟，燕云得失涕纵横。花门久已留胡马，柳塞翻教拔汉旌。妖乱豫么同有罪，战和飞桧两无成。梦华一录难重读，莫遣遗民说汴京。"（《乙酉七月七日听说〈水浒新传〉后，客有述近闻者，感赋》）陈寅恪痛斥苏、美、英三国首脑在雅尔塔会议上合谋损害中国的主权和利益，告诫世人警惕苏联的威胁。吴宓见燕京学生演说，力陈共产、民主之威，又从朱自清处得知西南联大学生、教授分作两派对立相争，教授常为学生所裹挟，遂放弃了这两所大学，选择到地理位置特殊的武汉大学执教，北方安定就回清华，不安则转涉西南。他将共产主义视为洪水之祸，对武大文学院迎新会演剧宣传这种理论感到愤郁，批评该剧仅仅表现一些"可痛而无味之事情，不离现实之平凡，更无动机之主系"，与主张指引人生向上或解脱的希腊悲剧相去甚远，"又按近五六十年，在中国，在世界，放火之人多而救火之人少。众思造乱，而莫肯平乱。此生民惨劫之所以临，而文化将毁灭至尽也"[③]。虽然吴宓总是迟疑不决，也试图有所担当，他原本打算在李公朴被杀时发声，被人劝阻不要参与政治以明哲保身，令他颇觉悲苦："宓思国事世

① 《吴宓日记》第九册，第 519 页。
② 《吴宓日记》第七册，第 72 页。
③ 《吴宓日记》第十册，第 461—462 页。

事若此,袖手默居,实非君子与正士所宜出,于是深觉郁苦。”[①]在1948年最后一天,他表达了对刘永济、袁昌英等人深深的失望,认为国家危急之际,武大元老们急着装运物品,放弃职守,不为学生表率,毫无与同人共患难之意,“理想、事业则废然无存也”[②],随后他躲入西南,默然过活。

1946年7月,在欧美飘摇九年的胡适重归故国。此前一年他曾致电毛泽东,希望中共高层审察世界形势,爱惜国家前途,忘却过去、瞻望未来,放弃武力,建立一个不靠武装的第二政党,以解决纠纷,避免内战,万不可以小不忍而自致毁灭[③]。他持守自由主义理念和独立超然的身份,拒绝加入政府或党派,以求相对理性客观地参与国家政治。胡适对宋子文等经办的经济政策和政府的颟顸腐败极度不满,但仍信心十足,如他对国民党1947年3月宣告结束的训政评价甚高,认为是政治史上稀有的:“其历史的意义是国民党从苏俄式的政党回到英美西欧式的政党。这是孙中山遗训的复活。中山当日接受了共产党的组织方法,但他终不认一党专政为最后阶段,只认为过渡到宪政的一个阶段。国民党执有政权二十年,今日宣告结束训政,故是稀有的史实。”[④]大规模内战爆发后,蒋介石提议他到美国任外交大使,他以可能荒废学术事业,多年未关心国内外形势为由拒绝了。他知道战争难以调解,必然以一方屈服才能终结,不愿意深涉其中。至1948年底,国民党的颓势已难挽回,在与蒋介石谈话中,胡适推心置腹道明了自己的担忧,从政治、经济、组织、军事等方面给了建议:个人无法对付时局,必须建立真正可靠的参谋部门;对于现状要虚心认错,以重新获得支持;整顿败坏的国军纪律,提高战斗力;纠正

① 《吴宓日记》第十册,第86页。

② 《吴宓日记》第十册,第494页。

③ 《胡适日记全编7》,第623页。

④ 《胡适日记全编7》,第649页。

经济财政改革案的错误，调整经济政策；对于获得美国援助要诚心、虚心；重新部署战略，不可忽视北方的重要性。他主张蒋氏要深思反省[①]。是年12月15日，眼见国民政府大势已去的他飞离北平，辗转南方数月后辞乡前往美国。

有些知识分子持观望态度，如杨端六、袁昌英希望女儿杨静远不要参与政治斗争，见她阅读《论联合政府》《论解放区战争》而十分担忧，建议她不要过早插足任何一方，告诫她政治如同恋爱，相处久了无法脱身[②]。无疑，他（她）们对国民党已然信心不足，希望有所改变，对共产党又了解不多或存在误解，所以对未来缺乏信心。而叶圣陶比较顺利地实现了信念的转换，日本的崩灭让他极其高兴，又为国内的现状忧虑："日本虽败，而我国非即胜利。庶政皆不上轨道，从政者无求治之诚心，百端待理，而无术以应之，去长治久安、民生康乐，为期固甚远也。"[③]他居安思危，对社会有清醒的认识，有异于普通人的远见。叶圣陶起初相对中立，听闻蒋介石与毛泽东会面讨论两党团结的消息非常兴奋，认为这是国人最关切的问题，如果不解决，内争即起，民生堪忧，如果能和解，双方精诚合作，和平建国，则国家前途光明："余虽不与政治，然望治之心甚殷，极欲于未死之年，获睹民生康乐，庶业繁兴。今日见此消息，不禁心喜。"[④]但国民政府及官员的行为让他反感、失望：复员工作成了当事者攫权争利之举，从政者的恶德表露无遗，腐朽达到了古今顶点；在经济上，只试图依傍美国人，不重民族工业；国共军事冲突随地都有，给民众造成巨大伤害，他认为："我国翻身，本以此时为最好时机，今则其机已失，须待从新来

① 《胡适日记全编7》，第722—723页。

② 杨静远《让庐日记》，第358页。

③ 《叶圣陶集》第二十卷，第432页。

④ 《叶圣陶集》第二十卷，第440页。

过,然而民生困苦太甚。”[1]1946 年 2 月,重庆各界庆祝协商会议召开,遭特务大肆捣乱,郭沫若等被殴,叶圣陶认为极权势力是争取民主的障碍,以后可能会不断发生,甚至出现更严重的祸乱。不久,闻一多被刺身亡,叶圣陶气愤之至,直斥当局以恐怖手段对付呼吁民主的社会人士,已丧失了存立的合理性。年底,国民党召开了缺少几个重要党派参加的国民大会,他认为如此制造出来的宪法基础不稳,无法令人满意,国民党号称还政于民,实则是借卑劣手段延长统治,“极不高明之统治,加之以不息之内战,外国经济之压迫,中国人殆将百岁无安乐之望矣”[2]。国民党对饱含民众期望的制宪大会以“玩戏”视之的做法,令他有了不幸生于这时代的叹惋。国民政府镇压呼吁停止内战而上街游行的学生,限制出版自由,将《中学生》列入禁售之列,更是加重了他的忧虑。与此同时,叶圣陶对共产党及苏联的认知有了变化,读过黄炎培《延安归来》后他对毛泽东倡导以民主的新路解决中国实际问题的观点十分赞赏;与郭沫若、周恩来频繁接触后,他对延安一脉有了更深入的了解;校读陈原关于苏联的科学研究论文后,他认为这种以增进人民福利为目标,以不分理论与技术、发现与应用相联系为特点的,集体的研究方式大可感佩,只有社会主义国家才能达到这种境界。至蒋介石悍然发动内战,他彻底成了共产党的支持者与拥护者。1949 年初,秘密从香港转道北平参加政治协商会议的叶圣陶赋诗《知北游》:“南运经时又北游,最欣同气与同舟。翻身民众开新史,立国规模俟共谋。篑土为山宁肯后,涓泉归海复何求。不贤识小原其分,言志奚须故自羞。”可见他对未来的期许,与他同行的二十几人多年过半百却兴奋得如同青年,大家觉得中国即将出现崭新的局面,这次绝非寻常的航行会带领大家奔向伟大的工作。

同样受邀北行的柳亚子 1949 年 3 月 1 日作诗:“六十三龄万里

---

① 《叶圣陶集》第二十卷,第 468 页。

② 《叶圣陶集》第二十卷,第 140 页。

程,前途真喜向光明。乘风破浪平生意,席卷南溟下北溟。”与叶圣陶相比,他表现得更加急切和疏狂。路经山东莱阳时正值妇女大会,他在欢迎会上讲话大呼:“拥护毛主席,拥护中国共产党,打倒蒋介石,打倒美帝国主义。”到了青州,当杜聿明作为俘虏被押解上来,他“赴会鞫之”,发言凌厉,“该犯唯唯而已”[①]。进京后,他在民盟总部临时工作委员会上提议开除主张理性言事的梁漱溟,在晚宴上“大呼万岁,颇得意”,尽饮黄酒十余大杯,“数年来无此乐事矣”[②]。这段时间,他亢奋不已、全情投入,撰有《从南京惨案说到活捉蒋介石》;在民盟内部和其他场合屡屡攻击右派人士,为共产党欢呼,因此影响了身体健康:“以后当决心请假一月,不出席任何会议,庶不至由发言而生气,由生气而骂人,由骂人而伤身耳!”[③]他满腹牢骚地迎来了新时代、新社会,站在了同声合颂的前列。

无产阶级作家自然期待中国共产党获取政权,以证明自己的先见,实现原初的理想。到了解放战争后期,他们愈加意气风发,以舍我其谁的主人翁姿态迎接新生。如解放区作家王林就流露出一种志得意满的神气,参加政治协商会议时他嘲弄起了邵力子,先贬其“是个老宫嘴,像个老尼姑”,又说其闭会奏乐时半痴半呆地立着,“我想他一定很苦烦。北伐时他还是 CP,叛了变给蒋帮凶,今天又和 CP 文艺作家坐在一起,是个人,也得痛苦的。昨夜他看《野猪林》,有时也笑一笑,我看他就是陆谦”。王林看望了“反动作家”沈从文,也不忘讥嘲:“这种人才是可怜,过去受胡适的提拔,就无条件捧胡,今天又苦恼。丁玲说他胆子太小,可能是。丁玲那天说他说你一解放就只写《不要紧》就行啦,今天向我又说早来找我一趟就好了。他在文学上本是有成就的,却吃了胡适辈的亏了。他脖子上尚有个痕。校

① 《柳亚子日记》,上海人民出版社 2015 年,第 50—51 页。
② 《柳亚子日记》,第 55 页。
③ 《柳亚子日记》,第 64 页。

花老婆也到华大学习睡地铺去了，据说其中还有中国大学校长等。沈老问长篇大作，'伟大作品'的意识还是很浓厚的。"[①]这段话不免刻薄，充满讥讽，对照拂过自己的至亲老师并无多少敬意。显然在他看来，接下来的时代该以他为代表的解放区文人或左翼文人作为主角，该由他们唱响新的颂歌，承载新的文学使命。

综前所述，作家的灵魂搏斗在日记里展示得刻骨铭心，证明了"文学心态是极富统摄力的，它与文学的关系也要比许多外在的显示和传统要素更直接、更切近。这使我们从文人心态入手来研究一代文学或从文人生活的方方面面来追踪、逼近一代文人心态，在学术的层面上有了实在的价值和意义，而不像人们惯常所理解的那样，仅仅把这项研究视为无根底的玄谈"[②]。社会剧变搅动了现代作家的心灵，政治、文化冲突让他们或选择随波逐流，丧失个性，或选择逃遁偏隅，远离权力中心，又或选择主动贴近，奔向新世界，种种心灵轨迹传导出了时代的律动，因为"历史过程本身就是一种思想过程，而且它只是作为各种心灵而存在，——这些心灵是它的组成部分"[③]。无疑，"向内看"将研究的视野拓展到了主体的内宇宙，关注写作者的欲望、激情、动机、思谋等层面，便于深化对现代史的认知和对现代作家书写的感悟。

---

① 《王林日记·文艺十七年》，《新文学史料》2013 年第 2 期。

② 池万兴、刘怀荣《梦逝难寻——唐代文人心态史》，河北教育出版社 2001 年，第 1—2 页。

③ 科林武德著，何兆武、张文杰译《历史的观念》（增补版），第 227 页。

第四章　想象与叙述：现代作家的行旅体验及其书写

旅行，这个常被认作娱乐休闲的代名词，本质上是一种在社会历史语境中生成的，有深层次意义指涉的地理、文化空间位移活动，是人类获取知识和经验的关键渠道之一。学者龚鹏程认为迁旅行游是人类的物性本质和本能，"人类的文明便成于旅行之中"①。C·T·威廉斯则指出："人类历史是一个旅行者的故事，一个奥德赛。"②旅行是人生和人类历史的常规属性，于是有了埃里克·李德不无夸大的叙述："旅行是人类历史发展的中心力量""流动性是绝对的，地方性、定居状态是相对的，旅行是人类发展的核心因素，是人类社会价值的重要来源"③。有着悠长历史与深远内蕴的旅行在人类文化演进中扮演了至关重要的角色，它是中西文化传统的经典母题，无论是西方的行吟、冒险和朝圣，还是中国的溯北、南下、西游或越洋都可归于此文化实践之内。旅行与写作总是难分难舍地纠缠在一起，并催生了旅行日记，郭沫若说过假如不事旅行便难于写出《浪花十日》这样的文章。以日记书写游记有其优势，如政治家邹鲁就认为："游记贵在其真实，事后补叙，终不若当日记录之详实逼肖，且一日之中，记

① 龚鹏程《〈旅行：跨文化想象〉序》，见郭少棠《旅行：跨文化想象》，北京大学出版社 2005 年。

② 郭少棠《旅行：跨文化想象》，第 10 页。

③ 埃里克·李德语，见王小伦《旅行与西方文化》，《西安外国语学院学报》2003 年第 1 期。

事者有之，写景者有之，志感者有之，几等于每日一游记，并非专叙旅程也。”[①]

第一次鸦片战争以来，被轰开国门的清政府实施了有限度的开放，陆续向欧美、日本等地派遣了驻外使节、考察团或留学生，以疏通交游网络或考察政事、军工、经济和教育，又有从商的民间人士，自费旅行者或为躲避政治迫害流亡异国的士子、政客，这些较早走向世界的人组成了晚清外游日记的写作主体。民元后，受到向外求取新知识、开拓新视界等欲望的驱使，知识分子如过江之鲫走出国门，或求学，或考察，或旅行，或进修，他们将亲历的行程，所到国家的国情、民俗和制度等记录备案。同时，随着国内交通设施的便利化，旅行社等现代商业机构的出现以及民气渐开的社会氛围，原本相对封闭的地理空间被冲破，遍览祖国山河已非难事。而社会动乱，尤其是长久的抗日战争也造成了人口大迁徙，促成了频繁的旅行活动，部分四处奔波的作家记述了当时的种种情状。

正如有学者所言，旅行至少包括三个层次：旅游、行游和神游，因受到时间长短、体验深浅的限制，它们具有不同的特征与影响。旅游指一般意义上的休闲，追求短时间内的观赏与猎奇，获得的文化感受是表面的、肤浅的；行游指范围更广、时间更长，不以消闲度假为主旨的时空位移，所获得的文化感受是深层的、理性的；神游（包括卧游）则是一种精神旅行，是形而上的抽象状态[②]。它们总是彼此胶合，表现出来的文化感受是层累的，本书拟将其叠合起来综而论之。

---

① 邹鲁《〈二十九国游记〉改版自序》，《二十九国游记》，商务印书馆1947年。

② 郭少棠《旅行：跨文化想象》，第1页。

第一节 体验与返观:论现代作家的留学、外游日记

文化的世界性传播在二十世纪甚嚣尘上,其主要途径除了出版物的内外流动,恐怕就是异域旅行了。游览一事起源甚早,“但其演进为高度组织之企业,以构成国际收支及文化传播之一大因素,则仅为二十世纪之新现象”①。异域旅行,从物理意义而言是从一个空间转到另一个空间,但在文化上意味着从一种熟悉的文化语境进入另一种陌生的文化语境。在任何相对开放的时代,这都是不得不面对的社会趋向,学者钱钟书说过人类自然是走向世界而非走出世界的,“那怕你不情不愿,两脚仿佛拖着铁镣与铁球,你也只好走向这世界,因为你绝对没有办法走出这世界,即使两脚生了翅膀”②。这彻底说明在经济全球化的态势下没有国家可以置身事外,必然被裹挟到洪流之中。闭关锁国的清政府正是在这种环境下搅进了以欧美为中心的世界政治、经济和文化体系里,由原来自恃的中心位置滑向边缘。为了弄清新体系的运行法则,中国知识分子被推到了前台,积极学习、模仿,试图影响或改变这些规则,或被动或主动地走向了世界。延至民国,与外界的交流愈多,出国已成等闲之事,在涌向欧美、日本的人潮中出现了不少作家的身影。现代作家去国离乡的原因大体有以下几种:一、留学或游学,如鲁迅、周作人、郁达夫、梅光迪、胡适、陈衡哲、吴宓、敬渔隐、梁宗岱、林徽因、季羡林等分别在日本、美国、法国、英国、德国等地学习,有人还在多国接受过新式教育;如朱自清、浦江清、吴宓等借清华大学学术年假之便到欧洲游历,或查阅资

① 佘贵棠《游览名词解释》,《旅游杂志》第15卷第6期。

② 钱钟书《走向世界·序》,见钟叔河《走向世界——近代中国知识分子考察西方的历史》,中华书局2000年,第2页。

料,或增长见闻。二、避祸。如郭沫若得罪当权者而出走东瀛达十年之久;郑振铎上书抗议国民党清党运动而被视为眼中钉,为躲抓捕避难欧洲;王统照因小说《山雨》触犯意识形态禁忌被列入黑名单,乃行走欧洲。三、受邀参会、考察或获得外国机构提供的职位,如郭沫若、茅盾、丁西林等受中苏文化友好协会邀请前往苏联,老舍、林语堂获邀到国外大学执教,胡适受欧美大学或政府机构之请前去演讲,冰心受邀去了日本等。四、其他原因,如胡适、陈西滢有长期的驻外史,萧乾二战期间担任了欧洲战地记者等。

与此前的同类写作相比,现代旅行日记有其独特性:一、中国中心意识以及由此形成的天朝上国心态已然消除。传统知识人视中国为世界中心,这种优势意识在前近代日记中无处不在,天朝上国的心态自然流露。到了晚清,读书人的知识体系得以更新,此类意识逐渐淡弱。进入现代,知识分子才真正把他国当作与中国一样或高于中国的政治实体看待,甚至产生了文化自卑心理。二、对异域的吸纳跃升到文化(学)层面。与西方有限度地对话后,知识者的拿来式学习经历了引入器物、制度和文化三次转变,而真正系统学习、内化外国文化(学)的是现代知识分子,他们录有批量阅读外国著作的心得体会。三、反思、反省意识增强,如关于科技的认知,传统文人贬斥为奇技淫巧,近代文人大肆宣扬物质文明,现代知识分子则有所反思,指责某些发明是造就社会灾难的根源,科技成了禁锢人类自由的工具。这些受了现代理念洗礼的知识分子思辨能力更强,既有人试图引进异国思想和制度改造中国,也有人站在世界思想文化进化的立场反思西方经验,重估中国传统,他们学会了自如地应对西方,面对各种思潮的冲击各取所需、辩证对待,他们对异己文化的关注超越了表层,已由猎奇转向了寻异或辨同。

心理学家荣格说过,要对长期陷入固定生活模式的人带来解放性的改变,赴世界各地旅游不失为一种好的解决之道。日本学者厨川白村指出具有特殊意义的外游是必要的,“面接异人与自然,这是再没有胜过外游的”,变换环境可以“发见新的自我”①。现代知识分子的跨国之旅区别于同质的或遵循同一价值体系的内部位移,呈现了自我与他者的相遇,包括自我与他者是如何接触的,自我如何凝视他者,他者又如何反观自我,自我是否在他者的影响下重新调适并确立新的身份,等等。正是在“我”与“他”的对立与链接中,文化自觉意识产生了,如有学者所言:“旅行与他者关系密切,旅行的含义源自‘他者’,旅行主体总是不断地对客体(他者)进行凝视(gaze)。这种凝视含义丰富,并且是一种生产性、创造性的行为,可以说,正是旅行者的凝视创造了真正的‘他者’,在旅行者的眼光中,‘他者’被确立起来,旅行创造了‘异国’与‘稀奇’的经验和概念,旅行成为历史长河中‘新事物’的主要源泉。”②而在认识这种现象时,既要看到旅行对移动主体的改变,也要看到由于主体与客体的互动导致客体生成的变化。

一、现代作家与异国形象的塑造:以日美德苏为中心

国家形象是认识一个国家的符号系统,有学者将其定义为:“个人对某一个国家的亲身经历、领悟、观点、回忆和印象的总和,包括个人对这个国家的情感与审美”“由历史、地理、艺术、音乐、国民和其他要素组成”③。有学者给出了外延更加宽泛的概括:“国家形象是一国内部公众和外部公众对该国政治(包括政府信誉、外交能力与军事准备等)、经济(包括金融实力、财政实力、产品特色与质量、国民收入等)、社会(包括社会凝聚力、安全与稳定、国民士气、民族性格等)、文化(包括科技实力、教育水平、文化遗产、风俗习惯、价值观念等)与地

---

① 厨川白村《作家之外游》,见钱谦吾《语体日记文作法》,第198页。

② 唐宏峰《旅行的现代性——晚清小说旅行叙事研究》,北京师范大学出版社2011年,第3页。

③ 科特勒语,见范红《国家形象的多维塑造与传播策略》,《清华大学学报》2013年第2期。

理（包括地理环境、自然资源、人口数量等）等方面状况的认识与评价。”[①]前一个定义关注的是人文因素，后一个定义注重整体性。国家形象是一个综合体，不仅出现于板正的官方宣传，在文学作品中也时隐时现，它有自塑和他塑之分，前者不免溢美，后者可能存在一定程度的误读。现代作家的足迹遍布各大洲，在批量叙述中塑造了复杂的、多维的异国形象。本书将以最有代表性的国家，即日、美、德、苏为研究对象，梳理它们在日记中是如何以及以何种面貌呈现的。

旅日者笔下的日本

日本乃中国一衣带水的邻邦，两国自古来往密切，并逐渐形成了包容近似基因的东方文化观与社会结构。不过中国原为上国，万邦来朝，拥有全方位的优势。延至晚清，情势出现逆转，日本经“明治维新”后及时融入世界资本主义体系，强势崛起，俨然成为一个新兴的明星国度，成为近现代中国知识分子踏足最频繁的地域，无数人到此学习、生活，重新书写和建构了中日关系。

现代作家笔下的日本给人的第一印象即景致如画。郁达夫《盐原十日记》记录了 1921 年 8 月 10 日至 18 日到盐原避暑之事，野田稻花、溪声山色等一一呈于耳目，舒适的温泉浴更是让人忘却红尘愁忧。郭沫若《浪花十日》记述了 1934 年 7 月 31 日至 8 月 9 日与妻儿在千叶县浪花村赏玩之乐，既有屏立的山峰、蓊郁的树木、曲折的隧穴、苍荒的海岛，也有海边捡拾的家聚欢愉。与美景相伴，他甚至有了海中裸泳的举动。田汉不时在日记中抒发读书林泉下的趣味。常任侠所记的到海边度假的一段文字尤其令人神往：“白色小楼，下临沧海，长松当户，修竹入窗。下荫双溪，蝉声如沸，野蕙拂乎井阑，山花绕于墙下。橘树垂实，周迎为篱，出门石径，架以小桥，道侧老樱，皆百年老物。远眺海上，蔚蓝无际，时有白帆，随风远引。夜听悬瀑，

① 孙有中《国家形象的内涵及其功能》，《国际论坛》2002 年第 3 期。

繁星在天，遂入梦寐。曩年息迹匡庐，攀登青崂，虽有山水之胜，无此乐也。此地既可海浴，并有温泉。日常生活：上午科头箕踞，读书松间；下午海浴，或入温泉，精神甚畅。有时戴大草笠，着和服，缓行稻陇间。晚风飘袂，顿忘尘暑。”[①]自然风光夺目之外，日本的都市景观亦不同凡响，灯光闪耀的东京夜景令人沉迷：“旅舍灯窗之内，但闻弦歌之袅袅。登坂上回首早稻田终点，帝国馆电灯之结彩，如美人穿夜光珠为额饰一般。”[②]在高度发达的物质文明的烘托与锻造下，东京变化为便利、魔幻的现代都市，无形中增强了日本的魅力，这是欠发达、建设落后的中国国内城市所无法比拟的。

现代作家敏锐地察觉到了日本社会存在的问题，按常任侠的说法是，天堂里一样有地狱的旅行者。他特别关注日本女性的社会地位和生活境况，指出东京女子就业纯恃相貌，貌非上选则无法得到职位，家境贫寒、未接受教育的女子只能在恶劣的环境下工作。他曾为一位幽闭于江岛灵窟的十五六岁少女鸣不平：“以此无辜少女，幽地狱中，不见天日，此日本文明也。”[③]更有甚者，一些颇有姿色的贫家女子沦落为娼妓。新丸子原是远离东京的农村，残酷的资本家专门修了电车轨道，在麦田中建有舞厅吸引乡村少女利用身体赚钱，都市的罪恶、资本的势力侵入并攻陷了郊野乡村。各种矛盾日益凸显，贫富差距极为严重，一方面乞丐随处可见，每到年底因经济问题自杀的市民也多，“但是也有人定制一个价值四万的火钵，用银质七百贯，资本主义的社会，像这样的残酷，怎么样可以不崩溃呢?”[④]日本貌似处于资本主义的极盛时期，政治商业中心东京繁华无比，但城市中产以

---

① 常任侠《东瀛印象记》，商务印书馆 2013 年，第 262 页。

② 田汉《蔷薇之路》，《田汉全集》第二十卷，花山文艺出版社 2000 年，第 226 页。

③ 常任侠《东瀛印象记》，第 247 页。

④ 常任侠《东瀛印象记》，第 241 页。

下阶层艰困危殆,为了活命或被迫盗窃或走投无路而自杀,农村破产景象随处可见。他对日本的前景并不乐观,尤其是与金钱有关案件的频发让他觉得日本社会即将崩溃。我们知道,日本加快全面侵略中国的一大原因就是为了转移国内危机,常任侠 1935 年至 1936 年的记述正好为日本的政治、经济现状提供了明确的注脚。

经过西方文明的洗礼,日本文化表现出一种杂糅式的,中西合璧、古今兼具的特征,如在节日习俗上延续了中国和日本民族的旧俗:“东京虽系繁盛都市,而农业社会之遗迹,犹可于门上悬稻见之。”[①]而吸引人的还是富有现代性意义的文化活动。通观常任侠二十世纪三十年代中期的日记,他最常提及的是常态性的剧场表演,屡屡光临小剧场观赏日本本土剧或外国改编剧,或者参加各种展览会,如伊东屋、新宿古书展览会,万国摄影博览会,茶道具展览会,泰西美术工艺品展览会,漫画展等,或者参观早稻田大学戏剧博物馆,京都博物馆等。他莅临过日本印刷书籍展览会,见识了日本印刷文化的变迁,不免感叹日本之前的印刷风格承续了中国唐风,但“明治维新”以后积极学习西方现代印刷技术,发展速度极快。

有些作家表达了对日本文化、教育和学术的不满,如郁达夫对书报检查制度有所诟病,在回味名句“侍儿扶起娇无力,始是新承恩泽时”时表示佩服唐代新闻检察官宽宏的度量,如果在日本定会被检察人员删除或打上○○符号,甚至禁止发行,“‘芙蓉帐暖度春宵’,仅此一句即足以构成有伤风化罪,何况还有赤裸裸白昼宣淫的描写。”[②]钱玄同对日本大学文科教学不以为意,贬斥早稻田大学东洋史教科书浅陋伪谬,论述清代学术竟有“明之学者尊空疏之理论,至清初,顾炎武倡考证学,因圣祖、高宗二帝之奖励,此风风靡于全国,学者从而

① 常任侠《东瀛印象记》,第 244 页。

② 《郁达夫全集》第五卷,第 19—20 页。

辈出，有《康熙字典》等之大著出”[①]这种让人贻笑大方的说辞。他多次抨击日本学术界，如某日本讲师所教《近思录》荒谬不经、错误百出，如直言有人根据对《穆天子传》的解读抹倒了二千年中国历史，妄称黄帝为犹太人之后的观点不值一噱，“至其解释文字，乃全用拆字诀云，日本小鬼真可笑啊！”[②]他指责日本学者求学路径不纯，为学不务其本，走入了逐流忘原的歧路：“有人言《马氏文通》，严氏《英文汉诂》二书所定之名多不可解，阅之生厌。余反诘以日本所定者如何？曰便觉可解得多。噫！东学党害人一至于是。不佞自己幸未染此习，所谓近似者易乱真，其言信然。假使日人止用假名，不用汉字，则若非如吴稚晖之丧心病狂，人亦必取之定以中国字之新名矣。故今后童子宜将古书多读。至欧洲之学，宜径用原书，万勿乞灵于日籍也。日本之学多属稗贩，东涂西抹，有何足道。思之以益重我学拉丁文之心矣。余以谓欲学欧文，必从拉丁入手，始为有本之学。故欧西学校无不重拉丁，不通拉丁者为不合格也。吾国学欧文者，固然多是洋行 Comprador 之流，日人读英、德文者重文法而轻语言，固为胜矣。然日人治学多不标本探原，故如正则诸校，学英文仍不由拉丁。虽然，此逐末之道宜然，岛国民之见解本不过如是，若中夏亦然，诚非道理耳。”[③]他强调求学应直指本源，不要迷惑于各家之说，而这正是某些日本学者所欠缺与无视的。

在他们笔下，日本人的形象是复杂多变的。在一些记述中，日人守规矩，彬彬有礼。而钱玄同对日人的印象极差，如在旅行中见日人横占座位，嬉笑歌唱，互相嫐抱，毫无半点规矩；日人野蛮、粗鄙，常有人在路旁小便；日本醉汉追着中国人大喊大叫 Chinese! Chinese!

---

① 《钱玄同日记·上》，第 174 页。

② 《钱玄同日记·上》，第 194 页。

③ 《钱玄同日记·上》，第 212 页。

又如车夫扭打阻塞道路也无警察干涉,“所谓文明国之国民如是！如是!”[①]因为对日人评价不高,当他在华人聚居的横滨得到殷勤招待时遂有了中国人好过异国人的感叹。常任侠认为日本人不厚道,虽然曾受到各国欺凌,遭遇过强力压迫,自强后转而施之于中国。相反,他对平民抱持深切的同情,批判日本政府为了实现侵略的目的,肆意增加军费,提高消费税,导致劳动大众经济困难、生活窘迫,被迫群起反对。他还将矛头指向军国主义者和战争的鼓吹者、实施者,指出在满洲战死的日本士兵本来是东京好市民,“为帝国主义野心家强迫以去,以生命为三井三菱等财阀作先驱,诚无辜也。帝国主义者惯以爱国名义相欺骗,无耻而已。余爱日本人,有如自己兄弟。余视任何国家之军阀,皆如仇敌”[②]。常任侠总是强调日本民众的友好与良善,也为他们的无知而无奈,当他听到艺伎所唱均为慰劳满洲兵士之歌而感慨日人为了满足侵略野心无所不用其极,“即贫女为伎,宛转痛苦,亦受醉麻而不觉也。”[③]

周作人展示过一种不同的日本人形象:一批怀抱理想、热情的日本人对空想社会主义的追求。作家武者小路实笃在日向地区买下一些土地,召集平民实践共同劳动、平均分配的“人的生活”。受此吸引的周作人于1919年7月前往访问,他甫到新村就被那里的气氛所感染:“我们常感着同胞之爱,却多未感到同类之爱;这同类之爱的理论,在我虽也常常想到,至于经验,却是初次。新村的空气中,便充满这爱,所以令人陶醉,几于忘返,这真可谓不奇的奇迹了。”[④]他参观了村内的设施,参与了村民的劳作活动,体验了新村的生活形式与内

① 《钱玄同日记·上》,第35页。

② 常任侠《东瀛印象记》,第283页。

③ 常任侠《东瀛印象记》,第266页。

④ 周作人《访日本新村记》,见俊生编《现代日记文选》,上海仿古书店1937年,第102页。

在精神，感受到了令人融醉的人类之爱。他觉得村民之间声气相通，无人我之分，人与自然是合一的，有种类似伊甸园的内在和谐：大家各自尽力做事，在不妨碍别人的基础上自由地生活；每个人的言动作息都由自己负责，通过良心自发的制裁人人往同一轨道上走。在这里，劳动是非功利性的："日常劳动，既不是为个人的利益，也不是将劳力卖钱，替别人做事，只是当作对于自己和人类的一种义务做去：所以作工时候，并无私利的计画与预期，也没有厌倦。他的单纯的目的，只在作工：便在这作工上，得到一种满足与愉悦。"[①]周作人对这种劳作方式和一律平等、共同支出的生活方式深以为然，认为代表了人类的未来趋势。他感觉思想上的阴影被扫除了，坚定了追求理想的勇气，后来自然而然地推行起了"新村主义"。

旅美者笔下的美国

在近现代史上，美国与中国保持着相对友好的关系，作为一个依照现代契约精神建立的新兴资本主义国家，它凭借独有的魅力吸引中国的知识分子或青年学子前去学习、深造，而美国在他们笔下显示出了不同的面影。

在胡适眼中，美国是个可以自由言说的国家，拥有宽松的舆论环境和可供进行交流或彼此辩诘的媒体。他多次撰文参与关于中国、美国或世界问题的探讨，如向纽约 The Outlook 投稿，指责美国某些专家对中国女子参政现状的误解。作为学生的他已经活跃于公共空间，应邀到处演讲，或论中国与美国的文化差异，或讲美国与日本的关系对中国的影响，又或是中国青年的思想状况以及对未来的展望等。胡适关心美国的热门话题，如在世界学生会餐厅发起"游戏投票"，选举美国总统，并从结果分析各国留学生的政治姿态和立身之道。在日常生活中，他会与同学、友人辩论各种议题，是美国社会中

① 周作人《访日本新村记》，见俊生编《现代日记文选》，第 109 页。

十分活跃的东方留学生。

胡适极为赞赏美国人踊跃从公，注重国事，热心参与政治的行为。他以欣赏的口吻描述过 1912 年 11 月 5 日美国选举日的盛景："市上观者甚众，每一报告出，辄欢呼如雷。以大势观之，似民主党胜也。其附威尔逊者，则结袂连裾成一队，挟乐器绕行市上，哗呼之声，与乐歌相答，其热心政事可念也。来者亦多妇人，倚墙而立，历数时不去，夜渐深始陆续归去，然留者仍不少。"①他热切地学习美国人的参与精神与关怀意识，每到一处都将该地的政治、社会事业视作"吾乡吾邑之政治、社会事业"，尤其喜欢闻见各种政治活动和社会改良之事，并参与其中，研究利害是非，然后自附到自己所认同支持的派系之中，与之同得失、共喜惧。他指出"吾人所居，即是吾人之社会"，因此应当研究当地的公益事业；如果不把自己当作社会的一份子，置身其中去观察，那么对社会的认识仅得皮毛；如果将自己定位为其中的一份子，建立起一种强烈的参与意识，将大家的事业、利益当作自己的事业、利益，就能得出不一样的观察心得，而培养这种阅历有利于养成留心、关注公益事业的习惯："今人身居一地，乃视其地之利害得失若不相关，则其人他日归国，岂遽尔便能热心于其一乡一邑之利害得失乎？"②胡适有意依附在美国的社会治理模式下自主地培养和增强社会参与感和公益观念，以待归国后付诸实施。据其 1914 年日记，他两次旁听了绮色佳"公民议会"，涉及财产征税、国家赔偿和慈善税收等。在华盛顿时，他有闲暇就去国会旁听，也到过众议院数次，他尤为叹服绮色佳政府和消防队竞相为民，而非彼此牵扯的服务精神，认为国家治理必须做到事权统一，撇除朋党私见，不然会危及社会事业的发展、伤害民众的利益。他还了解了美国议会会

---

① 《胡适留学日记》(上)，第 56 页。

② 《胡适留学日记》(下)，第 585 页。

员的身份、职业，为其兼顾了阶层的广泛性而赞叹，称“共和平权之精神可风”[①]。

胡适关注了美国女性的社会地位与精神状态，对爱情与婚姻问题表示了忧虑。他指出美国女性以求偶为目的的成长模式存在大问题，父母培养她们学习音乐、歌舞不过是为了与男子周旋，那些擅长取悦于人或比较有心计的女子容易寻得配偶，木强朴讷或不甘心取媚之人难于得到幸福的婚姻，以致孤身终老。他认为导致美国女性婚姻不稳定、不幸福的原因就是婚姻自由，让她们失去了风俗和文化层面的保护：“堕女子之人格，驱之使自献其身以钓取男子之欢心者，西方婚姻自由之罪也。”[②]他比较了美国女性与中国女性的社会地位，认为前者不如后者，因为她们的爱情是自造的（self-made），必须向择偶市场求炫卖，求媚人悦人之术，这其实是不尊重女性人格的表现，由此他得出美国女性并未获得真正自由的结论。他又将美国女性与俄国女性做比较，认为后者的交际自由是前者无法企及的，俄国青年男女“以道义志气相结”，或“同习一艺”，或“同谋一事”，或“以乐歌会集”，或“为国事奔走”，男女之间平等同列，无歧视之意和邪亵之思，堪称真平权、真自由[③]。但他认为欧美女性的认知在发生变化，通过对 1915 年 7 月国际政策讨论会的观察，他觉得欧美女子已经逐渐重视人格的可贵和真正独立、自由的意义，一改歌舞酬应的生涯，转而献身社会，不出半个世纪，女子的势力必定昌盛起来。与韦莲司接触愈多，他对美国女子教育的认识愈加深刻，认为教育目的须从为家庭培养良妻贤母往“造成一种能自由能独立之女子”上转变，只有培养出自由独立的女性才能增进国人的道德，促成人格的高尚。因为女子拥有一种感化力，合理利用既可以“振衰起懦”，也可以“化民

① 《胡适留学日记》(上)，第 95 页。
② 《胡适留学日记》(上)，第 76 页。
③ 《胡适留学日记》(下)，第 379 页。

成俗”，必须“保存发扬”“不可不知所以因势利用之”[①]。因此，当他1915年10月30日看到女子参政大游街的盛举，对美国女性的入世精神就肃然起敬了。

胡适崇仰自由、民主，但对盛行于美国的个人主义有所诟病，认为中国的家族制度保证了子妇有养亲之责，父母衰老有倚依，远胜个人主义但以养成自助的能力、于家庭不负赡养之责的风气。胡适自认关于家庭，他跟从东方人，关于社会国家政治，他则跟从西方人。他多次谈及美国的宗教信仰，对其倡导的“平等”“倡女权”“均产主义”“大同主义”“兴教育”等宏旨表示赞同，但否定了多妻制；他对“新教”教风也有所批判，认为他们初崇礼义，尊天笃行，以卫道自任，起到过明显的规约功能，但随着社会的发展，这种清净教风失去了宗教性质，变成一种狭隘的道德观念，流于守旧俗、排异说，与新兴潮流为仇，甚至将个人私德与政治能力混而一谈，其中的一些陋见已经成为破坏社会进步的阻碍。

在胡适笔下，美国政治清明、社会安定、经济活跃，民众乐观向上、阳光健康，虽然在女性地位等方面存在不足，仍是一个符合其理想设计的国家，他自己也过得如活水之鱼，分外得意。但对吴宓而言，美国不断让他产生幻灭感，他认为美国在社会风貌、道德风气等方面问题严重。通读其日记可见，除了对美国支援中国的赈灾活动偶有赞誉，他对美国的评价基本都是负面的，塑造了一个衰颓的、混乱的、非道德的、欲望无节制的国家形象。

吴宓首先批评了美国的国民性：好追求刺激，即便平日刻苦逐利、劳忙疲困的人，每有闲暇也肆意追求新奇的快乐、过度的刺激，如同吃菜唯恐味道淡而使劲地用辣椒一般，嗜酒、纵欲现象屡见不鲜。那些被高明之人拒斥的 Pursuit of Sensation 和 Love of Thrills 为普

---

① 《胡适留学日记》(下)，第462页。

通人喜闻乐见，“为世道人心计，亦殊可感伤之事也。”[①]他贬斥美国人追求不高、过俗，终日沉浸于浅层次的享乐之中。

吴宓认为，美国的文章美术在日益堕落，一些媒体和艺术形式充当了不洁的角色，如报纸经常“委屈尽致”地渲染谋杀、奸拐之类的事件，电影专记此类事件或意外的情缘、盗劫等，以满足读者的口眼之欲。看过根据斯蒂文森小说改编的电影 Dr. Jekyll & Mr. Hyde 后，他指出影片增加的一些情节导致了原作中本来作为道德惩戒，富有教育意义的片段变成了狎邪之事的描述，究其原因即艺术被金钱绑架，美国电影作品如果不重狎邪猥亵之事难以畅行卖座，获得更高的收益成了文艺从业人员首先考虑的因素，这就如同嗜看“风月宝鉴”的贾瑞只顾着照反面终究害了自己。吴宓批评电影本戏之前的小戏，歌舞杂耍和其他艺术表演俗鄙无味，观众却“积年累月而不厌”[②]，裸露部分身体的展示更是引起了他的不适。读过一些文学作品后，他有了自己的判断：美国的流行小说过于注重自然主义式的书写，流于庸俗和油滑，无法唤起一种崇高感，不利于国民精神的形塑。

吴宓表示这种堕落已经侵袭到了美国人的道德层面。近代以来，随着物质的渐次发达，昔日由宗教构筑起来的淡泊修养工夫不可复见，民众只知追求眼前的快乐，放纵欲望不检点。他以婚姻现状为例予于佐证，指出美国有许多不结婚或迟结婚的人，十之八九“皆有淫乱之事”是为常态，“彼惟功利货财是图，无暇问及是非。一言以蔽之，则男子必须纵欲而不愿赡养室家，女子欲嫁而不得，则皆为溱洧之事”[③]。他痛心美国男女情事已经到了不堪的境地，无论男女都缺乏责任意识，只重欲望的满足，不顾贞节与道德，要么不成家，要么试图通过夫妻关系达到不劳而获的目的，美女嫁老翁，美少年娶寡妇，

---

① 《吴宓日记》第二册，第 51 页。

② 《吴宓日记》第二册，第 163 页。

③ 《吴宓日记》第二册，第 25 页。

不过皆欲获取财富以作进身之阶,或享福纵欲之助。据吴宓判断,造成如此多堕落行为发生的原因在于美国人生活富裕,财货积聚过多,奢侈之风日盛,人欲横流。如果持续以这种方式追求快乐必然导致更多的社会问题。更让他忧心的是,这种风气会影响本该卧薪尝胆的中国,假如青年们妄学美国,奢侈淫靡之风将会给中国带来毁灭性的影响,因此他为美国有白璧德、穆尔这样清醒的学者感到庆幸,因为他们不时发出警告,同时为中国人不明就里盲目模仿美国人的生活方式倍觉无奈。

吴宓对美国人殊无好感还在于他们对中国人的态度——以双重标准对待他国国民。如美国电影总是作践中国人,将他们塑造成污秽凶毒之状,这违背了基本事实,看后令人愤不可遏、心绪恶劣。但日本和日本人的形象却大为不同,经过日本政府的运作和日本影星的支持,美国电影经常展示日本的优点与好处,如秀丽的山川,醇美的风俗,民众急公好义、多情尚勇,即便美国人也啧啧称羡,自叹望尘莫及[①]。他认为这种区别对待的手段人为地造成了民族之间的隔阂和阶层划分,影响了世界对中国和中国人的认知与判断。他指出美国工人阶层与中下流社会鄙视中国人的现象尤其常见,他们对黄种人殊无善意:"大率其视异国异种人,不出二途:或畏而忌之;或贱而凌之,视其国其种人之强弱盛衰,以为判。初无定见,亦非一成而不变者。如美国人今日之于日本人,则畏而忌之者也;其于中国人,则贱而凌之者也。然使中日两国形势易位,则美国人之待遇亦顿殊,总皆势利之心趋使之然也。"[②]他尖锐地批评了美国工人阶层,认为他们道德败坏,沉溺于物质和欲望,他们的工资近年增长不止一倍,工作时间减至八小时,工作环境大有改善,却仍然不时罢工,并非是生计艰窘或资本家苛虐,而是邪说朋兴、人心浮动导致欲望无止境,即

① 《吴宓日记》第二册,第162页。

② 《吴宓日记》第二册,第149页。

便富足也要窥探他人财物，试图取而代之[①]。

总之，胡适笔下美国的形象是正面的，阳光的，恰如青葱少年，生机勃勃，但在吴宓笔下却是阴郁的，堕落的，如同佝偻老妪，暮气沉沉，或如劈海破船，伤痕累累。这与二人的持身之道和文化姿态有关，胡适持就乐观的哲学观念，认为“生命所在，希望存焉”，吴宓则总是陷入悲观、衰颓的心境之中。

旅德者笔下的德国

1935 年 9 月至 1946 年 8 月，季羡林在德国度过了长达 11 年的留学生涯。起初，他对德国人多有赞誉，肯定这是个优等民族，尤爱其踏实、严谨与细致的任事风格，认为德国人的确有令人佩服的地方。慢慢的，他发现德国同样存在不文明的行为与现象，而且德国民众、学者对中国了解不多，也不愿意去了解，因此在以欧洲中心主义意识为主导的德国对中国存在不少制式化印象，这让季羡林有些泄气。如读完阿尔玛米卡林《孤独的世界旅行》后，他批驳到：“外国人总浑蛋，把中国人总看作不是人。只要论到中国的书，里面总有吸大烟的照片。此外，在口气之间也对中国的一切露出轻蔑。固然是中国人自己不争气，然而外国鬼子也太爱揭人之短了。”[②]显然，他对这类“套话”意识，“先入之见”或“先在的形象”不满，认为包括德国在内的西方对中国存有恶意的描述与理解，这种歧视、白眼和乡思经常引发他的归乡之念：“最近老想故国，我真地想回去了。也许我有点神经质，一个住在德国的中国人到处遇到的只有轻蔑，精神上是真痛苦的。何况故园又时来入梦呢？”[③]

季羡林在德期间正是希特勒治下的纳粹德国由盛转衰的特殊时

---

① 《吴宓日记》第二册，第 59 页。

② 《季羡林日记：留德岁月》(第一卷)，第 204 页。

③ 《季羡林日记：留德岁月》(第二卷)，第 402 页。

期,这让他总是表现出一种矛盾的心态,一方面他沉迷于德国良好的文学、艺术和学术氛围,获得精神层次的享受,另一方面他必须面对一个失去理性,陷入狂暴之中的异化国家。在其日记中自然少不了关于希特勒及其爪牙的描写,他对这位集权暴君、嗜战恶魔极为痛恨,但凡与友人谈起,必然骂之为混蛋而不绝。他将店铺里升挂希特勒相片之处称为"灵位",称希特勒演说为牛鸣狗叫:"昨天夜里十二点忽然从梦里惊醒来:楼下无线电里一片狗叫声,大概是老希,也许是别人。叫完就有一片快呼的轰声相应和,其声凄厉,静夜听来,直如鬼鸣。德国这个民族已经全疯狂了,总崩溃的日子大约也不会远了。"[①]当希特勒与日本结盟时,他的痛恨之情更甚:"住在这样的一个国家里,四周冰冷冷的,像在冰窖里。得不到一点温热。日贼明明是张着血口吃人,但在德国人眼里,中国人正应该让人吃。我现在才知道,所谓正义真理是不存在的一种东西。"[②]希特勒替日寇张目,承认满洲国,在季羡林心中坠下了一块石头,担心德国人在其蛊惑下对中国人的态度变得愈坏。欧洲各国在希特勒的狂轰滥炸下节节败退,甚至亡国,让他暗自担心世界终要屈服于纳粹的野蛮暴力。得知马其诺防线失守,他忧心如焚,咒骂英法等国不争气,而"德国现在的统治者太野蛮愚妄了,我和他们不共戴天。今天我才知道,我对他们的仇视,已经深入潜意识了"[③]。他担心希特勒得势,黑暗野蛮的时代会再次降临欧洲,世界文明由此持续倒退。他还将纳粹冲锋队称为黄狗,党卫军为黑狗,痛斥哥廷根大学纪念日时纳粹军队及其拥护者上街游行的行为:"路上来来往往的全是黑狗黄狗。大学纪念与这些畜类有什么关系,他们偏偏来现一现自己的嘴脸。"[④]他对冲锋队、

① 《季羡林日记:留德岁月》(第三卷),第657页。
② 《季羡林日记:留德岁月》(第二卷),第582页。
③ 《季羡林日记:留德岁月》(第四卷),第1050页。
④ 《季羡林日记:留德岁月》(第二卷),第482页。

党卫军经常持铁罐上街强捐敛钱极其愤慨:“我听了满街的钱声,心里就忽然想到:亡国之音。”[1]

德国人对希特勒的态度在其日记中也有记录,季羡林为他们盲目崇拜这位纳粹头子表示忧心:“老希在无线电里狗叫……一群傻猪也大声呼喊。我心头怒气如火焰,世界上竟有这样蠢的民族!死到临头,还不知道,还在那里捧了老希这种猪狗不如的头脑简单的东西大呼小喊!”[2]他也为德国人被希特勒欺骗倍觉悲哀:“老希说日本人替中国赶走共产主义,连老希自己也知道这话是放屁,但德国人就全信。这样的民族惟一应得的报酬就是亡国。”[3]他的房东就是希特勒的拥护者,他每次和她讨论政治时总不免怒火丛生,却不得不听她唠唠叨叨,毫无理性的瞎扯。在他看来,房东是位乐于助人的好人,在评价希特勒的问题上却十分糊涂。她根据报纸内容为德军入侵捷克辩解,指出德国此举是为了和平,只能怪捷克人经常虐待德国人,又与犹太人、苏联勾结,他对这种歪曲事实的说法愤怒不已:“这一般浑蛋德国人也就相信,我现在才知道这正义公理是天地间不存在的一种东西!倘我看不到德国人整个塌台,整个变为奴隶,我死不瞑目。”[4]令他无奈的是,拥护希特勒的民众数量庞大,因此一旦听闻反对希特勒之人正组织团体等待时机打倒纳粹,他就欢喜异常,认为德国还有一些明白人。

国内战局的恶化使季羡林有些神经质,因为怕见德国人而不愿出门,他觉得每个人都在注视自己、质疑自己。德国与中国关系的不断变化影响了他的正常生活,尤其是德国承认汪伪政权后,中国大使馆撤走,他仿佛挨了闷棍,视德国为仇邦。当德国根据国籍分配战时

---

① 《季羡林日记:留德岁月》(第三卷),第789页。
② 《季羡林日记:留德岁月》(第三卷),第751页。
③ 《季羡林日记:留德岁月》(第三卷),第822页。
④ 《季羡林日记:留德岁月》(第三卷),第845页。

生活物资时,他对自己的国别身份敏感起来:“今年圣诞节所谓特别食量分配,我们外国人没有份,这其实是小事,但对我神经不正常的人却有了极剧烈的影响。我在德国住了七年,后来简直忘记了自己是外国人,所以也不大有乡思。现在却提醒了自己:自己是外国人,自己住的是离家国几万里的异域。我立刻觉得四周冷起来,仿佛一刻也不能住的样子。但又有什么办法?我的可爱的故乡不知道什么时候能见到。”①当德国战败投降,他并未一味欢呼,反而表现出一种复杂的情感,为其总崩溃难过起来,在内心深处他已将哥廷根视作第二故乡,这种离情即便在离开中国到德国留学时也未曾生发过。

战后德国遍布着废墟的城镇,无家可归、饥肠辘辘的人们,闲荡着的军马或牲畜,焚毁的飞机坦克,阴森惨淡的境况比比皆是,这是1945年10月萧乾采访日记中留下的关于德国的记忆。希特勒的野蛮征伐导致德国遭到限制与惩罚,普通民众变得疲软、困顿而无奈,年轻女性还不得不承受苏美联军的骚扰。大快人心的是,战犯得到惩处,经过清理后,各种恢复与建设措施逐渐开始实施了。因此萧乾对这个伤痕累累的民族寄托了期待,认为它是充满希望与未来的:“我坐在路旁长椅上凝视马路的动静:疾驰的是美军吉普,屈腰走着的是身临两番败北的老年德人,青年男女骑了自行车驰过,东跳西跳的是背了书包的学童。”②

旅苏者笔下的苏联

在整个二十世纪,苏联代表了一种独特而复杂的国家现象,中外作家对它评价不一。二十世纪四十年代中期,郭沫若、茅盾先后进入苏联考察并有记录,他们游历的景观、场所,参与的活动类型多有重叠,对苏联的认识与态度基本一致。对左翼文人或进步青年而言,宣

---

① 《季羡林日记:留德岁月》(第五卷),第1435页。

② 萧乾《海外行踪》,东方出版社2006年,第184页。

称以马列主义、社会主义理论立国的苏联满足了他们对国家建构的一切梦想，虽然多数人从未踏上这块土地，对其现状缺乏了解，但并不妨碍苏联成为他们理想中的圆梦国度。郭沫若、茅盾都是带着这种情感莅临苏联的，这次异国之行完成了他们的夙愿，郭沫若直接表明是抱持唐僧西天取经的精神去的，值得学习的东西太多了，只有好好学习、多多学习才能不辜负朋友的期待和苏联人民的友谊。身临红场令他激动万分，犹如赤子到家一般，回国时他写下了："我怀着一种离开学校时的情绪上了飞机""列宁和斯大林的两尊魁伟的塑像依然生气勃勃地俯瞰着我"[①]。不过，过于虔诚的心态影响了他们对苏联的理性观察与判断。

郭沫若、茅盾在苏联有关部门的安排下依次参观了一些政治家、作家，如列宁、莱蒙托夫、奥斯特洛夫斯基等人的纪念馆，富有革命教育意义的军事博物馆、红军博物馆等，观摩了一些工场、集体农场、百货公司、医院、大学、小学、幼稚园等组织与机构，欣赏了高尔基、罗蒙诺夫等人作品的戏剧表演，甚至体验了苏维埃选举投票的场面。虽然他们原计划多接触一些普通人的目的没有达到，但已经不以为意了。在他们笔下，苏联俨然是理想国度与生活乐园。

首先，郭沫若、茅盾对苏联的经济建设模式表现出了强烈的信心，如茅盾谈到了农村经济，歌颂集体农场是苏联农村经济建设的创举，认为集体化为苏联农民带来了幸福，奠定了社会主义在农村的基础，须得感谢斯大林在执行集体化的时候克服了无数的反对与破坏，坚毅地推行了正确的路线[②]。郭沫若谈到了工人生活和工业经济，在参观斯大林纺织工厂时他饶有兴致地描绘了工人村中的花园、幼儿园等。听到同行者称赞英美国家或许在工场设备方面可以做得更好，在与工人相关的配套实施方面却始终无法企及，他在没有调研的

① 《郭沫若日记》，第 274 页。

② 《茅盾日记》，山西教育出版社 1998 年，第 115—116 页。

基础上指出资本主义国家与社会主义国家的不同在于前者的主人是资本家,后者的主人是工人。他还以莫斯科各色人等均热衷于剧场看戏为例谈到了苏联国民的经济条件等,认为苏联人真正了解对于人生必要的娱乐,是令人羡慕的,而这源于良好的物质条件,他们的生活、工作有保障,又能从工作中获得好多报酬,医疗助产等是官费的,不必有了今天愁明天,可以拿出报酬去享受艺术的魅力。所以,他得出的结论是:古人的“乌托邦式的想象”在苏联实现了[①]。

其次,苏联的国家政治结构、运作模式和民族政策深得二人的认同。茅盾肯定了乌兹别克斯坦最高苏维埃代表的广泛性,因为四百多名议员中有男有女,有农民,有工人,有文化艺术界人士,他们在职业上分属不同的种类,但在社会经济地位上均是劳动人民,中间没有剥削者,这就是苏维埃民主政治和英美所谓民主政治的不同之处,前者才是真正的民主政治。他认为乌兹别克斯坦作为苏联的十六个加盟共和国之一有相应的权利与义务,在苏联大家庭中完全独立平等,与帝国主义国家内部所谓的地方自治完全不一样,与那些表面上独立,实际是帝国主义附庸的国家更是完全不同,“这是苏联民族平等的明证”[②]。在他们看来,苏联的民族政策是完美的,如茅盾肯定了斯大林的民族政策保障了乌兹别克斯坦人民的自由解放和丰衣足食:“正如今天最高苏维埃开会词中的一句话:乌兹别克人民之得有今日,一切当归功于斯大林。我相信这句话是真实的。”[③]茅盾还以青少年群体为例谈及此问题,在观看了莫斯科中小学学生寒假文化节目表演后,他指出这些健康欢乐的青年来自苏联社会主义大家庭的各个民族,受到了政府的爱护和社会的尊视:“他们的祖父曾不惜肝脑涂地地创造了社会主义的乐园,因而他们这年青的一代现在不

① 《郭沫若日记》,第181页。
② 《茅盾日记》,第115页。
③ 《茅盾日记》,第115—116页。

怕失学,将来也不怕失业,只要他们求上进,有才能,他们不怕没有发展的机会,他们是社会主义建设的后备军!"①他认为中国年青一代应该以苏联年青人为榜样,一起携手向人类的理想社会迈步前进。同时,他批判国内某些大学教授或名学者对苏联抱有不正确的成见,误信关于苏联的歪曲污蔑的报道。在出席完苏联全国各族体育节后,郭沫若作有诗,其中有"胜利完成了,宇宙这样的晴明,慷慨地泛滥着阳光的融晶,黑暗已潜藏得无踪无影"②,似乎处处充满阳光、美妙和英勇的情绪。

郭沫若、茅盾游观苏联后,时时为之曲护,表现得极其乐观。如郭沫若与人讨论苏联妇女问题时,友人问到既然苏联男女地位平等了,为何政治上或其他方面的领袖却少有女性,了解不多的他认为只是时间问题,再过二三十年,情形自然会两样。茅盾认为即使苏联存在问题也能借助先进的制度加以解决,他经常以美国为参照来树立苏联的良好国家形象,看完西蒙诺夫《俄罗斯问题》后他表示作品揭露了美国反苏的真实面目,尖锐地批评了美国在所谓的言论自由、英美式的民主政治和试图违背本国和世界人民利益发动世界大战的丑行,以及美国新闻记者焦灼苦闷的心理③。在茅盾笔下,英美等资本主义国家成了烘托苏联的对象,再强大的帝国主义或原子弹加金元都无法破坏苏联人民和平民主的幸福,也不能奴役全世界爱好和平、民主的人民④。

总之,郭沫若、茅盾对苏联持仰视的姿态,他们笔下的苏联是一个完美的社会,一个乌托邦世界,没有苦难饥饿,没有阶级差别,没有民族矛盾,一切都是平等自由的。而根据苏联史的研究成果,事实并

① 《茅盾日记》,第25—26页。
② 《郭沫若日记》,第270页。
③ 《茅盾日记》,第142页。
④ 《茅盾日记》,第116页。

非如此。自苏联建国以来,关于其形象塑造的作品并不鲜见,如罗曼·罗兰《莫斯科日记》、纪德《访苏归来》和徐志摩《欧游漫录》等,这些作者在客观冷静地观察、了解苏联国家制度或统治模式之"新"时敏锐地指出了其缺陷,如对个体的抹杀,高度的思想控制,对领导人的盲目崇拜,狂热的革命情怀,以及由此造成的对日常生活的挤压和精神空间的萎缩。即便未直接点明,他们也始终保持警惕,如罗曼·罗兰说道:"我手中的灯笼极不明亮,有些事情我真的看不透。得把这些事件一一映射出来,才能让我从悲惨的一方面看清那些面孔和他们的意图,它们深深地刻在我的记忆里,而我却没有打开这些秘密的钥匙。"[①]郭沫若、茅盾惑于苏联的各种制度或建设功绩,避而不谈现实问题,或许他们本身并无这种意识,或许他们的视野为苏联的"政治布景术"所遮蔽,或许他们具备高超的"政治智慧",碍于身份选择性回避,导致这些记述浮于表面,缺乏应有的深度与锐度。

此外,其他欧洲国家,如英国、法国、意大利、西班牙、瑞士,在朱自清、郑振铎、浦江清、吴宓、王统照等现代作家的日记中均有多面向的体现,有些人亦曾涉足埃及、越南、蒙古等国,限于篇幅,未纳入本书的讨论范围。

现代作家外游日记的内容包罗万象,但凡异国的山川风物、政事礼俗、科教文艺等均付诸笔端,展现了各国的传统承续与现代化图景,揭示了中国现代知识分子对触摸、接受异质的希冀与企盼,以及主动走向世界的旅程中必然经历的心灵激荡和现实困境。如学者所言:"'形象'作为一种文化隐喻或象征,是对某种缺席的或若有若无的事物的想象性、随意性表现,其中混杂着认识的与情感的、意识的与无意识的、客观的与主观的、个人的与社会的经验内容。"[②]即每位

① 罗曼·罗兰著,袁俊生译《莫斯科日记》,第202页。

② 周宁《跨文化形象学的观念与方法——以西方的中国形象研究为例》,《东南学术》2011年第5期。

作家对异国形象的塑造都附上了自身的感悟、想象和意识形态自觉,具有主观性与臆测性,导致不免有所偏颇。而关于国家形象的总体评介是"一个不断形成又不断地被修改和重评的动态过程"①,即塑造者的评价可能随时产生变化,或出于某种功利目的人为地扭曲对象的特征。因此,我们不能将作家笔下的异国形象视作客观的知识或真理,以错与对的二元对立视角加以判断,而应该以一种宽容的态度平视这些认知的差异性与丰富性。

二、凝视与返观:他文化映照下的中国及国人侧影

在现代作家日记中,不仅可以见出他们眼中的异国形象,也可以见到中国和国人形象,这种形象的塑造或来自直观感受,或来自对异国文字的阅读或异国视界的反射。旅行,不特可以开眼界、拓思想,作为一种跨文化实践,它催发了旅行者的心理变异,促使他们在镜像反射中再次自我定位或自我重塑。到了晚清,行走异域的知识分子认识到原先所处的社会并不完美,也非中心,它不过是一个更广大的整体的一部分而已,因此在思考、辨清已身所依附的影像时对自我有了进一步了解。现代知识分子对这些问题的认知更为广泛而深刻,他们在细味异域地理环境与人文形态的丰富之余,对自己的文化身份与文化属性有了相对准确的判断和透辟的反思,这往往与对国家与国人形象的品评缠绕在一起,也印证了法国学者达尼埃尔-亨利·巴柔的观点:"一切形象都源于对自我与'他者'、本土与异域关系的自觉意识之中……事实上,形象是对一种文化现实的描述,通过这一描述,塑造(或赞同、宣扬)该形象的个人或群体揭示出并表明了自身所处的文化、社会、意识形态空间。"②

① 张法《国家形象概论》,《文艺争鸣》2008 年第 7 期。

② 达尼埃尔-亨利·巴柔著,蒯轶萍译《形象学理论研究:从文学史到诗学》,见孟华主编《比较文学形象学》,北京大学出版社 2001 年,第 202 页。

经过技术革命和政体改良后,欧美等国和日本踏上了现代化的康庄大道,而无论是深陷历史沉疴的晚清政府,还是稍显稚嫩的新生民国共和政体均无法与之角力,反而遭遇了沉重的压迫。国族的弱势影响了中国现代作家的心灵,渺小、卑微的呻吟成了常态,他们不断在日记中记录因国别身份被歧视的现实。如许多留日学子是带着扭曲的心灵驻留异国的,蕞尔小邦日本击败中国后对中国人的态度由原本的崇敬、仰望变为鄙视与贬斥,某些狂妄自大、尖酸刻薄的日本人不免进行话语攻击与嘲弄,让中国留学生担负了巨大的心理压力。据郁达夫所说,他听到老师藤冢用令人难堪之语嘲骂中国人时本来打算上书校长令其收敛,因担心受辱放弃了[①]。钱玄同见日本女仆戏弄朋友的辫发,"因告介眉,令其申饬。唉,华人拖此狗尾,到处受人欺凌。每念及此,不禁痛恨彼珠申贱种之野蛮也"[②]。辫子原是国人形象的外在表征,在现代作家心中成了耻辱的标志,日本女仆拿辫子开玩笑的行为伤及钱玄同的民族自尊,使他痛恨起了清政府。他也为遭围观而讥讽日人:"坐此茶亭内约一刻钟之久,围而观者百余人,皆直足瞪目,一种呆相,令之失笑。盖彼等见伯宽、觐圭皆有辫,以为稀奇,后闻吾等作华言,更为纳闷。盖岛国民之劣根性使然也。吾恐欧洲大邦当不出此。"[③]所谓欧洲文明国家能够真正做到吗?事实却非如此,国别歧视仍然存在,郑振铎二十世纪二十年代末到达马赛取护照时就遭到区别对待:"对于中国人,比别国人也并不多问,惟取出了一个长形的印章加盖于'允许上岸'印章之后,那长形印章说:'宣言到法国后,不靠做工的薪水为生活。'啊,这是别国人没有的!要是我的气氛更高涨了,便要对他说:'不能盖这个印章!如果非盖不可,我便宁可不上岸!'然而我却终于忍受下去了!这是谁

---

① 《郁达夫全集》第五卷,第 4 页。

② 《钱玄同日记·上》,第 29 页。

③ 《钱玄同日记·上》,第 33 页。

之罪呢？我很难过,很难过!"[①]母国低下的国际地位让他徒唤奈何,深陷于边缘化的弱国子民心态。朱自清也记录了英国人骂中国人为"肮脏的狗",这令他受到极大的伤害[②]。大体上,他者的镜像折射可能产生两种后果:一是旅行者自甘堕落,自此沉沦;一是旅行者的爱国情怀被激发,产生一种积极向上的力量。这两种情绪在中国现代知识分子身上均有所体现,也生成了不同的应对之法。

在指责、憎恶外人歧视中国和中国人的同时,现代作家挖掘了国人的劣根性而怒其不争。如吴宓批评华人在美国集聚地开烟馆、妓院、赌博场所,故意将种种丑态展示出来招徕顾客,为了敛财不顾颜面和形象,他认为国人遭人凌贱有自身的原因,如果洁身自爱会有所改观[③]。季羡林认为,在行事上中国是 Romantic(浪漫),西洋是 Classical(古典),即中国万事随便,以拜会为例,西洋有时间规定,中国成天都可拜客,约定五点非得七八点才能来齐,其他事情亦可以以此类推,"总之中国一切都毫不在乎,而西洋则规律谨严,不容随便"。他指出国人的丑陋还体现在看客心态与懦弱性格,德国大街上无拌嘴打架的,即便撞车了也各自离开,"在中国则不然,每次出去总看到打架的,虽然不值一打的事情也打个痛快,但遇到真厉害的,譬如日本同军阀,则又惟命是从,任人宰割"[④]。他认为国人要袪除恶习,学习欧西人的好品格。

上面所谈的国人是一种泛指,旅行者笔下还出现了一个特定的群体:留学生,详加考察便于明晰这类国人的形象。留洋学子,尤其是通过庚子赔款或其他类型公费出国深造的学生是天之骄子,背负了振兴中华的大任,他们本该孜孜以求、努力攻读,如被胡适尊为"留

---

① 《郑振铎日记》,第 48 页。

② 《朱自清全集》第九卷《日记·上》,第 100 页。

③ 《吴宓日记》第二册,第 50 页。

④ 《季羡林日记:留德岁月》(第二卷),第 411 页。

美人物第一”的赵元任，吴宓推崇的陈寅恪、俞大维等均为杰出代表。但有些留学生罔顾初衷，视苦读为畏途，迷失于异国。胡适指出所遇到的欧洲学生，无论德人、法人，俄罗斯人或巴尔干各国人均深知本国的历史政治，通晓本国的文学，唯有中美两国学生懵然于祖国的文明、历史和政治，如俄国学生普遍知晓托尔斯泰、屠格涅夫和陀思妥耶夫斯基，中国学子并无几人“能道”“李杜之诗，左迁之史，韩柳欧苏之文”“可耻也”[①]。他批评中国学子最大的缺点是“无思想能力”，此为大患[②]。徐志摩讥嘲这个群体有些类似晋惠帝之人，能问出“何不食肉糜”之类的问题。他将日本留学生与华人留学生做了比较，认为就成绩而言，日本人不如华人，但他们专攻实利，而华人多慕虚荣；日本人不旁骛学位，求实学，尤其是专修科学的学生研寻不释，终日不离实验室，华人根本无法做到[③]。吴宓总是不留情面地批判留学生的不良行为，如：

> 今身为留学生，而不入秘密兄弟会，而不事交际，而不求干进、纳交于国中之权贵，而不赴年会、登台演说，而不争为《月报》《季报》之主笔，而不争为学生会之会长职员，而不嫖美妓，而不勾引中国女学生，而不事跳舞，而不常看戏，而不胁肩谄笑、口作极无味之应酬语；凡不为以上之事者，则众讥其人为怪僻，为愚顽，为无用，为不热心，为不爱国，为自私自利。呜呼，鹓雏腐鼠，今古同情。[④]

他对留美学生甚是失望，以为当此国步日艰之际，被寄予厚望的他们

---

① 《胡适留学日记》(下)，第410页。
② 《胡适留学日记》(上)，第72页。
③ 《徐志摩全集・日记卷》，第231、253页。
④ 《吴宓日记》第二册，第67页。

在言谈之间自视甚高，但实际可倚赖成事之人很少，因为“黠者希慕功名富贵，结党以攫取营谋；中材则只图温饱，专为生谋之计；外此则昧于事理，妄逞瞽说，或则一孔之得，姝姝自悦，不辨薰莸，更不究一言之出、一事之行，乃于天下国家之利害”①。据他披露，不少纽约留学生逐利求财，领官费而不事读书，仅在学校挂个名，上课是想到即到，不重读书为学；成立秘密社团、结党互相倾轧，但凡学生会主席、会长之类的均由本党之人充任，甚至采取卑鄙残毒的手段以玩政治的态度死力相争。他们纵情游乐，将看戏、吃饭、跳舞、狎妓视作正业，奢靡邪侈，出身普通家庭的惟财是图，日日远离课堂打工谋生，羡慕薪资高的，贬低薪资少的，从不考察博物馆、美术馆，家境富裕的则竞相斗富，花巨资游乐招侑，不知书本为何物。这让吴宓感慨不已：“《留东外史》之作已久，昔固不知美国留学同人，其牛鬼蛇神之态，亦如此也。”②《留东外史》乃平江不肖生（向恺然）所著的黑幕小说，他以亲闻亲见的事实为素材刻绘了一个善恶交织、丑美共存的，畸形复杂的留学生世界：无论男女学生，道德沦亡的现象触目惊心，无止境的财欲、肉欲是其人生的终极追求，即便在动荡的时局下，他们也只顾玩乐，不图进取、不计学业，终日沉迷于花酒、金钱和女色，做尽坑蒙拐骗、损人利己的龌龊事。吴宓批评中国留学生在社会公益或公德心的表现上不值一提，他们贪婪地享用苦难的国人缴纳的赋税，却不知珍惜民脂民膏，国家遭难而不愿捐寄，反而不断要求增加官费以供挥霍，从而造成国家岁费巨帑培养留学生，不受其益反增蠹贼的恶果；他们受了美国文化的影响，导致原本真诚纯正之人失去故我，熏染恶习③。

显然，中国留学生的堕落绝非个案，而是普遍现象，在季羡林笔

---

① 《吴宓日记》第二册，第 114 页。

② 《吴宓日记》第二册，第 60—61 页。

③ 《吴宓日记》第二册，第 59 页。

下留德学生也不堪入目,他刚刚抵德就感叹:“在没有出国以前,我们虽然也知道留学生的泄气,然而终究对他们存着敬畏的观念,觉得他们终究有神圣的地方,尤其是德国留学生。然而现在自己也成了留学生了。在柏林看到不知道有多少中国学生,每人手里提着照相机,一脸满不在乎的神气。谈话,不是怎样去跳舞,就是国内某某人作了科长了,某某作了司长了,不客气地说,我简直还没有看到一个像样的‘人’。到今天我才真知道了留学生的真面目!”[①]为了扭转中国留学生空空如也又骄气凌人的形象,他与友人相互鼓励努力获得成功,不负光阴,对得起自己,也能超越他人。在德期间,季羡林日日苦读,练就了深厚的学术功底和良好的学术素养。他认为卑鄙无耻的留学生丢了国家的脸面,无助于未来的国家建设:“中国派了几千留学生,学问是一点也学不回去,然而在外国替中国丢脸却丢干净了。从这些留学生也可以看出来,中国非亡不可。”[②]确实,不少留学生到德国多年还不通德文,却热衷于跳舞、照相,其他荒唐的行为更是层出不穷。一些留学生与无恶不作、满口金牙的侨商称兄道弟,买黑马克,贩私货,嫖女人,打麻将。更令人愤慨的是,一些留学生对希特勒崇拜有加:“希特勒一天想吃别人的肉,然而我们的留学生却捧他;希特勒说一切有色人种全该死,然而我们的留学生捧他;希特勒说中国人同黑人学德文把德文都学坏了,然而我们的留学生捧他。我现在才知道这班留学生混蛋到什么程度。我真气愤,我恨不能造一个大炸弹把地球炸个精光,不愿看到这些混蛋装成人形走来走去。”[③]

国家地位、社会风气和国民性缺陷等因素堆垒了中国现代知识分子脆弱的尊严,但凡涉及中国的议题,他们会比较敏感,起而争辩,

---

① 《季羡林日记:留德岁月》(第一卷),第 93 页。

② 《季羡林日记:留德岁月》(第一卷),第 304 页。

③ 《季羡林日记:留德岁月》(第二卷),第 424 页。

如胡适在演讲会现场质问误解了中国的演讲者，“此亦为祖国辩护之事”[①]。季羡林反驳神学院学生认为中国官吏的腐败源自中国人根性的观点，指出德国官吏不使坏是怕法律，并非德国人德行高于中国人[②]。旅行者常以他国为参照重审中国现实，如郭沫若见乌兹别克斯坦从殖民地变成“羁绊解除，人民康乐”的独立国家，不禁感叹：“返观我国，则外患未除，内忧未已，水深火热，地狱无殊，我虽遨游天外，能无介然于怀？”[③]吴宓说道：“居外国，究世界事，则比较回环，益见中国之可忧。”[④]对旅行者而言，“返观故国”是无法回避的恒常姿态，建立在对异国一定程度了解基础上的比较促使他们重新调整关于自我与他者的认知。如吴宓认为美国虽是新兴国家却重传统，每次开会必有牧师率众祈祷，名人或学生演说均会叙说立国以来的历史，强调创业的艰难、守成的不易以及少年的希望，将来的责任，重视道德和宗教，而我国学生只知叫嚣破坏，追求所谓的革命、解放和新潮；哈佛大学毕业典礼皆有定式，斋皇典重，文凭会单用拉丁文而非英文，而国人却偏要厉行白话文学[⑤]。他指出学习欧美是必要的，但方向错了或仅习其恶俗、缺点则贻害无穷，仿效之前必须有所了解，不能仅知皮毛就盲从，尤其是礼教、学术等关乎国运的问题更需谨慎，因为礼教法制皆含至理，存积了千百年人类的经验，不能妄行破坏，“乃今之毒害人群者，动假托西学之名以自重，实属欺人之尤者矣。”[⑥]胡适指出不同理念客观上促成了迥异的社会风气，如美国社会视狎邪为大恶，竞相制定良策加以禁遏，民众多不齿此类行为，而在中国或

① 《胡适留学日记》(上)，第 49 页。

② 《季羡林日记：留德岁月》(第四卷)，第 1350 页。

③ 《郭沫若日记》，第 199 页。

④ 《吴宓日记》第二册，第 39 页。

⑤ 《吴宓日记》第二册，第 172 页。

⑥ 《吴宓日记》第二册，第 159 页。

视为风流韵事，著成诗文广为传扬，或视之为应酬，不过逢场作戏，无伤道德，导致“妓院女闾，遂成宴客之场，议政之所”[①]，这种恶与耻，须造就新道德、新舆论予于修正。

在返观之下，国内种种并非全是落后愚昧、一无是处，自有长处与优点，如林语堂谈及久居美国后对中美两国的认知产生了变化：一、原本以为西方社会是天堂仙境，共和、社会主义和自由结婚实有其事，每人都能丰享快乐。到了后发现不过是梦境，是一种自以为是的感觉。西方社会的堕落和人心浮动远超中国，自杀者很多，他们有更深的精神苦痛。起初偏激激烈的青少年留学欧美后大都变得平和，趋于实是，反而是未出茅庐的人鼓舞喧呼，不可向迩。二、不到欧美各国，无从反衬出中国人的好处，如中国礼教向来重义务、讲牺牲，西方现时习俗重权利，追求快乐，以女性为例，中国妇女多贞淑耐苦、操劳不怨，美国妇女“涂脂抹粉，盛服新衣，游行街市。离婚通奸，视为寻常。纵情欲，喜热闹。秉质如‘绣花枕’，行事如‘走马灯’”[②]。比较之下，中国妇女固然可怜，却更加可贵可敬。文化学术上的比较也让中国学子颇为自傲。如季羡林看了哥廷根人类学博物馆后指出假如让其摆出相当于我国殷周时代的器物，“恐怕尾巴还没有去掉的德国人，简直没有东西可摆了”[③]。他谈到了在德国听传统戏的感受：“浑身舒服得汗毛一根根都颤动起来，比起外国戏那种牛鸣狗叫来直如天渊。”[④]钱玄同在读过《国粹学报》后挤兑日本文体：“现今东洋文体，粗率之书实不足观，且亦无甚道理。保存国粹，输入新思想，光大国学，诚极大之伟业也。数年以来，余扮了几种新党，今皆厌倦

① 《胡适留学日记》(上)，第130页。

② 《吴宓日记》第二册，第151页。

③ 《季羡林日记：留德岁月》(第二卷)，第485页。

④ 《季羡林日记：留德岁月》(第三卷)，第708页。

矣，计犹不如余此中寻绎之有味也。”[①]以为中国古典语言、文体的趣味、美感远胜粗率的日本风格。显然，移动了空间的现代作家在经过原生与后处世界对接后的重新“观看”中发现了原有空间中起初不被重视的人文义涵。

学者周宁总结了西方想象晚清中国的三种形象：“停滞衰败的帝国”“东方专制主义帝国、野蛮或半野蛮帝国”和“作为‘文化他者’”，三种类型分别对应了现代性中的进步、自由与文明秩序：“进步大叙事构筑的停滞衰败的帝国形象，确认西方现代的进步主体；自由大叙事构筑的东方专制主义帝国的形象，确认西方现代的自由主体；文明大叙事构筑的野蛮或半野蛮帝国的形象，确认西方现代的文明主体。作为‘文化他者’真正能够全面表现西方现代性价值与意义的，还是野蛮或半野蛮的帝国这一形象。因为与笼统的文明概念相对的‘野蛮’，可以同时包含着历史停滞、经济落后、政治专制、习俗败陋、精神奴役等多方面的内容，也能够确证西方现代性的整体意义。”[②]类似的认知或意识直至民国仍然在延续，影响了现代中国知识分子观察、认识世界的态度与方式。虽然政体上中国已由帝国转变为共和国，军事、文化、社会生活等领域也发生了数次改良或革命，但事实上的变化与进步难以让现代作家满意。在见证了“革命”“现代”或“进步”的欧、美或日本后，他们积极以现代文明的标准，以作为理想目标的异国为参照或标杆批判中国和中国人。但是，异国或诧异的或不正当的眼光又激发了他们的民族自尊，因此他们经常从传统或现实中国社会中寻找美好的东西作为资源证明中华民族在某个领域或某个层面的合理性与合法性，可见现代知识分子的内在焦虑与复杂心理，他们总不免在认同西方或认同自身之间漂移。

---

① 《钱玄同日记·上》，第33页。

② 周宁《跨文化形象学的观念与方法——以西方的中国形象研究为例》，《东南学术》2011年第5期。

三、抉择与接受:现代作家文学(化)、思想资源的获取

旅行,意味着获得一种远离熟稔语境或固化秩序之外的异样体验,也意味着触及一种引发生活方式变革的力量,一旦将两种或多种异源文化置放在同一平面加以确认,文化观念的转移就自然而然地发生了。如果原文化充满活力,异文化会被有选择地吸收,归化到原文化之中,形成文化的增量;假如原文化危机重重,旅行者则化身为改革先锋,将在他环境中得来的个性化经验当作知识与原文化对接,使其产生价值转变,引发社会效应。历史已经证明,一些国家或民族的现代文化转型正是以大规模的旅行为先导的,异文化借此进入,在与原文化的摩擦、争斗中逐渐确定、沉淀下来。无疑,中国现代文学的发展就深受域外旅行者影响,他们高举文学革命的大旗,加速了文学从古典向现代的转型,不过他们也因对异域理论资源的不同取径而引发了矛盾,陷入纷争。

留美后期,胡适与杜威频频来往,杜威夫人每月邀集其朋友或学生举行家庭茶会,但胡适很少提及,其留学日记直接谈及杜威之处仅有四、五条,分别记录了杜威支持女子参政游行,杜威照片和小传,关于日俄法英的关系和美国对外政策的谈话,胡适归国时杜威临别赠言等。胡适有过解释,他 1915 年暑假发愤尽读了杜威的著作,并作有详细的英文提要,但未收入札记,也未提及实验主义哲学的关键影响是有原因的:一方面,札记适合记载具体事件,不适合记载高深而严谨的哲学体系;另一方面,“一九一五夏季以后,文学革命的讨论成了我们几个朋友之间一个最热闹的题目,札记都被这个具体问题占去了,所以就没有余力记载那个我自己受用而不发生争论的实验主义了”。而实验主义理念已然成了他生活和思想的向导、哲学的基础,“其实我写《先秦名学史》《中国哲学史》都是受那一派思想的指导。我的文学革命主张也是实验主义的一种表现;《尝试集》的题名

就是一个证据。”[①]无疑,杜威学说是他重要的思想资源之一。

假如细读日记,可以发现更多有价值的信息,胡适 1914 年 1 月 25 日罗列了近期关心的问题,其一是“致用哲学”,可知他起初将 pragmatism(实验主义)译成致用哲学。1915 年 5 月 9 日,他谈到决定不接受各处演讲的邀请了,接到 Elmira 城青年会关于“中日之交涉”的演说预约时却认为当此危急之秋要告知美国人中日关系的真相,所以义不容辞,“此事可证今世‘实效主义’(pragmatism)之持论未尝无可取者,其言曰:‘天下无有通常之真理,但有特别之真理耳。凡思想无他,皆所以解决某某问题而已。人行遇溪水则思堆石作梁,横木作桥;遇火则思出险之法;失道则问道:思想之道,不外于此。思想所以处境,随境地而易,不能预悬一通常泛论,而求在在适用也。’吾之不再演说是一泛论。上月水牛城之招与此次藹城之招,皆特别境地,不能一概而论也。”[②]他已经挪用实验主义理论为现实行为辩护了。其实,他起初阅读杜威著作只是为了了解这位康奈尔大学教授们的批判对象到底有何言论,而康大时为客观唯心论派学者的集聚地,经常炮轰实验主义学说。读了杜威、查理·皮尔斯、威廉·詹姆斯等人的著作后,胡适被深深地吸引,杜威在政治上的“和平主义”也正合其意,于是他转到哥伦比亚大学攻读哲学了。他在哥大选修了杜威的两门课程:“伦理学之宗派”和“社会政治哲学”,前一门课程使得他以《中国古代哲学方法之进化史》作为博士题目。虽然杜威对哥大期间的胡适(1915—1917)并不赏识,对他用实验主义理论解读先秦诸子思想的学术理路不置可否,但胡适确实对杜威推崇有加,深受其影响。更具深远意义的是,杜威学说通过他的鼓吹与运用影响了现代中国文化界以及随后生成的几代学人。据有学者归纳,杜威学说对胡适的影响包括:“一、实验主义的真理观所导致的‘怀疑的

① 《胡适留学日记》(上)“自序”。

② 《胡适留学日记》(下),第 365—366 页。

态度’。二、由实验主义的社会政治哲学所导致的务实精神。三、由实验主义的方法论所导致的实验的方法。”[①]胡适自认受杜威影响最大的是“实证思维术”，直至晚年还点明自作都是围绕这个方法观念打转的。实验主义强调一切理论都是假设，只有实践才能真正用于检验；一种理论要成为真理必然是它在实际应用中有助于帮助人类摆脱困境，找到解决问题的方案，而胡适提出的“多研究些问题，少谈些主义”“大胆的假设，小心的求证”等观点就是实验主义学说的个人化总结与阐释。

吴宓则受新人文主义学说影响，他屡屡记述与该学派代表人物 Irving Babbitt（白璧德）的来往。日记最早提及白璧德是 1918 年 9 月 24 日，学校同意派白璧德作为他的导师，1918 年、1919 年他选修了多种白璧德的课程：Rousseau and His Influence（《卢梭及其影响》，成绩 A），Literary Criticism since the 16th Century（《16 世纪以来的文学批评》，成绩 B），Romantic Movement in the 19th Century（《十九世纪的浪漫主义运动》）和 Literary Criticism in France（《法国文学批评》）。他们在课堂内外频繁交流，以 1919 年下半年为例，“十九世纪的浪漫主义运动”课时为周二、四、六中午，“法国文学批评”为周一、三、五中午，即从周一到周六每天都有会面。吴宓不时介绍友人结识或拜谒白璧德，如 1919 年 7 月 14 日晚 8 点偕陈寅恪、汤用彤同往，“谈至十一时半始归。巴师述其往日为学之阅历，又与陈君究论佛理”[②]。他常去听白璧德演讲，如 1919 年 11 月 2 日赴哈佛西班牙学生会听《教育之精义》；1920 年 1 月 19 日在 Modern Languages Association 听 Literature & the Discipline of Ideas 等。白璧德是位有现实关怀意识的学者，时常探听、议论中国的现状，如：

---

① 胡礼忠《胡适、杜威与实验主义：哥伦比亚大学时期》，《史林》2005 年第 4 期。

② 《吴宓日记》第二册，第 37 页。

晨谒巴师,商定功课。巴师谈及国事,谓"以目前形势,英、法、日三国,实行瓜分中国,迫不及待。不知中国士大夫 the Educated Class 将何以自处。岂皆先家而后国,营私而忘公,懵然而坐听之耶?"(1919 年 9 月 23 日)

午,谒巴师,告以已就事,拟明年即返国等情。巴师谈及国事,以诸多大义重责见勖。又有云,"吾恐君返国就职之日,薪资将需由日本人手中领取矣"。(谓中国实际已亡,凡百皆由他人主政。)呜呼,吾应如何行事,乃可免于罪戾乎?(1920 年 3 月 4 日)①

另 1920 年 6 月 29 日、10 月 29 日等日日记均记录吴宓与导师谈"中国近事"或"国事",可见白璧德对中国问题是极关注的。他与这批尊其学问,洞悉其为学意旨,又聪慧勤劬,成绩极佳的中国学生关系要好,逢人辄夸,引起了美国学生的忌妒。吴宓原以攻习报业为志,但白璧德、陈寅恪均认为报业专在营业图利,遂听从劝告而放弃了。他计划编选《精选古今英文书目提要》,以便读者了解西方文艺的全貌,专门请教过白璧德。归国后,他坚持给白璧德写信,或告知近况或讨论学术。吴宓又通读了另一位新人文主义学者穆尔的文章,按其日记:"自入夏校以来,学课而外,则读 Paul E. More 先生之 Shelburne Essays。凡九册,是日全毕,获益无限。此君为巴师至友,在今日美国,并为学德山斗。其书卷卷皆至理名言,精思藻采。"②他服膺白璧德和穆尔,时时称许:"真知灼见,独立不倚,苦心说道,砥柱横流,如巴师与 More 先生者,则如凤毛麟角。"③《吴宓日记》撮录过已读书籍的要旨,摘录了不少白璧德、穆尔的言论。

① 《吴宓日记》第二册,第 77、135 页。

② 《吴宓日记》第二册,第 38 页。

③ 《吴宓日记》第二册,第 104—105 页。

吴宓谈过白璧德对自己的影响:“自受学于巴师,饫闻梅、陈诸良友之绪论,更略识西国贤哲之学说,与吾国古圣之立教,以及师承庭训之所得,比较参证,处处符合,于是所见乃略进。此后志向,当直追圣哲,决不以‘热心人’或粗浅之‘爱国者’及‘社会改良者’自命。”[①]他承续了新人文主义的观念,常用白璧德、穆尔等人的理论来比附、分析中国现状,如他对卢梭的批评就与白璧德一致,指出“世乱之亟,从未有如今日者”,不仅中国内忧外患、扰攘争夺、疮痍荼毒,世界之乱也是向来所未见,但无论是罗马帝国解纽,还是中国的五胡乱华,五代兵戈或元军、清军入关,最终都“渐归统治”“独自卢骚之徒,妄倡邪说,于是人心思动,潮流所被,世无宁日。法国大革命,如导火线,自是而乱遂不可止”[②]。他表示思想的影响,即“邪说”盛行才是社会动乱的最大诱因。他认为世上之大患莫如过激派 Bolshevism,引发了德、俄、爱尔兰、匈牙利等国的骚乱,古今叛乱虽然假借的名义有别,“实则皆由生人好乱之天性,所谓率兽食人、争夺扰攘、杀人放火之行为。但使礼教衰微,法令不行,则蜂起不可收拾。如法国大革命,则以‘平等’‘自由’为号召;我国之乱徒,以‘护法’等为号召;今之过激派,以‘民生主义’为号召。其实皆不外汉高祖‘取而代之’之一种宗旨。‘你不得吃,让我来吃’。此一语足以尽之”[③]。他批评国人被锢蔽愚蒙,错认外国“乱党”是圣贤君子,以至于迷梦谬想,可怜可痛。

在如何对待中国传统文化的问题上,吴宓与白璧德有过讨论。白璧德告诫吴宓,西方人对中国古代圣贤的哲理和文艺美术仅知一二,需要中国人自己先深入研究,再写成英文著述,才能真正达到宣扬中国文化的目的。中国国粹日益沦亡,以后将难以找到通晓中国

---

① 《吴宓日记》第二册,第 68 页。

② 《吴宓日记》第二册,第 22 页。

③ 《吴宓日记》第二册,第 23—24 页。

文章哲理之人,“是非乘时发大愿力,专研究中国之学,俾译述以行远传后,无他道。此其功,实较之精通西学为尤巨”[①]。因此,他对自己的中国学生汤用彤、楼光来、陈寅恪和吴宓等抱有殷切的期望,希望他们归国之后,无论身处怎样的境地,每日都要费时费力研究国学,只有东西各国的儒者与人文主义者联成一气,协力行事,“淑世易俗之功,或可冀成”[②]。

正是在这种思维影响下,吴宓规划了未来的学术追求与人生走向:一、虽然时势艰难,自己所学或许不易派上用场,也要始终相信学问中自有乐趣,坚持对道艺文术的孜孜求索,同时,不能单单以致用为旨归;二、须躬行道德,不计报施,每天行事但求心安,以志洁行芳要求自我;三、凡事自尽其心,无论为世为国、为己为人都要竭诚尽心,不斤斤计较于成败;四、在现实中无所附丽,不为一党一派、一时一地所溺附牵绊,在精神理想或学术追求上不为一个学派、一种潮流或一个科类所束缚迷惑,要得其真理、撷其菁华,力争融通古今中西[③],表现出一种以学术为人生和崇向自由的理念。

面对异文化时,旅行者的文化反刍意识会被唤醒,经过比较后,他们会采取或贴近或疏离,又或在贴近中疏离,在认同中拒绝的文化姿态。在文化意向上,胡适、吴宓是一致的,积极接受与坦然消化,均将西方学说作为梳理、重整中国文学(化)的关键资源。不同的是,胡适采取的是釜底抽薪的方式,如同被西方理论强势同化,吴宓则表现出一种明显的固守心态,但这种固守并非拘囿于传统的隔绝式自我封闭,而是在了解了西方文化的基础上作出的甄别,其中既有对异文化的非议,也有对原文化的颂扬和促成传统转型的热望。因此,不同的文化姿态让他们形成了对立的话语攻讦态势,从而引发了现代文

---

① 《吴宓日记》第二册,第196页。

② 《吴宓日记》第二册,第212—213页。

③ 《吴宓日记》第二册,第44—46页。

学(化)史上的著名论争。

许多现代知识分子在异国留学或游学时处于知识饥渴的人生状态,一旦发现与心性契合的文学(化)基因,自然全身心地“拿来”,这给中国传统文学(化)的现代转型提供了重要契机,也造成了不良后果:一、无数思潮同时进入中国,它们纠缠在一起,混乱不堪,青年人难以分辨,无法真正了解它们的精义,更致命的是这些思潮未经检验就被用于实践,导致中国文化的建设与发展绕了弯路,而部分学者在坚持某种思潮时又以排他性手段否认了其他学说的合理性,陷入单维化的认知陷阱。二、冲击了文化传统,甚至进行无妄的攻击,一旦接受者缺乏统观意识和反思精神就会出现戕害或无视传统的弊端。三、部分知识分子对西方文艺或思潮的认知停留在表层,模仿痕迹过重,原创性少,多人云亦云。正是这些因素的牵制造就了复杂而不免混乱的民国文学(化)思想场。

第二节　发现风景与怅望故园:论现代作家的内游日记

作为一种生存方式,“游”在中国文化的建构中留下了鲜明的痕迹,清人孙嘉淦历数了其功能:“游亦多术矣。昔禹乘四载,刊山通道以治水;孔子孟子,周流列国以行其道;太史公览四海名山大川,以奇其文;他如好大之君,东封西狩以荡心;山人羽客,穷幽极远以行怪;士人京宦之贫而无事者,投刺四方以射财。”[①]丰子恺从自身体验出发,不无啰嗦地谈过旅行的趣味:“日来胸怀不开,异常沉闷。今晨细思,发觉其原因,乃每天生活相同,全无变化之故。七时起,生炭炉,烧开水,洗脸,吃茶,写日记,抱新枚,吃粥,写文,登坑,抱新枚至睡。

① 孙嘉淦《南游记》,见张潮《虞初新志》卷十七,河北人民出版社 1985 年,第 332 页。

午饭,抱新枚,写文,抱新枚,写文,抱新枚,晚酌,闲谈,八时就寝。几同课程表。难得来一客人,或出门一走而已。度日如写字。连度同样之日,犹连写同样之字,一而再,再而三,以至于数十百,必感厌倦,而其字亦愈写愈坏。反之,如写文,写信,文字各异,即有兴趣而不觉厌倦,其间难得有接连二字相同,写时极有兴味也。旅行生活之兴趣即在于此。"[①]显然,"居"与"游"是社会构成的互动现象,缺一不可,一旦其中一维停滞或出现问题,生活就失去了色彩,变得凌乱或无味[②]。日本学者厨川白村论及旅游对作家的意义:"作家当深深地挖掘'自我'的时候,大概都是照着一个矿脉挖掘的;但无论怎样丰富的矿山,要是单挖掘一个矿脉,恐怕甚么时候,就要有挖掘净尽——成了废坑——之一日的。因境地的变迁,发见从来还没有挖掘过的新的矿脉,由是而更踏入第二期的第一步,那是作家最完全地表现自己全生命的得当之道,换一句话,是作家的返老还童法,或者是不老长生术。"[③]说明了"游"是作家延续创作生命的关键因素之一。自古以来,我国文士喜冶游,他们常在山川大河、绣谷佳境中沉醉,享受身心的愉悦,美景促发了他们的灵感,造就了诗文佳篇,影响了民族文化心理,如有学者所言:"自然山水作为观赏与寄情的对象、言志与畅神的凭借、吟咏与明道的题材、表白政治态度与生活方式的途径,结出了丰硕的山水旅游文学之果,进而滋养着中国人的'山水意识'或旅游审美意识,塑造着中国人的民族文化心理与审美心理结构,影响着中国人的山水审美敏感性,同时还丰富着中国自然山水或广义上的旅游景观的文化内涵或审美意味等等,从而构成一种我们所说的'审美增值'现

① 《子恺日记》,第306页。

② 龚鹏程《游的精神文化史论》,河北教育出版社2001年,第39页。

③ 厨川白村《作家之外游》,见钱谦吾《语体日记文作法》,第198—199页。

象。”[①]现代作家日记涵盖了无数刻画自然山水与人文光影的篇章，浓郁的故园情怀借助对祖国风物及相关元素的礼赞得到了体现。

一、风景的发现:现代地理、文化空间的延伸

旅行，是发现风景的过程。风景是个综合性概念，包括由山水、花木、建筑物和自然现象(如雨、雪)形成的可供人们欣赏的景象、人文景观、风俗人情和时代光影。因此，有人认为游记应该满足多重需求:“人们读游记，除了需要从中获得文学的美感享受之外，还要借以增长知识，开拓视野，并透过这面景物和世态的折光镜，寻觅时代的影子。”[②]风景是文学创作的常见主题，到了现代，小说这种着力表现人物性格、塑造人物形象的文体也频繁地描叙风景。有人还从理论上加以肯定，如“小说家必具画家心理”“王摩诘诗中有画，画中有诗，吾谓小说亦然”[③]。总之，风景已经成为作家着力表现的对象，日记亦不例外，如蒋翼振就将日记命名为《祖国河山》。自然，因人生走向、生活阅历不同，现代作家展示的风景及其展示方式有所差别。本章将探究他(她)们的发现之旅和“风景”的书写，以及他(她)是如何观照自然山水或人文景观的，这些风景又如何反作用于他们的情感、审美和心灵。

因参加学潮被清华学校开除，吴芳吉无奈辗转各地，在宜昌滞留数月后于 1913 年 8 月乘船归蜀，所写《蜀道日记》以生动的笔致，充沛的情感将宜昌至江津的旅途所见所闻、所知所感付诸纸上。在中国文学史上，写入蜀经历的作品不少，各有优劣，将吴氏日记与陆游《入蜀记》比较可见出两部作品的共性:一、多角度地展示沿途景观，

---

① 王柯平《旅游审美与山水旅游文学》，见韩荔华编《中国旅游文学与语言研究论丛(一)》，旅游教育出版社 2002 年，第 2 页。

② 黄卓才《略论游记的写作特点》，《暨南学报》1982 年第 4 期。

③ 周瘦鹃《小说名画大观・序》，见《二十世纪中国小说理论资料》第一卷，北京大学出版社 1997 年，第 562 页。

娓娓地讲述地貌特征、地理沿革、名胜古迹、地方物产等;二、作者善于写景,既有长篇造景佳作,也有寥寥数语却画龙点睛的片段,文学意味十足,且描写不重复、不雷同;三、均有对历史人物、事件的评说与历史遗迹的考证,既表现出对先贤的景仰,也流露出时代变迁的沧桑感,不少段落熔写景、论史与抒情为一炉;四、表现了对普通人的关注与同情;五、具有其他方面的史料价值,如关于长江航运资料的录述等。不过,吴芳吉的现实关怀意识更为明显与强烈,他谴责了鼎革之际的社会动乱及其给民众带来的苦难与灾祸。我们可以看看作者是如何书写风景的,如李白"蜀道难,难于上青天"的咏叹在日记中得到了印证:

过灯影峡,岩上有大石,突立如人。凡数处,相传为唐僧玄奘至西域求佛经时所建之像,然皆俗说,不足为凭也。未几,至南沱,滩水甚险。余与同舟,皆起岸。悬崖绝壁,攀援而上。岩巅有大路,宽可一尺,乃缘山凿成者。余行路中,觉足下不能自主,尤不敢四望。转过一山,有瀑布自山顶泻下,声如裂帛。一路皆为飞沫浸湿,滑不敢步。余扶一舟子手,得无恙。俯瞰江中,高可百余丈。举首望天,则岩石突出欲坠。余为足软目眩,惟正墙面立。舟既过滩,复攀援而下,至江边少憩。神魂犹恍惚不定。同舟谓余曰:"此乃大道最易行者,若在大峡内,则崎岖百倍矣!"余不觉心酸胆寒,吐舌不知所可。①

一种奇崛的美学力量在描写中得以外扬,读后对祖国山河的崇仰、爱慕和敬畏之情油然而生。从鄂至川,水陆行进均不易,总给人惊心动魄的感觉:"江水涨丈余,下风颇劲厉,舟停半日,午间转上风,遂开舟前进,波涛汹涌,如蛟龙怒,震骇欲绝。朱诗云:'向来枉费推移力,此

① 《吴芳吉全集》(下)卷五,第992页。

日中流自在行。'余于此时,极不自在。行不远,大浪翻天震地而作,舟子皇皇无措,舵亦不定向。舟被吹至深岩前,岩与桅高等,桅颠触岩几折,船骤倾侧击岩,豁然一声,船头遂毁。诸客失色哑然相望。舟子竭力以竿抵岩,久之,乃得出。"[①]气魄闳壮、奇绝雄奇的三峡风光和波涛汹涌、轰然玉碎的长江景致得以全景展现。日本学者柄谷行人说过:"被视为名胜的风景是一种美,而如原始森林、沙漠、冰河那样的风景则为崇高。美是通过想像力在对象中发现合目的性而获得的一种快感,崇高则相反,是在怎么看都不愉快且超出了想像力之界限的对象中,通过主观能动性来发现其合目的性所获得的一种快感。"[②]"崇高"的风景也让人产生惊惧、敬畏之情,而非仅有赏玩之乐,吴芳吉的三峡行走体验验证了这点。

二十世纪二十年代末,随着政局的稳定和各项基础设施建设的初步完善,各种类型的旅游日记增多,现代科技的进步为风景的发现提供了技术支持。如果说吴芳吉的风景发现之旅停留在前现代状态,依靠的是人力这种原始的方式,那么郁达夫、冰心则借助了现代交通:铁路运输。实业家曹亚伯说过:"自十六世纪机械发明,而世界组织悉为变动。在世界经济网罗之下,一切政治、法律、宗教、文艺、美术,均有新颖进展。而传播此文化之交通技术,日盛月新,超迈千古。举凡山谷之险峻,河海之广阔,昔所目为艰险者,今皆纳于此变动之中,而夷为平砥矣。山也,铁路;水也,汽轮;陆也,摩托。铁路、汽轮、摩托之所不及者,则有飞航以济之。"[③]显然,铁路的出现具有厚重的科技意义,也附着了重要的文化意义,美国学者丹尼尔·贝尔认为当代文化是视觉化,而非印刷化的,变革的根源就是"人们在十

① 《吴芳吉全集》(下)卷五,第1008页。

② 柄谷行人著,赵京华译《日本现代文学的起源·中文版作者序》,生活·读书·新知三联书店2003年,第1页。

③ 曹亚伯《游川日记》,中国旅行社1929年,第1页。

九世纪中叶开始经历的那种地理和社会的流动以及应运而生的一种新美学。乡村和住宅的封闭空间开始让位于旅游,让位于速度和刺激(由铁路产生的)……"[①]确实,铁路改变了人类感受和书写世界的方式:开辟了新空间,让旅行者发现了新风景,或者以新的方式重新认识了风景;其流动性让体验者获得了景物变幻摇移的感觉,构造了跳跃性的思维与现代性的文字。至二十世纪三十年代,由于官商势力的支持和消费意识的增强,逐渐兴盛的中国旅游业与出版业实现了联姻,无数涉及铁路的指南类类书与文学性作品得以刊发或出版。无疑,铁路与现代文学缔结亲密关系具有非凡的意义:铁路旅游因优美文字的力量更加深入人心,批量出现的旅游类杂志或报纸版面为文学作品的刊登提供了新领地,推动了旅游文学(包括旅游日记)的勃兴,因此郁达夫感慨,随着"交通大便",在京沪杭的新闻纸上出现了时兴的写作群体:"游记作家"[②]。

1933年底,从浙江杭州至江西玉山的火车通车,郁达夫受邀到浙东观游,目的是创作游记以便将景观和体验告知游客,而收入旅行指南书可以弥补这类书籍的枯燥无味。信从"江山也要文人捧"的郁达夫借机游历了诸暨、金华、龙游等地,日记《杭江小历记程》就是这次旅行的产物,被称为"行旅的灵魂叫卖者"[③]的他对路上的风景记述甚详,尽显江南的柔山秀水,如对龙游小南海的记述:

> 午前十点钟上汽车去龙游,正午到,在旅馆中吃午饭后就上城北五里路远的小南海去瞻望竹林禅寺。寺在凤凰山上,俗呼童檀山,下有茶圩村,隔瀫水和东岸的观音前村相对。瀫水西溪

① 丹尼尔·贝尔著,赵一凡等译《资本主义文化矛盾》,生活·读书·新知三联书店1989年,第156页。

② 郁达夫《屐痕处处·自序》,《郁达夫全集》第十一卷,第125页。

③ 郁达夫《二十二年的旅行》,《郁达夫全集》第三卷,第181页。

和龙游江的上游诸水，盘旋会合在这凤凰山下，所以沿水岸再向北，一二里路，到一突出的岩头上——大约是瀔波亭的旧址——去向南远望，就可以看得出衢州的千岩万壑和近乡的烟树溪流，这又是一副王摩诘的山水横额。溪中岩石很多，突出在水底，了了可见，所以水上时有瀔纹，两岸的白沙青树，倒影水中，和瀔纹交互一织，又像是吴绫蜀锦上的纵横绣迹。小南海的气概并不大，竹林禅院的历史也并不古——是光绪二十七年辛丑僧妙寿所建，新旧《龙游县志》都不载——但纤丽的地方，却有点像六朝人的小品文字。[①]

在某种意义上，这类日记起到了旅游广告的现实功能。虽然带有特定的功利目的，但郁达夫的日记体游记比较纯粹，多为山水景观的描刻和历史、文化遗迹的探寻或考证，偶尔点到些社会现实，之后的《南游日记》《西游日录》也遵循了这个路数，总能在秀丽的文字、雅洁的情致与舒缓的节奏中感悟到一种澄净与闲适。有学者分析过他的“风景”书写，认为沿袭了山水文人化的游记传统，多征用古代文人的游记、笔记或援引诗词联语入篇，或取材于地方志书，行文中又以山水画卷去比附现实中的风景；他笔下的风景具有东方文化的底蕴，也历经了西方文化的洗礼，即将国内的风景与西方风景比照，表现出一种立体的文化心态[②]。确实，他的书写有了中外、新旧交融的格调，气息与晚明小品文接近，但精神气质又是现代的，种种情绪以一种内隐的，有节制的方式抒发出来。

1934 年 7 月，冰心与丈夫吴文藻，燕京大学同事顾颉刚、郑振铎、雷洁琼等应平绥（即现京包线）铁路局局长沈昌之邀沿平绥铁路

---

① 郁达夫《杭江小历记程》，《郁达夫全集》第四卷，第 52—53 页。

② 吴晓东《郁达夫与中国现代“风景的发现”》，《中国现代文学研究丛刊》2012 年第 10 期。

作了六周的旅行，他(她)们关注了沿线的风景、古迹、古建、风俗、宗教和物产等。此行分两段，第一次经青龙桥驿站→宣化→张家口→大同→云岗→大同→口泉镇→丰镇→平地泉，返回；第二次经绥远→百灵庙→包头→磴口→公积坂→麦达召→旗下营→绥远，返回。不久，郑振铎的《西行书简》，冰心的《平绥沿线旅行记》相继问世。冰心说道："我自己生平的癖爱，是山水，尤其是北方的黄沙茫茫的高山大水。虽不尽瑰奇神秀，而雄伟坦荡，洗涤了我的胸襟。我生平还有一爱，是人物，平时因为体弱居僻的关系，常常是在过着孤陋寡闻的生活。这次六星期的旅程之中，充分的享受了朋友的无拘束的纵谈，除了领教了种种的学识之外，沿途还会见了许多边境青年，畸人野老。听见了许多奇女子，好男儿的逸闻轶事，耳目为之一新，心胸为之一廓，我对于这次旅行的欣赏感谢，是罄笔难书的。"①可见她十分享受这种风景的发现过程。冰心等一行一路饱览了江山景物，如在火车中观望长城内外的雄姿：

> 在特大号的机车徐徐推进之中，火车渐渐上山，两旁青崖摩天，近逼车窗，如绿绒的屏障，旋转重叠。悬崖上的羊群游牧，仰视小极，如鸟栖树巅。山下流泉之间，大石罗布，令人想起唐人"一川碎石大如斗，随风满地石乱走"之句。众石错杂之间，遍生小树，也有山田和人家，在微阴的天色之中，一层层的远远点缀开去，极青翠清远之致。这时忽然穿过居庸关三百八十五公尺余长的山洞，车上点起灯来，窗户间微微觉着烟气，五分钟之后，又豁然开朗，纡回曲折，其间穿过五桂头及石佛寺两个小山洞，便到了青龙桥车站。
>
> ……

---

①　冰心《平绥沿线旅行记序》，《新编冰心文集》第二卷，商务印书馆国际有限公司2008年，第428页。

> 重复上车,循着转折的V字形路线,倒转而下,又入八达岭的一千一百四十五公尺余的山洞,此洞为世界著名巨工之一。过此便是康庄,忽然降下到一片广漠的平原,回望八达岭上远远起伏的一线长城,如在天上!不经过“天险”的关沟不能理会所谓之“康庄大道”之意,此时我们已身在塞外了。[①]

显然,现代交通工具营造了不同以往的地理空间,带来新的观察世界的角度与方式,斩获了不同的风景体验。冰心等人还到山西口泉镇煤井体验了一番,写下了现代文学作品中不多见的景观:

> 睁开眼,借着手灯的微光,我们俯身鱼贯的在六尺至八尺宽的圆洞中进行。洞顶都用很粗的木柱支撑着,洞壁闪烁着黝黑的光。地下流着又湿又热的泥水,洞中流转的是沉重闷热的蒸汽,顶壁间还不住的落下水点。我们稍一抬头便要碰着顶壁,这时才知柳条帽的用处。
>
> 地道里的小灰轨上,不时急速的隆隆地走过煤车,有黧黑褴褛的工人,佝偻的推着,从我们身旁挤过。这样气也不出的俯身曲折地走了半天,才到一处修理器械的中心,这里周围稍微宽阔,炽着熊熊的煤火,几个工人,在那里打铁,还有几个童工在等着传递,见我们露齿而笑,目光闪闪。这里因着生火的缘故,空气更为窒闷。过此便是升降机的发动处,机声隆隆,有几个工人在扳着机闸,洞顶安着电灯。[②]

他们的第二次旅行主要在内蒙一带,辽远宽阔的草原美色,独特的少数民族节日活动,如赛马、摔跤等出现在了读者的视野,难得一

① 冰心《平绥沿线旅行记》,《新编冰心文集》第二卷,第430页。

② 冰心《平绥沿线旅行记》,《新编冰心文集》第二卷,第440页。

见的人物，如蒙古头人、马上骑士和僧侣的不同的面貌、姿态得到活灵活现地展示。冰心通过纪实与抒情的结合汇编了生命的行旅地图，展现出空间移动中的多重景观。

交通的便利、资本的支持和好游的心性等因素拓宽了旅行者的眼界，许多原本未被关注的风景在叙写中多了起来。以上几种风景代表了中国不同地域的色调：冰心描绘的北方辽阔、粗犷与壮大；郁达夫笔下的江南水乡如淡墨丹青，静谧安宁；吴芳吉模写了雄奇诡谲、气势骇人的西南山水，有种蓬勃向上的力量与生生不息的韧性；周立波、杜鹏程、田汉、白朗等对各地物景的记述也均具只眼。有些景观或许不是首次出现，却被赋予了现代的感觉与调性。祖国的自然美景、人文风情依次在画卷中展开，让读者有身临其境之感，增添卧游之乐。但风景并非总是纯粹的、客观的或中性的，在某些时候它是政治性或策略性的，如柄谷行人所言，风景的发现“其实正是国民的确立过程”[①]。有作家把风景书写与民族国家的建构、自我的焦虑联系起来，如冰心表示平绥沿线旅行有几点意义：一、国土的丧失让国人察觉到了边防的重要性，开发西北的呼声日益急切，而西北的现状究竟怎样并无多少人真正清楚。东北沦亡后，西北作为国家物产资源重要产地的地位愈显关键，沿进出西北的通道——平绥铁路作调查就很有必要了。二、平绥线贯通长城内外，所经城乡民众的风俗习惯、宗教信仰各不相同，加以了解有助于研究中国的政治经济与文化，“在国难之中，我们不当再狃于旧习，闭居关内，目边人为异族，视塞外为畏途，我们是应当远出边境，与各族同胞剖心开怀，精诚联合，以共御强邻的侵逼的”[②]。三、平绥线沿途的风景，如雄伟的八达岭、迂回的洋河、险峻的大青山和云冈石窟等各有其美，各有其奇，各

① 柄谷行人著，赵京华译《日本现代文学的起源·中文版作者序》，第3页。

② 冰心《平绥沿线旅行记》，《新编冰心文集》第二卷，第427—428页。

有其历史价值，瞻拜之下顿有庄严之感，并生出如何珍重和保护先人惨淡经营留下的宝贵财富、使其发扬光大的内心自问。如此种种显示了现代知识分子自觉背负起民族使命感的优良品质，他们努力与这片神奇的土地同呼吸、共命运。

二、壮美与悲悯：颠踬中的故园情怀

如果说旅行充满了发现风景的愉悦和考证遗迹的快感，这种人生趣味的提升需要天时、地利与人和的配合，当事人也多加以情调化的烘托，而非常态化的旅行体验恰恰相反，充满了痛苦、屈辱与创伤。这类日记或记录漂泊，或记录流亡，或记录旅寓，又或记录战地见闻，它们“或明或暗地显示出个体或群体在极端艰苦的环境里的漂流或旅行过程，在敌机轰炸或日寇侵犯的生死存亡关头的逃难流亡过程，在硝烟弥漫的战场上或南征北战的征途上的采访调查过程”[①]。承平年代的悠然、闲适丧失殆尽，只剩满眼残山剩水，满腔国恨家仇，如约翰·伯格所言：“我们注视的从来不只是事物本身；我们注视的永远是事物与我们之间的关系。”[②]记录者在绘制山河图景时多了悲怆的心境、悲悯的情怀和复杂的故园之思。

1928年，阿英在上海出版了《流离》（署名寒星）。这部七万余字的日记记录了他因大革命失败而被迫逃亡的过程，第一章“这一千里的艰苦的旅途”叙写了他为逃避当局的追捕，从家乡芜湖出发，耗时一个月，行程一千多里，艰难抵达武汉；第二章“‘七一三’以后的武昌”记叙了他在武汉东躲西藏的动乱生活；第三章“柘涧山的山居生活”记述了他从武汉漂泊到安庆，躲在柘涧山的读书生活；第四章“又

---

① 朱德发《现代记游“是一种了不起的文学体裁”——〈中国现代记游文学史〉“导论”第一部分》。

② 约翰·伯格著，吴莉君译《观看的方式》，台北麦田出版社2005年，第12页。

是几番漂泊”记录了该年秋天他在安庆、芜湖的不安定生活。他在《流离·自序》中谈及刊印日记的目的：“我所感到的是，从这一部纪录里，能以看出离乱时代的一部分人民的流离颠沛的生活状况，以及过往的一年的社会的暗影，以及在可能的范围内所发泄的悲愤的心情。”[①]他最为敬服杜甫，认为杜诗真正反映了所处的时代，但在原来的生活环境中无法深切的了解，过上一段流离生活后领悟到了这位现实主义诗人的伟大。阿英行走于恐慌之中，时常陷入风声鹤唳、草木皆兵的状态，他描写过与友人静夜逃亡的情景：“我们挤了一船。这时，四野静默，明月在乌云层中，微微的露出光芒。我们的船沿湖划行，恐怕被人看见，不敢燃灯。垂柳时时拂着额角。芦苇中还有许多野鸭，船到了它们栖息的地方，总是扑蚩地飞去，村犬听见圩心有人说话，隐隐的吠着。这样，我们连话都不敢说了。”因为总在夜间奔走，夜色成了保护伞，也就观赏到了特别的风景：“忽然，明月突破乌云走了出来，光明洒遍了大地，乡村景物如画，回想西湖泛舟的风趣也不过如此。……这时鸡声渐起，夜雾甚浓，皓月当空，尚无晓意。杨柳风吹面不寒。”[②]虽然不能叩舷而歌，也觉得快乐无算。

日军全面侵华导致了大规模的中国国民迁徙潮，许多文人被迫走上了南下或西行的避难之路。吴宓起初不愿离开北平，有了隐居或作诗僧的打算，他以《荡寇志》中陈希真父女离开东京汴梁的故事自我比附。决定离开时，他赋诗《晓发北平》以示依依惜别之情，想到以后只能鸟雀远飞，北顾而涕泪，不免黯然神伤。1937 年 11 月 10 日，吴宓等坐船从天津到青岛，一路上手忙脚乱，在逼仄的轮船上被四处流窜的螃蟹骚扰而终夜无眠。从青岛乘车到济南的途中，他见道旁“掘战壕，运军械者，不日此区将罹惨劫，念之凄然”[③]。他们既

① 阿英《流离·自序》，《阿英日记》，第 1 页。

② 《阿英日记》，第 2—3 页。

③ 《吴宓日记》第六册，第 252 页。

要躲避兵乱、空袭，兼顾生命安全，又要照看行李，在旅人多如山的郑州站，物品几近遗失，车上亦拥挤充塞，让领着几名女生南下的吴宓更添烦忧。因战事吃紧，武汉等地唯恐失守，长沙临时大学在衡山驻留数月后转到昆明组建西南联合大学。1938 年 2 月，吴宓从长沙过广州到香港，与陈梦家等乘船借道越南进入云南。上船前，他们相继被运夫、关员勒索，登船后发现人货满堆，夹板上甚至设有羊栏，群羊居拥，污秽不堪，环境极其恶劣。在越南候车时，他们遭贼人窃去衣物钱财，直至广西碧色寨一切终归安妥。吴宓感念身世，怆怀今昔，作《流转》一首，此诗源自读顾炎武诗的感受，顾氏四十五岁所赋诗《流转》中有“流转吴会间”“何处非吾土”的咏叹，他联想到自己在同样的年岁也遭遇空前的国难与流亡，乃借题发挥，以浇心中块垒。

1942 年 5 月，因战争蜗居常州的浦江清欲回已迁往昆明的清华大学授课，提心吊胆地踏上了西行之路。常州时为日人盘踞，属于清乡区，出城或远行须出示县民证和特别旅行证。这趟旅行自始就堪称惊险无比，如偷渡过警戒线一段：

> 午后四时许，要越过警戒线。吴君先上岸，徐行去设法，而藏船于芦苇中（余等之船乃一捉鱼船）。久待吴君不至而有一人来，穿蓑衣笠帽立岸上，谓余舟人曰：可前。遂前。至桥下，桥下有木桩三，加铁丝其上。舟人遂前拔一桩，桥上望风者有四五人之多，船疾摇而过，舟人又回舟将桩放好，以石敲下之。此时间不容发，倘为日哨兵窥见，我侪皆无死所矣。空气甚紧张，祝君尤惊怖。既通过此桥下，复前有八里路，皆须疾摇而过，因恐日哨兵望见也。①

---

① 浦江清《清华园日记·西行日记》，生活·读书·新知三联书店 1999 年，第 141 页。

浦江清等人龟缩舟中，屏息不语，船行数十里后才脱险进入自由区。由于中日战事方酣，浦江清忧心炮火及身，路上非常紧张，到安徽屯溪时旅费所剩无几，与地方军政首领商议借款无果后，他不得不中途逗留，发电报到昆明向主持校务的梅贻琦、冯友兰求救，要求电汇旅费。从6月15日至9月1日，浦江清等无奈困守屯溪。期间，所住招待所为水所淹，被迫另租民房居住，为了节省开支只能自己开火做饭。后来他辗转江西、福建，再经江西进入广东、广西、贵州，到达云南，费时177天，经历了始料未及的艰难。在途中他亲见了民族遭遇的苦难，大量城市乡村被焚毁，无数平民遭到伤害，见识了掌权者的傲慢自大和趁机发国难财的龌龊行为，他无心观赏祖国的大好河山，总为自己和国家的命运焦虑不安。

这些关涉迁徙、流亡的日记笼罩着莫名的恐惧感或虚无感，旅行者在路上要承受巨大的生理和心理挤压，有人付出了健康或生命的代价，而途中遭遇的种种挫折让他们对前方与未来失去信心，造成了沉重的心理负担。比较而言，战后的复归日记洋溢着欢快的气息，胜利归乡总是让人充满期待的，但数年战争导致家国残破，人事亦非，让人充满了浓重的黍离之悲；社会的不安定又让旅程平添了惶恐与忧虑。这在叶圣陶《东归江行日记》中有清晰的体现，1945年12月他与亲友以及开明书店同事雇了两条木船历经47天从重庆航行回到上海，之所以采取这种十分危险的方式是因为“飞机、轮船、汽车都没有我们的份，心头又急于东归，只好放大胆子冒一冒翻船和遭劫的危险”[①]。他们一路上遇到了各种困难，如启程次日棹夫就拿着工资逃走了，如因驾长自恃其能，船只被撞坏，损毁了财物，如须时时提防沿路强盗哄抢钱财，这让他们焦头烂额、疲于应付，旅行前半程基本是在焦灼中度过的，全无“白日放歌须纵酒，青春作伴好还乡”的豪情。叶圣陶途中不时拜访朋友或游览胜迹，但江山已残，熟人多逝，

---

① 《叶圣陶集》第二十一卷，第35页。

见到处处碎瓦颓垣，尽是被战争毁坏的痕迹，而不少同好已经作古，他不免心生悲愤，俯首叹息。

流亡日记与复归日记之外，还有一种更独特，表现了另一种社会现实的战时日记，它们描写了抗日战场、解放区或根据地的军民生活，尽管不乏对民族与民众苦难的展示，但笔调上更加乐观、积极，尽显国人面对劫难的勇气与决心，韧性与坚强。1939 年 6 月，包括团长王礼锡在内共十四名成员的"作家战地访问团"横越川、陕、豫、晋四省，前往抗日前线调查采访，这支"笔游击队"策马扬鞭于战区达半年之久，完成了刊在《抗战文艺》上的集体日记，有人也有私人记录，如王礼锡留下了一部五万字的个人日记《笔征》，充满了对战地军民的关切，对祖国沦陷的痛心和未来的期望。他强调了前往反日最前线的目的：当全国人民正在亲历这伟大的痛苦，亲身参加这伟大的斗争之时，作为中国人的自己必须"去观察，去受难，去斗争"，只有像虔诚的教徒那样"用火去烧，用鞭子去打自己的身躯"，以苦行来赎罪，"才能有颜面来说话，来和一切中国人——受过直接抗战洗礼的中国人立于同等的地位来工作"①。他和访问团团员克服了各种威胁，力行到前方，到战地，到民众中间，开展了系列文化游击工作，如在敌后提高民众的文化水平等。为了全方位宣传抗日，他们既积极书写战区，或为战区写作，又努力搜集材料以供给全中国的作家或后世的作家进行写作，从而不负这个大历史、大场面。访问团最后进了中条山，王礼锡见到了真正的战场，了解了中国官兵和地方民众的精神状态以及为国杀敌的决心，肯定了在苦难中表现出来的民族品格。在行走中，他对祖国的爱越来越深，越来越浓烈，他撰有多首礼赞黄河之诗，其中写道："黄河，是你把敌人隔断？呵，不！千重山、万顷平原，寸寸都属于炎黄子孙，只要有一个中国人，就不能让敌人侵占。//看黄河那边，穿着军装的、或老百姓的蓝布衣裳、在太阳中，风中，

---

① 《王礼锡文集》，新华出版社 1989 年，第 142 页。

雨中，日里，夜里，我们横行无遮挡。黄河北岸的土地，依然寸寸是我们的。”称扬了国人精神脊梁的坚挺和不屈的韧劲。

周立波依循人生轨迹先后撰有四部日记：《战时旅行日记》写了他与史沫特莱等人从潼关渡河至风陵渡北上太原的经历；《战地日记》写了他随军转战晋西北、晋北等地的战场生活；《湘西行》写了他到湘西调查苗民生活、历史和现状的经过；《万里征尘》写了他随王震大军南下创立新根据地的过程。在长途跋涉中，他目睹了各种景象，见识了各种人物，听过了切身故事，感受了人生百态。其中在风陵渡一段令人震撼，一些抗战伤兵躺在黄河岸边潮湿的泥沙上无力的呻吟，数日没有吃饭、换药，无人理会，这让作者悲愤异常，痛斥此为罪恶，毫不怜惜为国流血的功臣，不禁为罹难的破碎国家心忧、祈祷：“你这古老的河山，你看见过中华民族的兴衰，现在也该祝福我们国家民族的复兴的吧。”[①]而到了根据地或解放区，作者笔下的景观顿时明朗、爽亮起来。

总之，即便在歧路与困境中彳亍或颠踬，多数现代作家也不沉湎于一己之私或一家之事，而是心怀故土，为国为民祈福，表现出高洁的品行与美丽的心灵。

银行家陈光甫给《旅游杂志》所作发刊词说道：“足涉全国者，省分之见自消；遍游世界者，国疆之念渐泯。谚云：百闻不若一见，盖旅行不特可以辟眼界，且足以拓思想，其益之大，有如是者。”[②]确实，无论是跨国远足，还是境内漫游都生发了重要的意义，增添了这类新素材的现代作家日记映射出了旅行是如何改变现代知识分子对世界的认知，以及他们如何体验、想象与书写不同的风景与文化的。

---

① 周立波《战时旅行日记》，见乐齐编《现代作家日记》，第521—522页。

② 《旅行杂志》“发刊词”，1927年第1卷第1期。

第五章　抉微与正谬:日记和现代文学、学术研究的拓延

现代作家日记好似储量丰富的史料库,从中挖掘和解读各种信息有着重要的意义,通过对日记史料的甄别、研读和阐释可以生发许多新的洞见,甚至推倒一些原有的、被广为传扬的文学史定论,这也符合学者的判断:“文学史研究与日记研究的融汇,可能会使研究更趋全面、客观,接近研究对象的本真,甚至形成现代文学研究新的生长点,带来已有研究结论的局部改写。”①的确,作家日记在现代文学研究的拓延、深入与纠偏上价值巨大,对现代学术研究也能够起到类似的作用。

第一节　作家日记与现代文学研究

作家研究与作品研究是文学史研究的双翼,前者包括作家的人生行止研究、人际网络研究、文学活动研究、情感心理研究以及创作成就研究;后者包括作品的写作、刊载与出版研究,作品的评价、接受与消费研究以及作品的特色或风格研究,而作家日记能够为这两类研究提供其他史料源无法提供的资讯。

---

①　刘增杰《论现代作家日记的文学史价值——兼析研究中存在的两个问题》,《文史哲》2013年第1期。

一、作家论:活动、事件与形象的多元建构

作家是文学创造的主体,人们总是对其怀有无穷的好奇心:他们是如何生活的?他们是如何或以什么方式参与文学的?他们如何利用"造化之神力"创作出优秀作品的?等等。深入了解他们是解开文学奥秘的锁钥,有助于拓展文学研究。一般而言,研究者乐意从作品的蕴含回望作家的人生向度与心灵嬗变,而从作家日记追踪他们的持守与变化不失为一种更便利的方法,如有学者所言:"包括师陀在内的现代作家书信日记的整理与研究,必将使文学史写作者可以直接获取大量有关创作主体的丰富信息,更好地把握创作主体的精神脉动,进而加深理解其创作路向,创作风貌形成的内在动因。"[①]无疑,以私人叙事为纲的文学史料,如日记、书信和自传等就为剖析作家的方方面面提供了直接有力的论据。

(一) 日记与现代作家文学活动研究

文学研究的对象到底是什么?这是存在争议的问题,有人认为是文学作品或使文学作品得以存在的内在秉性,但这无法从实践角度解决问题,于是有人提出文学研究的对象是文学活动:"人类之所以有文学这种精神产品,首先在于有存在着作为人类精神活动的文学活动存在。没有文学活动,也就不可能有文学这种精神现象,也就不可能有文学作品的存在:没有文学作品,也就没有文学的理解和研究。文学作为文学,就在于人类有一种特有的精神活动——文学活动存在。所以,文学理论对文学研究就不应该仅仅局限于文学是什么这个问题上,不能满足于文学作品本身的平面的静态的理解。"[②]有学者直接表明文学研究应该把对文学活动的追问作为根本问题,

---

① 刘增杰《论师陀书信日记的文学史价值》,《中国现代文学研究丛刊》2005 年第 3 期。

② 李衍柱《文学理想与文学活动》,人民出版社 2013 年,第 275 页。

促成思维方式的改变,那么在研究中的提问方式就不会停留在“是什么”,而是转入“文学活动何以可能”和“文学活动是怎么样的”,前者促使我们去认识关涉文学诸问题的具体语境,后者推动我们采取新的方式去描述这些过程或语境的特点和变化[①]。作家是文学活动最关键的一维,他与世界、作品和读者密切关联,因此研究作家的活动极为关键,而作家的活动是多样的,如前面谈到的社团活动、阅读行为以及后面要涉及的写作和批评活动,本节主要谈论存在于日记里的作家们的文学交互行为。作为特定的社会产物,作家有独特的交往网络,他们的交际或交集会产生相应的效果与影响。在研究作家的交往活动时,学者解志熙提出了两个颇具启发性的问题:一、除了成为掌故谈资,文学上的互动行为是否具有严肃的文学史意义?二、文学史研究的真正对象与中心任务是对作家及文本作孤立封闭的纯文学解读或话语化批评,还是对曾经存在的文学活动作实事求是的具体分析[②]?这种提问是十分有意义的,因为尽管研究者注意到了那些丰富的文学互动行为,但秉持的姿态难言合理,或将其认为资为谈助的点缀,给文学史研究添了一点乐趣,或将其视作资为考证的材料,拿来填实文学史的罅隙,即研究者侧重于关注“物”,习惯从客体出发作单向探索或静态探究,忽视了挖掘主体之间的交互行为,遗忘了“人”或“人与人”的维度。

依据日记探讨现代作家交互行为的研究成果已经甚夥,但类似研究依然可以更广泛地展开,如从吴宓日记可以探究吴宓与胡适,与朱自清,与朱光潜,与陈铨,与林语堂,与洪深,与滕固,与袁昌英,与苏雪林,与钱钟书,与胡先骕,与浦江清,与穆旦,与程千帆,与刘永济,与凌宴池,与李沧萍等人的关系;从胡适日记可以探究胡适与徐

---

① 马大康《文学活动论》,浙江大学出版社 2012 年,第 21 页。

② 解志熙《相濡以沫在战时——现代文学互动行为及其意义例释》,《新文学史料》2011 年第 3 期。

志摩，与鲁迅，与周作人，与钱玄同，与刘半农，与陈梦家，与苏雪林，与陈西滢，与凌淑华，与沈从文，与郭沫若，与郁达夫，与林徽因等人的关系；从萧军日记可以探究萧军与胡乔木，与艾思奇，与丁玲，与艾青，与周扬，与胡风，与罗烽，与白朗，与舒群，与欧阳山，与张仃，与张庚，与刘雪苇，与李又然，与萧红，与萧三，与吴伯箫，与周文，与雷加等人的关系。从叶圣陶、朱自清、季羡林、常任侠、吴芳吉、郑振铎、叶紫等人日记都可以展开同类研究。日记里的往还记录并非你来我往的简单应酬，或觥筹交错的俗气会聚，而是附着了大量关键的文学信息，如从吴宓与梅光迪的交往行为中可以看出"学衡派"这个略显保守的文学、思想共同体是如何形成的，如何向文学革命派发难，最终为何因矛盾而解体的；从萧军与周扬的交往行为可以知晓延安文学话语权正统性的争斗是如何出现的，过程如何，丁玲、萧军为何最终处于下风，最后导致了什么结果；从钱玄同与蔡元培、周作人的交往行为可以了解北大在新文化运动中充当的角色，这种地位是如何形成的，《新青年》杂志是如何运作的；从陈君葆与许地山的交往可以知晓日军侵华前后香港的文学创作、文化活动状况，日本人是如何推行文化奴化政策的，夹缝中的中国文化人是如何应对的，等等，这对挖掘、厘清和纠正当前的一些文学史叙述或定论有重要的意义。

除了作家之间，作家与其他领域学者、专家的交互行为同样重要，如陈寅恪与吴宓，蔡元培与胡适，张元济与郑振铎，章太炎与钱玄同，毛泽东与萧军等，前者对后者有着巨大的影响力，甚至改变了后者的文学道路或思想走向。而文学交互行为也发生在个人与社团，或社团与社团，或中国作家与外国作家之间。此外，现代作家往往有多重身份，如担任编辑，许多文学行为又是围绕报纸杂志出现的。吴宓先后编了《学衡》《大公报・文学副刊》《武汉日报・文学副刊》等，通过这些刊物与一批作家、学者和文艺青年建立了朋友圈，常相与交流文学创作或文化观念，既有与圈内友人的同气相求，也有与新文学家，如与朱自清因为选稿而产生的矛盾。在延安初期，萧军主编了《文艺月报》，并利用这个园地与周扬、萧三等展开论辩，揭示了延安文人圈的现状。鲁迅、周作人、钱玄同、林语堂、叶圣陶等都借助刊物拓宽了文学活动范围。无疑，提取、整理这些交互行为有利于明晰与作家的思想，作品的创作、生产相关的信息，夯实研究的深度。

总体上，研究者往往不太聚焦在文学活动或文学行为上，而是忙于解读作品，作静态的观照与孤立的分析，似乎文学是纯乎自律的。其实，附着在纸上，传之后人的文学文本不过文学领域的部分痕迹，要领悟、解读它们的意义也须回到原点，重新定义和认识文学活动或文学行为，如学者解志熙所言："无非是要重新确认这样一个显而易见的事实，即人类的'文学活动'当真是一种行为，一种活动，而且是一种最具主体性的实存行为。确认这一点，那些曾经困扰我们的许多高深问题就有了比较明了的意味。即就作为创作主体的作家而论，其文学创作行为当然不可能只是纯粹的不及人，不及社会的虚构与想象，但也绝不是时代社会背景之简单的反映和被动的反应，而是他们对其身内和身外种种问题的发之自觉的应对、有所企图的行为、预谋了效果的活动——当然是以文学特有的方式。"[①]在文学作品之外，作家的文学活动或彼此之间的互动行为同样葆有显明的文学史意义，作家日记自然就应该得到重视了。

（二）日记与文学事件的多维或微观呈现

德勒兹、齐泽克等从哲学层面深入讨论过的"事件"深刻影响了大众与文学的关系，而对"文学事件"的理论剖析带来了认识和解读文学的新视角、新立场和新方法。文学事件是文学史的重要构成，它们或直接或曲折地影响了文学的语言规范、文体形式、文风格调和人员关系等，从事件视角的路径可以窥见现代文学史的复杂变迁。历史已然证明，当事人在进行历史叙事时会因不同的身份、立场或角色

① 解志熙《相濡以沫在战时——现代文学互动行为及其意义例释》。

设定采取不同的叙事策略,只关注某一个人或某一流派、某一群体的叙述难于捕获真相,信息源的残缺必然遮蔽真实的历史,学者桑兵点明过这种局限性:“即使每个当事人都能如实完整地记录耳闻目睹的全部事实,也只能反映其有限的所见所闻;即使不同的当事人同样经历了事件的全过程,关于事实的记录也必然还是千差万别。因此,只能说就他所知所记的情形大概如此,而不能断言事实的全部本相就是或只是如此。加上当事人或亲历者与史事之间千丝万缕的利害关系,因而关于事件的描述各说各话甚至彼此抵牾的罗生门现象比比皆是。”[①]这也是现代文学研究经常出现的毛病,不少论著在叙述文学事件及其影响时仅以简单的定性描述一笔带过,忽视了其复杂性,无视要辨明文学事件及其生发的效应,以及多维视角的介入等至关重要的事实。如关于“新文学运动”,一般认为它是合进化论的,必然的,也是正义的,天然得到了文化人或青年学子的普遍拥护与认同,后世文学史也遵循了这样的叙事逻辑。事实却非如此,如胡适日记就详细记述了 1916 年和 1917 年他在美国与梅光迪、杨杏佛、朱经农、任鸿隽等人的交锋,可见“新文学运动”的艰难起步和在初始阶段遭遇的困境。

胡适的新文学构想可以追溯到 1916 年初,该年 2 月 3 日他致信梅光迪解释何谓“要须作诗如作文”,批评当时文学的弊病在于“有文无质”,主张从言之有物、讲究文法、用“文之文字”三方面予于救拯。同日,他寄信陈独秀,指出创造新文学宜从输入欧西名著入手,有所取法、有所观摩才能有所创造,而引入西学须注意两点:自律,避免失真;先译与国人心理接近的作品,便于领会[②]。胡适对中国文学史上的几次革命作过总结,强调只有以俚语为基础的文学才有生命力,才是“活的文学”,才达到了言文一致的要求,宋人语录,元人杂剧院本、

① 桑兵《治学的门径与取法——晚清民国研究的史料与史学》,第 82 页。

② 《胡适留学日记》(下),第 485—486 页。

章回小说就是极好的例子。他为此填词《沁园春》，其中下阕云："文章革命何疑！且准备搴旗作健儿。要前空千古，下开百世，收他臭腐，还我神奇。为大中华，造新文学，此业吾曹欲让谁？诗材料，有簇新世界，供我驱驰。"显示了开一代文风的野心和睥睨之气，他欲图祛除陈旧、炼就新调。胡适批评过我国文学的三大病症："无病呻吟""摹仿古人""言之无物"，并以此自诫；他比较了白话文与文言文两种语言的优劣，认为前者优美适用，是活的语言，可以产生第一流的文学作品，而后者是半死的文字，在读、听、歌、讲、记各方面均有缺陷，因此主张用白话文进行创作。当他见到杨杏佛、赵元任所作白话诗，听闻任鸿隽打算以白话演讲，十分欣喜①。胡适追记过与梅光迪的谈话，强调无论是选择功利主义的文学观，还是承继托尔斯泰的余绪，只要对中国文学有所裨益均可采纳；文学不应是小众的游戏，须向最大多数的国人普及；文学具备助益世道人心的功能，应当重视②。是年7月，胡适与友人，尤其是与梅光迪的争论达到白热化。胡适与任鸿隽就任氏的《泛湖即事诗》来回谈论，梅光迪见到胡适所提的意见不以为然，致函批评其所谓以"活字入文"的方法并无新意，指出要推行文学革命必须谨慎，要在先精心研究本国文字的基础上再来讨论改革；使用新字不能过于仓促，必须在美学层面先行锤炼，而非仅仅用俗语或白话文取而代之③。玩兴大发的胡适作了《答梅觐庄——白话诗》五首，以幽默、嘲讽的语气调侃了梅氏一番，梅氏去信贬斥胡诗为莲花落，批驳他"喜诡立名字，号召众徒，以炫骇世人之耳目"④，不过是为博得名士头衔。任鸿隽认为胡适的诗歌实验完全失败，文学革命不能局限于文白之争，而要倡导"高美芳洁"的文学。

---

① 《胡适留学日记》(下)，第530—532页。

② 《胡适留学日记》(下)，第538页。

③ 《胡适留学日记》(下)，第550—551页。

④ 《胡适留学日记》(下)，第551页。

朱经农批评白话诗无甚可取,近似打油。胡适一一回信并进行自辩。经过多番较量、来回辩论,他形成了比较成熟的文学观。不久,他提出“文学革命八条件”,主张从精神(内容)上“不作无病呻吟”“不摹仿古人”“须言之有物”,从形式上“不用典”“不用陈套语”“不讲对仗”“不避俗字俗语(不嫌以白话作诗词)”“须讲求文法”八方面锻造新文学,这就是《文学改良刍议》“八事”的前导。在构建理论体系的同时,他积极尝试,有意识地以白话入诗,凭借自己以及有共同理念的其他作家的创作逐渐奠定了白话诗的历史地位。

1916 年 1 月,新文化运动活跃分子钱玄同对学术界仍在“沾沾焉寻瘢索垢,订经传之训诂,言春秋名字之解诂,不求通经”[①],只作刓改、增减与诠释的风气表示不满,斥之为无用之学,有了改革的想法,并开始关注、阅读《新青年》。次年,他在与沈尹默谈论时指出陈独秀、胡适倡导的文学改良可为中国文学界开新纪元,不过被忽视的应用文字也应当改革。他认为应用文之弊始于韩愈、柳宗元,延至八股文兴起和桐城文脉风行之后,“文章一道遂至混沌”。他试图在历史中寻找新的理论资源和写作范例,终而指向了宋明语录:“晚唐以后,至于今日,其间能撇去此等申申夭夭之丑文字者,惟宋明先哲之语录耳。今日欲图改良,首须与文学之文划清,不可存丝毫美术之观念,而古人文字之疵病,虽见于六艺者,亦不当效。”[②]他的改革思路渐渐与胡适达成共识,他认为胡氏关于字句、符号的见解远超陈腐的黄侃。钱玄同注重创新,在对近代几位文章大家作评鉴时认为吴趼人、李伯元在文学价值上超过吴汝纶;就应用文而言,虽然梁启超的文字被人讥讽为“东瀛文体”,吴稚晖“诙谐百出,无论若何俚俗之语皆可入文”,但二人的文字都比吴汝纶“有用”,他们不以“腐臭语装点

---

① 《钱玄同日记・上》,第 283 页。

② 《钱玄同日记・上》,第 296 页。

门面"[①]。他反对因袭，认为古代文学中的美文或有价值的篇章，体裁琢句绝不因袭前人，"若如近世所谓桐城派之文，江西派之诗，不特无一顾之价值，偶一见之，直欲令人作三日呕，文学云乎哉！"[②]与胡适相比，他的白话文倾向更加彻底，甚至批评《尝试集》"太文"了，他指出白话诗不该限于五、七言，应该免除束缚，普及到更多的文体上，更自由一些。实际上，他是主张文言、白话混用的，虽然白话文相对经济，也不能将文言与白话对立，国语文学也可采用古文和方言、外来语[③]。他对中西文化持会通之说，强调"宜多求域外智识，以与本国参照""域外智识愈丰富者，其对本国学问之观察愈见精美"[④]，认为这才是昌明本国学术的必经之道。

吴宓贬斥"文学革命派"摭拾了过时的西方文艺思潮，指出对异域理念的表层化吸收和错位式的引入无法解决中国文学存在的问题，反而会导致中国文学的堕落。发表这些见解时，新文学在国内已是既成事实，因此他更多是事后攻击。吴宓批判了《新潮》等杂志，认为不过是一群无知狂徒妖言煽惑，其学说耸人听闻，淆乱人心，最终将贻害邦家，"又其妄言'白话文学'，少年学子，纷纷向风。于是文学益将堕落，黑白颠倒，良莠不别。弃珠玉而美粪土，流潮所趋，莫或能挽"[⑤]。他指出谬鄙的白话文学不值通人一笑，本来无须多加争辩，"妄谈"白话文学之人其实知晓西方的真实情形，却为了邀名而不顾世道人心，他攻击新文学为"乱国之文学""土匪文学"[⑥]。在美国学习时，他未将对新人文主义兴趣浓厚的林语堂视作同道，就是因为林

---

① 《钱玄同日记·上》，第 304 页。

② 《钱玄同日记·上》，第 305 页。

③ 《钱玄同日记·上》，第 356 页。

④ 《钱玄同日记·上》，第 303 页。

⑤ 《吴宓日记》第二册，第 91 页。

⑥ 《吴宓日记》第二册，第 114—115 页。

氏经常鼓吹新文学,令其扫兴。吴宓自此暗许志愿,要自办报纸与胡适、陈独秀之流鏖战,以挽救国人的反常心理和破坏举动。

创立过有民谣风格,近似白话的"白屋体"诗歌的吴芳吉无情地攻击过新文化运动的鼓吹者和践行者。他批判新文化运动徒有虚名,如涉及范围过窄:"所谓文化运动之意,只限于杂志报章一途,恍如惟办报纸杂志者为文化运动,其余都配不上。而杂志报章中间,又惟应用白话者乃为文化运动,其余也配不上。"①他指责新文化运动与十六七世纪欧洲的文艺复兴运动相去甚远,差别巨大,后者刷新了人们在政治、经济、社会、家庭、宗教和学术各个层面的认识,而中国为了白话文的问题就争论了数年,其他方面无一付诸实际,因此中国新文化运动至多只能称作"白话运动"。他多次谩骂陈独秀、胡适,认为陈氏乃"毫无知识之流氓",听闻陈氏到中国公学讲演,他计划在席上予于痛骂;胡适"比较稍高,然亦技止此耳"②。他自视为文学革命健将,也有自己的文学建设理论,如认为文言、白话都不该偏废:"白话长于写情,文言长于写景。因为白话写情,有亲切细腻之美。文言写景,有神韵和偕之致。各有其长,莫能左右。若用文言写情,不流于古则流于腐。若用白话写景,不失之蔓则失之俗。"③因此,他倡导"旧格式运新精神"与"新格式运旧精神"的结合。他认为作诗妙诀在于"新""真""仁""神",只有遵从这几个标准的诗才能传之久远,才算"中国新文学界正宗";而好的文学当在"不雅不俗,不新不旧,不中不西,不激不随之间"④。

通过以上陈述,大致知晓了同时期不同背景的作家对"新文学运动"的不同态度,文学事件的多维呈现冲击了文学史单调、刻板的叙

---

① 《吴芳吉全集》(下)卷五,第1258页。
② 《吴芳吉全集》(下)卷五,第1259页。
③ 《吴芳吉全集》(下)卷五,第1235页。
④ 《吴芳吉全集》(下)卷五,第1236页。

述，有助于全方位、多视点地接近现代文学，不同叙述形成的混合多声部让读者更接近原真史实。

除了多维度呈现，微观记述也能起到类似的功能，以延安文艺座谈会为例，可以追问的问题很多，如为何提议召开会议？何人召集、主持的？哪些人参加了？每个人表达了什么意见？会场气氛如何？毛泽东或其他军政领导是什么态度？会议达成了什么共识？这些共识得以推行了吗？在推行中产生了什么问题？等等。这在萧军日记中或有记载，待到萧三、丁玲等人日记面世后，更多的故事将会浮现。关于第一次文代会同样如此，夏衍、胡风、阿英、王林等人日记对会议议程、参与人员、讲话记录以及现场氛围等有详细的记录，散布着无数具体的文学细节。众所周知，细节往往能够呈现出事件本来的复杂性，减少概念化的误判和统论式的疏漏。假如将这些内容纳入文学史研究，文学史的书写与叙述将会更贴近并吸引普通读者，因为高头讲章造成的那种距离感消失了，这也正是匈牙利历史学家伊斯特万·兹雅托所提出的关于理想史学著作的要求："它能够以其趣味性吸引读者；它传递了活生生的经验；它既立足于现实的基础之上，又通过聚焦事件、人物或社区而发散开去。"①

（三）日记与现代作家形象的完形

在多数现代文学史或相关论著中，作家形象大多是制式化的，在约定俗成的话语体系中显得单薄、僵化。细究之，这种描述存在缺陷，并非说是错误的或虚假的，但起码是片状的、扁平的、非立体的。未使用作家日记作为关键的史料就是出现纰漏的重要原因之一，放弃了这些史料也就回避了某些历史的真实。日记史料对作家形象的塑造至少可以起到两种功能：一、提供平常不大为人提及或注意的另一面向。譬如被认作最伟大的思想家、斗士的鲁迅左冲右突，对敌人一个也不放过，一副"横眉冷对千夫指"的孤傲形象，但日记里的他

---

①　周兵《微观史学与新文化史》。

却是着意于柴米油盐，喜欢看电影、下馆子、弄幼子的俗人，絮絮叨叨地记录每天的款项进出及其他琐事，如同喜欢议论家长里短的老太太。试拈两段为例：

> 二十一日　昙。午后寄小峰信。下午得内山嘉吉君信，并成城学园五年生桔林信太木刻一幅。得钦文信，二日发。得崔万秋信。买《西域南蛮美术东渐史》一本，价五元。决定居于大陆新村，付房钱四十五两，付煤气押柜泉廿，付水道押柜泉四十。夜雨且雾。
>
> 二十三日　晴。午后得母亲信，附与三弟笺。得罗清桢信并木刻一帧。得钦文信。得烈文信，即复，附稿一。得金帆信，即复。得陶亢德信，即复。得胡今虚信。得胡民大信。下午须藤先生来为海婴诊。得沉钟社所寄《沉钟》半月刊(十三至二十五)共十三本。得MK木刻研究社木刻九幅，共泉一元三角，十六日所选购。晚为海婴买陀罗二个，木工道具一匣，共泉二元五角。在知味观设宴，请福民医院院长及吉田、高桥二君，会计古屋君夜饭，谢其治愈协和次子也，并邀高山、高桥及内山君，共八人。①

思想史、文学史对鲁迅的评价均是高扬的，作为现代中国的民族魂，他超前于民族和时代，以人类终极命运为关注要点，难免给人一种寂寞孤高的感受，而上面的庸常记录还原了他作为普通人的本性，莫名生出一种亲近感。

大家对徐志摩的印象不过是吟风弄月的潇洒文人，由康桥恋歌，《爱眉小札》折射出来的清新才子，但他也有疾言厉色的一面，如在1911年关注过革命："今阅报章悉革命军已败，不禁为我义气之同胞

---

① 《鲁迅日记》第二册，第367、404页。

哭,为全国同胞哭,痛羽翼之已成,而中道摧阻,是天不使吾汉族伸气也。夫何言,吾惟愿有血性、有义气之同胞,奋其神武,灭彼胡儿,则中国庶几乎有称雄世界之一日矣。"①他抄录了岳飞《满江红》以示心境,并填词数阙:"进进进,家破国亡不堪问,生斯世兮男儿幸,手执大刀兮,誓将敌杀尽,尽尽尽,也难消扬州十日、嘉定屠城恨,进进进。//追追追,血溅战衣金刀挥,头可断兮决不归。誓将锦绣江山一鼓夺回,追追追。//死死死,不死疆场男儿耻,抛却美妻与爱子,披衣上马去如矢,不得自由毋宁死,死死死。"他受孙中山、章太炎等人所倡导的"驱除鞑虏"观念的影响,呼吁推翻腐败的清政权,有一种蓬勃欲发的青春之气和壮心之思。单从词句来看,可能没有多少读者会将这种文字与他联系起来。在"五四"时期,徐志摩与爱国青年同惊惧、共思考,当他 5 月 2 日得知巴黎和会决定青岛由日本承袭,中国的要求与希望破灭,顿觉"一团闷气愤愤何似"②。6 月 22 日,他在美国参与了学生夏令会,试图借此唤起同人对国内局势的关注:"五月四日以来全国蜂起情事。国内学生已结有极坚固、极致密之全国学生联合会,专诚援盾外交、鼓吹民气,一面提倡国货抵制敌货。吾属在美同学要当有所表示,此职任所在不容含糊过去也。"③因此,学者段怀清指出,阅读徐志摩二三十年代以后的作品,会认为他是"一个纯粹的文学家、一个耽溺于所谓'爱、自由和美'的'单纯信仰'的个人主义者,一个沉浸在个人虚幻的精神追求与享受、完全不顾民族危亡和社会沉沦的放浪文人",但读过《府中日记》《留美日记》后则感觉他"更像是一个愤世嫉俗、嫉恶如仇的热血青年,一个有家国情怀和政治抱负的莘莘学子,一个对近代以降中华民族的遭遇和困境有着切身痛

---

① 《徐志摩全集》第五卷,第 183 页。

② 《徐志摩全集》第五卷,第 225 页。

③ 《徐志摩全集》第五卷,第 226 页。

楚感受的爱国者”[1]。

胡适总以温柔敦厚、乐于助人的形象出现，世间亦有“我的朋友胡适之”之说流传，但日记里的他不时显露狂狷之气。在指点政治、社会现象和前辈或同时代的作家、作品时毫不容情，如对梁启超、王国维、陈寅恪等不无微词，对梅光迪、曹禺等极尽讥嘲之能事，又如论吴宓主持的《大公报·文学副刊》：“此是‘学衡’一般人的余孽，其实不成个东西。甚至于登载吴宓自己的烂诗，叫人作恶心！”[2]竟然口出恶语，不免失之厚道。

再如前面提及的柔石、萧军。柔石名列“左联五烈士”之中，在文学史和中小学教材中均以革命者形象出现，俨然一位为民众走上街头、不惜献身的刚烈之士，但通读其日记可以看出，柔石内心娇柔、细腻、敏感，甚至懦弱、颓废，整天陷入悲观的内心世界无法自拔。萧军也是以战士形象面世的，他反抗专制、蔑视压迫、快意恩仇，显得野性十足、英气勃发，但日记里的他又极其自恋，喜欢说大话、空话，总是神经兮兮，不近情理；与身边之人屡屡产生矛盾，关系僵化，给他人形成巨大的压力；既主张解放女性，又歧视女性。显然，日记将作家私下不为人知或者难为人知的秉性表露无遗，这也是塑造作家形象不容忽视的重要组成，只有持就多维视角，作家形象的多样化、复杂性才能表现出来。

二、强化了作家的某种特质。从钱玄同与刘半农炮制的“双簧信事件”可以了解钱氏长于戏谑，喜骂人、善骂人，甚至不免恶毒。他的日记确证了这点，如他称扬了吴稚晖后转而贬低其师吴汝纶：“总之，搭起架子作无病呻吟之丑文，犹欲老老脸皮向人道：‘我之文中某句，神似昌黎，某句脱胎六一。’是何异东施捧心效颦，而觅薄子告曰：‘吾之肤肖西子如凝脂也，吾之手肖西子之如柔荑也。’丑态百出，令

---

① 段怀清《徐志摩未刊日记》，香港《大公报》2006年8月11日。

② 《胡适日记全编6》，第267页。

人肉麻,今之桐城派人何以异是!”[①]读后令人捧腹。又如他骂鲁迅:“购得鲁迅之《三闲集》和《二心集》,躺床上阅之,实在感到他的无聊、无赖、无耻。”[②]另外,刘师培、黄侃、吴承仕、杨荫榆等均被他言语攻击过。郁达夫给人的滥情印象,在日记里也能够得到佐证。

无疑,要全面、客观地描刻出作家的真实面貌,就不能执于一端、囿于一隅,而必须将他在公共空间的所作所为和在日记、书信等私人性史料里的现身说法结合起来。

二、作品论:文本的生成与“私语批评”

对作品的认知与解读是见仁见智的行为,不同教育背景、地域身份或理论素养的接受者即便面对同一作品也会生发不同的读解,得出不同的结论,但假如有同时期资料的佐证可以理解和阐释得更加透辟与精深。作家日记包含无数涉及现代文学作品的信息,能为作品研究提供有力的史料支持。

(一) 日记与现代作品的写作和生产

文学作品的研究面向广泛,除了从文本出发探究内容与形式,作思想价值的辨析与文体美学的鉴赏,也可以从作者回忆或日记记录梳理其写作过程、生产语境或创作中的调整或反思。如小说《蜃楼》的创作概况在郁达夫日记中就有持续地记载:1927 年 1 月 10 日,他提到数月内要作成的三篇小说:《蜃楼》《她是一个弱女子》《春潮》。1928 年 2 月 12 日,他谈到要赶作《蜃楼》《春潮》。1929 年 9 月 8 日,1930 年 3 月 3 日他谈起想作这部小说。1930 年 6 月 6 日他购入歌德的 Ausgewahlte Werke,计划重读 Wilhelm Meister 以便写完《蜃楼》。1931 年 3 月至 5 月,作品在上海《青年界》杂志连载。可见,该小说从构思到成型持续了四年多时间,且闪现着《威廉・麦斯特》的

① 《钱玄同日记・上》,第 304 页。

② 《钱玄同日记・中》,第 889 页。

影子,在解读它时,我们就有了清晰的背景知识。

二十世纪三十年代末,江苏盐阜境内发生海啸,阜宁县县长宋乃德率领民众建起捍海大堤护佑大家的生命财产,所筑工事时称宋公堤,事迹长年传颂引起了阿英的关注。据其 1942 年 7 月 23 日日记:"晨,就场中读《新华报》,有于岩《宋公堤》特写一篇,详述阜东筑堤经过,不仅艰苦,且极富于戏剧性;显示我军除对敌伪残酷斗争外,对自然斗争,亦在无限迫害中开展。颇思设法一阅此次建筑海堤之全部档案,并至阜东考察,并详为访问主要当事人,期能成一大剧本。"① 这促发了他的创作欲望,有了撰写剧本《宋公堤》的计划,并得到陈毅的认可。7 月底,他仔细琢磨剧本,提炼了主题:党的伟大不仅体现在抵抗敌伪顽和封建、资产阶级势力,还体现在为了民众利益积极与大自然做斗争。8 月 4 日,他决定赶写剧本以便在次月参政大会上演出,同时去函宋乃德希望获得相关材料。他 8 月 25 日携带陈毅所写的介绍信前往阜宁行政公署,"说明余之此行,主要者为二事,一为搜集《宋公堤》材料,二为沿途访书。宋主任为谈筑堤事直至午饭时,当约定彼明日将档案、筑堤日记等全部调来。亦有数当事人可面谈。就宋所述,其戏剧性实过于于岩同志一文所述者"②。这次会面收获颇丰,宋氏讲述了修堤的艰难曲折和诸多感动人、震撼人的细节。月底,宋乃德送来筑堤卷宗和工程图表。9 月,阿英再次前往考察,他的日记《东坎游踪》序言记有行程:"余以搜辑《宋公堤》一剧材料,于 9 月 3 日前往阜东。当日抵达盐阜区行政公署,接洽一切关系,访问当事人物。翌日晨,遂往东坎。在坎遇病、遇雨。留住一周,始将海堤访问、藏书访问两工作结束。……归后情况甚紧,次午遂往岔头行署,继续访问未尽之《宋公堤》材料。"③阿英查阅、摘抄了《阜宁县

① 《阿英日记》,第 113 页。
② 《阿英日记》,第 154 页。
③ 《阿英日记》,第 166 页。

志》，又与宋氏晤谈，详知了筑堤前后经过，细腻琐屑，极富戏剧性，“较之上次半日拉杂漫谈，其所得乃又更多。记其纲要，达三四页。合全日之访问、谈话，《宋公堤》之素材，可谓已大体臻于完备。”[①]他到东坎采访了多位当事人，回到行政公署后又与宋乃德交谈数次。随着资料日益丰富，阿英整理出了《海啸诗抄》《宋公堤札记》，年底完成资料工作。次年，他创作的近两万字的纪实文学作品《苏北伟大的水利工程建设——宋公堤》在《新知识》杂志刊载，产生了巨大的反响。

萧军直接将1944年9月至12月的日记称作“创作笔记”，录述了每天的创作计划、思路和写作中的欢欣困惑。是年9月，他开始构思《七月的白洋淀》，本月21日设定了故事的发生时间、人物、主题和风格：放弃了原本要使用轻快的文句的想法，转而依然采取较为沉重的文句，以求给读者深刻、严肃而有力的感受。22日他调整了人物设定，打算赋予作品夸大的、鲜明的和英雄式的色彩，让人物比现实更高、更美。次日，他初拟了白氏家族的主要人物，从年龄、身份、外貌、性格特征等方面完成角色的塑造，主张真实，不夸大也不缩小；又设计了人物的初步行动和早期革命活动，介绍了共产党的政策方针。27日他再次强调主题是“争取民主，合理的就要拥护它”，次日又构思了一些新人物。10月7日，萧军论及作品的写作技巧，力争运用“1. 线的或空气的透视研究。2. 解剖的研究——静或动的裸体。3. 探索有生或无生的对象中的细小事实。4. 以上是绘画技术研究原则，也可应用于文学写作上”[②]。10日他勾勒了白氏父子的人生轨迹，编写了白氏家族成员反抗土豪的事件；16日他创作了《白洋淀小调》一首；17日他决定将作品改名为《人民——在战斗着》；18日，历经6次修改的开头部分写就，他决定接着描写白洋淀的形象、色彩和

① 《阿英日记》，第169页。

② 《萧军全集》卷十九，第557页。

白氏父子的出场景象。10月20日，他反思了自己的写作风格，计划用最擅长的方式继续："这书虽然开端了，写了约两千字，但在形式上我又发生了动摇，就是：还是以一种短小的，明快的，通俗的，新闻纸式的，小故事式的，小调民歌式的，漫插画、速写画式的形式把原有的题材，故事加一番配置、美化来写作呢，还是采取一种交响曲式的，油画式的，完整体系的小说形式把它写出来呢？无疑前者是当前政治上宣传所欢迎需要的，也比较省力，但这东西是不容易发生深刻的力量，给人以一种理性上的启示，不能够容纳更宽广的思想和感情，随着当天的报纸就消灭了，时效是短促的，不能够留下深刻的印象，这是说述式的。这种短曲的形式又非自己所长，也不愿意制作它。"他最终决定将"交响曲底气氛，形式、结构"与"短曲的朴素，直截的精神、手法"结合起来[①]。10月21日、23日，他增设了一些人物和运动场景。31日他谈到须将各阶层人物的心理状态，各方存在的矛盾和自己对人类前途的认知、看法化入作品，才能使小说免于成为简单的政治宣传品，获得永恒的特质。11月1日，他写了"七七事变"后佟麟阁领导的北京战事。5日他再次确定了小说的主题，决定加入新旧势力的矛盾，个人与集体的矛盾，革命与反革命的矛盾，家庭与抗战的矛盾，党内与党外的矛盾，工人与农民的矛盾，阶级矛盾等重新设计情节的发展[②]。通过梳理，《七月的白洋淀》的创作过程一目了然，为了解作家的创作状态和思维过程提供了鲜活、生动的例证。

确实，日记与文学创作的关系非常密切，有作家将日记当作创作素材储备或作品的雏形。如柔石把1923年11月16日与两个小孩的对话改成了小说《无聊的谈话》；将教妻子如何读书的1924年1月3日日记改成了小说《课妻》；将与妻子谈话的1月14日日记改成了小说《爱的隔膜》，其中前后两篇还收入1925年出版的小说集《疯

① 《萧军全集》卷十九，第561—562页。

② 《萧军全集》卷十九，第562—566页。

人》。1926年,巴金将在沪所写的两三页日记归入小说《灭亡》第十二章,成为主人公杜大心的日记。关于沙汀的日记,学者吴福辉说过:“沙汀的日记带有小说家素材手册的性质,就是契诃夫提倡的生活手记。他记敌后日记是为写贺龙和他的战友们,记下乡日记是为了写农村小说,这是他的创作资料,是纯留给自己日后翻阅用的。”[①]沙汀日记写得细致入微,情节、场面、人物一应俱全,他的部分抗战日记后来改编成了《随军散记》(又名《S将军在前线》或《贺龙》);部分改编成了中篇小说《闯关》。叶紫更是直接声明:“我的日记又是读书笔记,现时杂记,未来感想,过去记忆。所以我总称之为‘材料库’,也就是随时随刻的写作的泉源。”[②]他的日记内容丰富,笔法多样,既有对病痛的折磨、生活的困顿和家庭矛盾的郁闷反映,也有对社会、政治、文学、哲学问题的精深思索,成了研究其生平、创作以及那个时代的“材料库”。

(二)“私语批评”:日记里的另类评论模式

文学批评是对文学作品加以分析、鉴赏、阐释和评判的活动,其模式是多样化的,涵盖社会历史批评、心理批评、形式主义批评、文化批评等。如果从文学批评是否进入公共领域,是否建立起了一种对话机制的角度来看,又可分成“公论”与“私语”两种模式,前者以白纸黑字在公共空间亮相,后者则隐藏于私人记录或谈话之中。总体上,“公论”与“私语”存在三大区别:一、是否形成规范的文字。理论家艾略特说过:“当我说批评时,当然在这里指的是对艺术作品的书面评论和说明。”[③]文学批评是将对作品的感悟加以整理,在一定的理论背景下有根据地讨论其优劣或何以优劣,并与文学史联系起来统一分析,讲究形成书面文字,非口耳相传。二、是否具有公共性。公

---

① 《沙汀日记·前言》,山西教育出版社1998年。

② 叶紫《叶紫日记》,《中国现代文艺资料丛刊》第六辑,第237页。

③ 艾略特《艾略特文学论文集》,百花洲文艺出版社1994年,第65页。

共性是文学批评的基本特征之一,即在公众媒体刊载,并在公共空间被讨论。学者童庆炳指出:“自有文学作品及其传播、消费和接受以来,文学批评就随之产生和发展,并且构成文学理论不可或缺的重要内容和文学活动整体中的一种动力性、引导性和建设性因素,既推动文学创造,影响文学思想和文学理论的发展,又推动文学的传播与接受。”[①]无疑,文学批评要起到推促性、建设性的作用自然要被投放在公共空间,让作者、读者或其他有志于文学批评的人了解并参与其中。三、是否形成了对话机制。学者诺斯洛普·弗莱为批评家为什么必须存在提供的第一个理由是批评家乃“知识的开拓者和文化传统的铸造者”,第二个是“批评可以讲话,而所有艺术都是沉默的”[②]。即作品本身是静默的,不直接对读者讲话,需要批评家发声告诉读者作品的价值何在,这是批评家之于读者的功能。茅盾说过:“一个批评家应当比作家具备更多方面的知识和判断能力,然后才能给予作家以更有效的帮助。”[③]这是批评家之于作者的功能。学者刘若愚对批评家与作者、读者的关系有过综合性的论述:“如果批评家选定作家为出发点,他将倾向于指令性的方法,建议有志于成为作家的人如何写作;如果他选定读者为出发点,他将倾向于描述性的方法,因为只有通过描述他本身的体验和各种感知,他方能指导别人阅读作品。”[④]从以上观点分析,文学批评使批评家与作家,批评家与读者建立了对话关系,或是批评家启发读者理解、分析作品,或是批评家成为作家的指导者、良师益友,甚至是无情的攻击者。私语批评截然不同,它是私人叙事中的隐秘记录,被锁定在私人空间很少公开,无视

① 童庆炳《文学理论教程》,高等教育出版社 2010 年,第 346 页。

② 诺斯洛普·弗莱著,陈慧等译《批评的剖析·论辩式的前言》,百花文艺出版社 2002 年,第 3 页。

③ 茅盾《新的现实和新的任务》,《人民文学》1953 年 11 月。

④ 刘若愚《中国的文学理论》,中州古籍出版社 1986 年,第 14 页。

公共领域的限制，也避免了尖刻或情绪化的言语可能造成的人际交往上的困扰，这就导致了读者群体小，传播范围局限在作者与作者亲属、师生或友朋之间，即便后来公开面世也已经失去了时效性，无法起到监督或指导的功能，这类文字更多的是文学史与思想史的价值。私语批评的产生有其内在动因，人类常常根据现实目的调整自己的交往行为或话语表达，中国人尤其表现出一种“情境中心化”心理，十分在意别人或社会上的看法与评价，也非常在意言说的场合，游移于公共领域与私人领域的现代作家就在不同空间根据需要发出不同的言论。多数时候，这些私语批评与公开刊行文章的论点存在差异，却也不排除某些批评者无视公共空间与私人空间的边界坚持一致的判断与评论。

施蛰存谈到二十世纪三十年代中期文坛的一种现象：受时行小品文的影响，出版商乐于接受日记、书信方面的稿件[①]。其实，它们广受欢迎的原因在于隐私的公开化攫取了读者的好奇心。私语批评的两大载体正是书信与日记，绝大多数书信、日记并未公开，载体的私密性造就了私语批评的与世隔绝状态。日记中的私语批评特色鲜明，“直话直说，文字清爽”，“少有公开发表的评论文字中的俗语套语，言不由衷的敷衍和曲意逢迎”[②]。一般而言，研究者关注的是在报刊或著作中公开露面的论文式或随感式批评，这些文章结构相对完整，篇幅较大，对作家、作品的研究或比较全面，或比较深入。日记中的私语批评则寥寥数语，不成篇章。这种以即兴评点为主要特征的批评依赖的是直觉或形象思维，灵活生动，饶有趣味，读者读后往往生出会心一笑，可惜格局小、体系弱，缺乏学理性的或严密的逻辑

---

① 施蛰存《〈现代作家书简〉二集序》，见陈子善、徐如麒编《施蛰存七十年文选》，上海文艺出版社 1996 年，第 851 页。

② 刘增杰《论现代作家日记的文学史价值——兼析研究中存在的两个问题》。

论证。作为一种即时性的审美反应,它们呈现出的是初始形态的认知与定位,甚至是不成熟的,或非理性的,不过,它们也丰富了对某些作家或作品的认知,显示了批评者的思想状态或心理印迹。本节将以萧军日记为例,看他是如何评价同时代作家、作品的。

萧军认为曹禺的作品存在六大缺陷:“思想是朦胧的”“观点是观念的”“人物是一般类型的”“剧情故事是偶然性的”“摹仿的,非民族的,材料是集纳的,混合的,不统一的,生活是浅薄的,生疏的;没有统一的发展”“没有高级艺术感情使人向上”,他在舞台上的成功只是“A. 利用中国观众文化水准的落后性,不懂戏剧。B. 利用舞台技巧和噱头以及一些不必要的俏皮的对话。C. 利用剧本荒和更高级的东西。总之是中国社会环境成功了它。没有文学价值的剧本仅靠舞台上的一时成功,是不会多久”[①]。这些评论尖锐、直接却非毫无根据,胡适等人也有过相似的陈述。具体到《蜕变》,萧军以为剧本不好看,难于让人进入情境之中;思想变时髦了,手法依旧不成熟,像大堆材料的杂凑;舞台化程度过于严重,与人的关系不密切;戏剧形态太浓,不是真实的人生呈现;经常利用舞台上的“反复”和小阻碍取悦观众;有些地方学《巡按》,有些地方学某些小说,不免杂乱;剧本有好些不近情理的地方,不自然;为了制造戏剧氛围而设计的一些场景与现实生活不符,“那就是说:利用了中国人只凭浅薄的低级的感觉,不用思维的弱点”[②]。他批评曹禺的作品并非在中国的现实土壤中生成的,缺乏现实体验和现实依据,原创元素不多,不过抄袭了西方戏剧的写作模式和人物表现方式,戏剧成色过于明显与外溢,可谓一针见血,敏锐地道出了曹禺剧作的缺陷。

萧军对茅盾其人其文无好感,他对茅盾作品有过整体性评价:有“好的社会意义”和“精细描写的手法”,但缺乏“热力”和“诗底美”。

---

① 《萧军全集》卷十八,第302—303页。

② 《萧军全集》卷十八,第333页。

“他作品最大的缺点是缺乏一种热力——这是艺术最重要的元素——这不容易使人行动！再就是缺乏一种美底意境……这不容易提高人，净化人……”[①]“我想起一些人作品所以不能够长存以及无味，就是缺乏一种诗底美！——以茅盾为例。”[②]他认为原因就是作者过度追求作品的政治宣传效果，认为材料、思想就是一切，忽略了艺术的主要灵魂：美。1942年7月1日，萧军开始阅读《子夜》，并评价作品只让人知晓了一些事实，无法激起人的爱憎之心，无法形成一种行动的，冲击性的，能引发人们情感的力量。“他是平民的，胆怯的，圆到的，倾向的，巧妙的，用暴露和报告事实的手法来写作的。”[③]7月13日，他指出小说塑造了吴荪甫这个失败的民族资产阶级的典型过于定型化和概念化；与王妈的那场梦不自然，不符合人物行为发展的规律性，并声称：“茅盾他是内力不足的，但却想要形成一种大气魄的成功或破灭，因此就显得每个人物缺乏内力，筋疲力竭，只是一种外形的动荡，没有内在的一种潜力使读者感觉。”[④]次日，他读毕《子夜》，与此前不同，这次他作了正面的评价：“作者是剪断两个月中（五六月军事、政治、经济）的事件为径，以民族资本和帝国主义资本战斗为纬，以金融资本与工业资本战斗为次线。吴荪甫代表政治不上轨道民族资本家的命运；赵伯韬则是代表帝国主义资本的势力，也是金融资本的势力。其中也有封建势力底灭亡（吴父）及转化（四妹）帮闲阶级底荒淫无耻、无良等。从此我更明白了现社会，一切是利害，无所谓人性，吴底‘众叛亲离’就是一例，因为他也是从利害为出发点。”[⑤]可见他对《子夜》的阅读体验有个持续变化的过程。不过，

① 《萧军全集》卷十九，第423页。

② 《萧军全集》卷十九，第524页。

③ 《萧军全集》卷十八，第673页。

④ 《萧军全集》卷十八，第679页。

⑤ 《萧军全集》卷十八，第680页。

萧军对茅盾作品的评骘终究以贬为主，如读过《劫后拾遗》后指出原本就觉得茅盾的作品陈腐，毫无艺术气氛，此书同样仅仅写了些愚蠢、丑陋的事情："茅盾是个暴露性，自然主义倾向，市民的作家。他的书除开告诉人一些故事和事件而外，我是没有欲望读第二遍的。作者的人格，感情，思想……全感染不到。"[①]读了《论如何学习文学的民族形式》后，他认为除了作了些历史叙述和简析了几部旧小说，没有深刻警辟的意见，唯一值得称道的就是隐隐地透露了一丝"文艺自由"的主张[②]。

萧军对郭沫若、张天翼、蒋光慈、高长虹、路翎、林语堂、艾青、刘白羽等人及其作品均有评论，且多为差评。如认为郭沫若《甲申三百年祭》除了起到些薄弱的政治讽刺作用，其他并无奇特之处，不过抄来一段历史解释一番，见解繁琐平庸，主题不鲜明，欠缺深度，全书流露出浓烈的、腐败的酸气。他屡屡奚落郭沫若，看了《屈原》后记之后指责其在卖弄才情，酸溜溜地到了可憎的程度，觉得这位自伤薄命的新士大夫越来越肉麻："散步时忽然想到这样两句诗，倒可以赠这一流人：革命投降两自由，果真名士自'风流'！"[③]萧军指认高长虹是僵化了的，毫无才能的书虫，总说一些陈腐的，老生常谈的内容；作为新闻社论家是平庸的，虽然无所不谈却无任何精到之处；其诗与其人一样，近似无味的，干枯的小木棒，因此他为人所抛弃绝不是偶然的，主要在于自己的主观原因[④]。萧军认可张天翼"不分形式，任意创作"的主张，但认为张氏虽然才情奔放，却缺少一种深沉的力量，作品无法深入人心[⑤]。萧军评价路翎《饥饿的郭素娥》的主要毛病在于欧化

① 《萧军全集》卷十九，第 18 页。

② 《萧军全集》卷十九，第 324 页。

③ 《萧军全集》卷十九，第 23 页。

④ 《萧军全集》卷十九，第 15 页。

⑤ 《萧军全集》卷十八，第 388 页。

得太厉害、滥用形容词，叙事冗余拖沓，虽然可以使读者感受到生活上的丑恶，但不明朗、不真切，仅仅使人知道些客观事实；作者懂得要描写什么和怎么描写，懂得用形象去感染人；文学教养差的人不容易接受这部作品，文学教养高的人又觉得它粗劣，但无论如何，总比延安一般文艺青年的作品更简洁和朴素[①]。

相反，萧军敬服朱光潜，读过其著作后生发了给作者写信的冲动，他认为《谈美》是现实主义的，又有印象批评的倾向，与自己的很多观念是相通的。阅读了《给中国青年的二十封信》后，他认为朱氏思想上透彻明敏，是个“不凡俗的人”，左翼文人中找不出这种人物，他指出尽管有人指责朱氏总是“欣赏与旁观”，未投身于改革和战斗之中，却仍然深深刺激了社会上那些庸俗的鉴赏活动以及“无能无知无基础愚昧自用的空头文艺人”[②]。他试图吸收朱氏的文艺观念，如关于“无言之美”“控制之美”“不尽之美”和“模糊朦胧之美”的认识，认为如果能运用到创作之中，可以起到很好的艺术效果。他还从朱氏的文艺观念出发反思自作，认为缺点在于人物轮廓不清，富有戏剧性、音乐性，少了绘画性。

有意思的是，萧军也有大量毫不隐晦、颇为真诚的自评。如认为《八月的乡村》如同海底的浪花，只有一点白色在闪耀，其余的全被埋沉在海底，它是不完整的，甚至恶劣的。但从艺术目的和社会价值分析，没有哪部作品能像它一样达到激动人心与激发人们内心情感的高度，也没有哪部作品能够将情感与社会现实结合得如此严密，“作为一个艺术底结果，它应该毫无愧色底存在，无论谁怎样污蔑或冷视它”[③]。他常将自作与名家作品比较，如认为肖洛霍甫《死敌》缺乏属于文学的，自然的，深沉蓬勃的力量，有种近乎纯说理的毛病，致使整

① 《萧军全集》卷十九，第 150 页。

② 《萧军全集》卷十八，第 362 页。

③ 《萧军全集》卷十八，第 607 页。

个文学画面因浓烈的政治意图而显得干枯,有的地方简单得近乎句号,结尾不自然,故意造成一种悲剧的断面,它不如自己的《羊》《鳏夫》《四条腿的人》那么深刻、生动和自然。他也有深刻的自我批评,如指出《第三代》有不少缺点:不够深刻,人物行为过于简单,没有将更真实的中国人的气氛表现出来;作品的颜色不鲜明,过于理想化与概念化,未做到脚踏实地的如实地描写生活,有的地方甚至画蛇添足似的增加了一些无谓的,罗曼蒂克的感情和描写,导致作品流连于旧趣味[①]。可谓知言。

作为私人性文体,日记异于公开正式发表的文字,或许少了些理性思考,却更真实,更坦诚地暴露心声和直言不讳的臧否。这些毫无顾忌的解读和批评传达了作者真实的阅读体验,反映了作者复杂的人格底色。如吴宓并不因钱钟书、陈铨经常讥讽自己就恶言相向,反而在日记中对二人的文学才华赞不绝口,给他们作品很高的评价,显示出灵魂的真实与坦荡的人格。这种私语批评甚至有一种生命的浸润力,如钱玄同读了汪静之《蕙的风》后说道:"这种少年新诗人的诗,确是一种葱茏清新气象,可羡可妒。彼的第二百页中有《小孩子》一首,我看完了觉得我很不道德,很对不起我的秉充,我实实在在是剥了他的真与善了。我每次回家见到他,因为要引逗他笑,总是给他两个铜子,伊们还要教他鞠躬拜首的谢我,我觉得难受,常常止住伊们,但我自己剥了他的真与善的罪,决不比教他道谢的未减,我真是明于责人,暗于责己了。"[②]他称赞了汪作的新奇,并将阅读感受延伸到了日常生活,在回返现实中反思行为方式的合理与否,借以修身养性和调整生活状态。

作家日记里的私语批评与现代文学批评专著或公开刊行的文章共同构成了现代文学批评的有机内容,许多观点与评价已经被后世

① 《萧军全集》卷十九,第73—74页。

② 《钱玄同日记·上》,第444页。

文学史史家采纳，成为定论，可见其价值之所在，但现代文学史或现代文学批评史并无任何章节或哪位学者有过专门论述，而重新认识私语批评自有重要的意义。

第二节　作家日记与现代学术研究

现代作家日记与现代学术的关系至密，阿英在论日记作为“历史的参考资料”时强调了其学术史功能①，朱光潜等亦非常看重这点。我们大致可以从人和事的角度加以分析：在“人”方面，作家日记或详或略地记述了学者的日常言行、人际交往以及由此映射的思想文化理念等；在“事”方面，作家日记或多或少地记载了学者的研究议题、学术成果和学术批评等。

一、学人交谊录与学者形象的构筑

研究作家的交游价值不菲，讨论学人的交游同样如此。探究学人的迎来送往、聚合离散是介入学术史的重要手段之一，既可以见出个体的生平履迹、修身处事和学术取向等，也能走入历史现场、洞悉学术延续的真相。作家日记可以提供无数值得探究的学人交游录，如胡适与顾颉刚，胡适与俞平伯，胡适与傅斯年，胡适与任鸿隽，胡适与杨杏佛，胡适与赵元任，胡适与李济，胡适与何炳棣，胡适与陈垣，胡适与邓广铭，胡适与周一良，胡适与罗尔纲，吴宓与汤用彤，吴宓与赵紫宸，吴宓与王国维，吴宓与郭沫若，吴宓与萧公权，吴宓与罗常培，吴宓与刘文典，吴宓与刘永济，吴宓与卢前，吴宓与朱光潜，吴宓与冯友兰，朱自清与冯友兰，朱自清与程千帆等，从中能够钩沉、爬梳和归纳出批量与公开刊布之文区别较大的有效学术信息，从人的角度回归现代学术场。这是值得学者持续关注的研究方向。

---

① 钱谦吾《语体日记文作法》，第 13 页。

一般而言,从学术著作感知的学人形象多是刻板固定,乃至于笨拙的,日记记述则是多元生动,非正襟危坐而个性化的。现代学人是中国学术史上特色鲜明的群体,这既体现在跨越古今中西,在融贯中塑造的学术观,也体现在脾性品格的千差万别,或为谦谦君子或兼有古怪、易怒和多疑的性情,作家日记为此提供了鲜活的案例,现代学人的风姿得以饱满地呈现,比如我们可以借此还原陈寅恪的形貌。

陈寅恪先后留学欧美多国,执教过清华、西南联大和燕京等名校,与文坛诸子多有交往,时常出现在作家日记之中。我们从他的言语见出了其博学和开宗立派的大家风范,从他的诗歌见出了其细腻的情感和不屈的灵魂,从他的书信见出了其真挚的相处之道和赤诚的交友情怀,从他的专著见出了其面对历史的睿智和解读传统的深刻领悟力,但这并非全部的陈寅恪,日记提供的其他元素组合起来才是更加完满的形象。经查考,在日记中记述过陈寅恪的有竺可桢、谭延闿、顾颉刚、朱自清、黄际遇、夏承焘、夏鼐、刘节、吴宓、浦江清、石泉、季羡林、胡适、张元济、叶圣陶、邓之诚、杨树达、梅贻琦、郑天挺、容庚、陈君葆、刘半农、毕树棠等。

从吴宓日记可以窥见陈寅恪认知、见解的独有和精到。如关于中西文化的可通约性,他认为国人与法国人性习相近,与美国人相去甚远,与我国最相似的首推古罗马,尤其是在家族制度上均以男人为本。实际上,古今中西的盛衰兴亡、成败利钝处处相符合,上至天理人情,下至文章艺术皆吻合而不抵触[①]。他表示中国古人擅长政治和实践伦理学,讨论道德时重实用、不重虚理,长处在于秉承修齐治平的旨意,短处是只重实事的利害得失,缺乏精深远大的思虑。中国留学生倾向于学工程、实业是希慕富贵、不肯用力问学的表现,实业的根本是科学,不揣其本只能成为下等工匠,如果只重机械、只谋求功利目的,鄙弃作为救国经世根基的精神学问,势必导致人欲横流、

---

① 《吴宓日记》第二册,第58—59页。

道德沦丧[①]。如关于宗教与学术，他指出周公典制是上古文明的精华，但渐次衰微，而在性理之学上独有深造的佛教可以救治中国文化的缺失，却因有不合我国风俗习惯之处一度遭到攻击。延至两宋，学者才求得两全之法，以佛理的精粹注解四书五经，名为阐明古学、实则吸收异说，促成了佛儒合一，宋元文化因而增长元气、别开生面，视宋元为衰世，贬其学术文章卑劣不足道是一种误解。中国人务求实用的文化心理造成了各种宗教理念并行的状态，而西方沉陷于宗教战争，各派势力无法共存，某些留学生提倡"耶教救国"悖理逆情，会造成我国立国精神的沦亡[②]。如关于文化论争，他认为这种现象自古有之，无世不存，程朱、陆王之争并非只是门户之见，程朱如同基督教的正宗，主张以理制欲、克己修省，圣保罗、奥古斯丁、白璧德和穆尔属于这一脉；陆王则是诡辩派、斯多葛派，前者教人磨砺修勤而裨益久远，后者顺水推舟，纵性偷懒，"而群俗常喜之"。我国有汉宋之争，美国也分为两派：一是语言学家，即训诂之徒；一是浅薄的、外行的艺术爱好者，视文章为易事，"其文直不成章"，如白璧德、穆尔般有真知灼见、独立不倚的凤毛麟角，这种情况与中国类似[③]。

陈寅恪敬重王国维，将其去世提升至殉文化的高度。从吴宓日记可以知悉陈、王的交流和相知，在国民革命对王氏造成巨大心理压力时，陈氏劝其移家入城居住。1927 年 6 月 2 日，听闻王氏自杀的吴宓即前往陈宅，研究院学生纷纷前来商议。当晚，陈、吴和清华校长、教务长、研究院教授 30 余人至颐和园欲见王氏最后一面。次日，吴宓、梁启超至陈宅，讨论善后事。陈寅恪为王氏撰了饱含揄扬的挽联挽词，带领学生在祭奠日行了跪拜礼，而王氏遗嘱点明了书籍由陈、吴加以处理。陈寅恪与吴宓积极参与王氏身后事的办理，如与罗

---

① 《吴宓日记》第二册，第 100—101 页。

② 《吴宓日记》第二册，第 102—104 页。

③ 《吴宓日记》第二册，第 104—105 页。

振玉面谈，至王宅与王夫人商议等。王国维自沉一事对二人影响很大，他们6月14日有长谈，吴宓论及“二马裂尸”的关于人生悲剧命运的譬喻，陈寅恪评论王氏：“凡一国文化衰亡之时，高明之士，自视此文化之所寄托者，辄痛苦异常，每先以此身殉文化。如王静安先生，是其显著之例。”吴氏自认与陈寅恪也是这类人，“大小轻重之别耳”[①]。至月底，他们还因学校只给王家批了800元抚恤金之事同函清华校长，主张增补。

从吴宓日记又可见出陈寅恪的安身立命之法和政治理念等，如他们相约不入国民党，以坚持个人思想精神的自由[②]。如果说吴宓笔下的陈寅恪广涉各领域，见识博杂，具有重友情，志行高洁，对中国文化饱含温情和敬意等品质，那么朱自清刻画的是博学卓识、关注学校事务的陈寅恪。其日记的涉陈记录有近40条，内容包括学术探讨、工作交流和友朋聚谈等。他称陈氏工作精勤、著述可称，尊为先生，常录其言谈。如1933年3月4日叶公超宴客，陈氏谈兴甚浓，先论所藏外国书善本，提到《亚里斯多德集释》值价二三千元，再评价钱穆《诸子系年稿》：“做教本最佳，其中前人诸说皆经提要收入，而新见也多。最重要者说明《史记六国表》。但据《秦记》，不可信，《竹书纪年》系魏史，与秦之不通于上国者不同。诸子与纪年合，而《史记》年代多误。谓纵横之说，以为当较晚于《史记》所载，此一大发明。”朱氏赞扬陈氏“谈吐极佳”[③]。朱自清屡屡表达出欣赏之意，如认为1933年3月23日陈氏考问朱延丰时所提的问题“极佳”，录下了陈氏关于新旧唐书，唐代人饮食习惯和玄奘名称的论说。是年11月29日，他读了陈文《天师道与滨海地域之关系》，以为义理深妙，摘录了关键观点；12月10日他读了陈寅恪《四声三问》，摘抄了部分内容。次年5

① 《吴宓日记》第三册，第355页。

② 《吴宓日记》第三册，第363页。

③ 《朱自清全集》第九卷，第202页。

月 31 日，他与陈寅恪“谈话甚得益”，称其学问深湛：“彼论‘相’‘见’‘所’等字，谓恐当入中性（Medium），非施非授也。又谓‘王若曰’，‘若’即藏文之‘尼’，乃指示主格者。又论‘家’时，谓《三朝北盟合编》有‘南家’之称，又谓即‘司马家八’之谓。”①陈寅恪往往被认作专精学术，不问政事或俗务，而朱氏 1933 年 3 月 21 日记述了他批评叶公超等人的系会发言：“谓二叶及闻主张与主任相反，其逻辑推论（Logical Consequences）有二：1. 主任教员学问易满足，2. 主任教员与学生勾结。又谓彼颇疑二叶及闻有野心来要手段（Play Politics）因举韩湘文毁公超之说及闻一多青岛事为证。韩谓清华外国语文系自公超来后颇多事，其说乃闻诸温特（Winter），温特似与公超善，不知何有此言。陈前日开会时间太长，神经又颇受刺激，故颇失常态。今日所言甚简而重复不知若干次，渠意在取瑟而歌。”②可见他对系务是有所关注、也不吝表达己见的。

任过陈寅恪助教的浦江清记述更加细微，他们经常聚会、散步和讨论学术，感情极深。浦氏甚至梦到过陈氏：“初梦：寅恪先生来余斋头，问斐云三十初度，要送礼否，余曰不知，继闻斐云在家下面，不令人知。陈先生略谈，继见余所批校词集，微笑，余甚窘，曰此乃我初到清华园时所为。陈先生曰，亦是一番工夫。”③浦江清十分推崇陈寅恪，多次谈及在他身边得益不少。陈氏对浦氏照应也多，先后致函罗家伦、傅斯年为他求职，致信胡适推荐他参与翻译活动，向伯希和引荐助其查阅资料；在学术上亦寄予厚望，陈氏曾将《北大学院己巳级史学系毕业生赠言》二诗附函寄赠。从浦氏日记可见陈寅恪并非沉潜书斋的书呆子，他对社会或现实不时发表意见，如 1928 年清华学潮后对留学的看法：“（清华）主其事者均外交系中人，官派与洋派兼

① 《朱自清全集》第九卷，第 295 页。

② 《朱自清全集》第九卷，第 208 页。

③ 浦江清《清华园日记·西行日记》，第 216 页。

而有之,曾不知教育为何事,学术为何事也。陈寅恪先生尝云祸中国最大者有二事,一为袁世凯之北洋练兵,二为派送留美官费生。”①如他有金刚怒目的一面,1932 年 2 月 2 日“彼(陈寅恪)言或将赴洛阳,参加国难会议。陈公素恬退,此次为国难刺激,甚激烈。国难会议清华教授列名者凡五人:陈寅恪、林宰平(志钧)、黄晦闻(节)、蒋廷黻、陈锦涛”②。清华大学复校北平后,中文系师资大幅滑落,代理系主任的浦江清数次征询陈寅恪的意见。据其 1948 年 12 月 12 日日记:“上回我为了系中同人提出添聘孙蜀丞事,特地去看他,征询他的意见。陈先生说,此刻时局很危,不宜在此时提出。他虽然双目失明,如果有机会,他愿意即刻离开。清华要散,当然迁校不可能,也没有人敢公开提出,有些人是要暗中离开的。那时候左右分明,中间人难于立足。他不反对共产主义,但他不赞成俄国式共产主义。我告诉他,都是中国人,中国共产党人未必就是俄国共产党人。学校是一个团体,假如多数人不离开,可保安全,并且可避免损失和遭受破坏。他认为我的看法是幻想。关于提出添聘孙蜀丞事,是骏斋和绍生所极力想推进的。冯芝生同意即提,只要系中提出。我和梦家都赞成慎重,不宜在此刻提,使学校觉得突兀,而多添麻烦,对于中文系有讥评。现在陈先生的意见是我们应该尊重的,我把此事告知骏斋和芝老,决定明春提出,系中也可有通盘计划,如何添聘两位或三位,以补教授空额。今天去访陈先生,告以如此决定。并告以据我所闻,陈雪屏来北平,似为抢救若干教授学者,给予便利以南行,惟人数必有限制,极少数。陈先生如有行意,可通知梅公。陈谓他早已知道此消息,并已洽梅公云云。他谢我特为通知的好意,并且劝我也可去梅公处登记。上回他谈,认为清华在南方还是要慢慢设立的。虽然不一定再用清华大学名义。胡适也曾说过,他不想在南方再设北京大学。

---

① 浦江清《清华园日记·西行日记》,第 4 页。

② 浦江清《清华园日记·西行日记》,第 69 页。

看来政府要北平大学教授离此南下，到南方集合，如以往长沙临时大学、西南联合大学那种形态。”[①]从中见出了陈寅恪对国共双方的认识与态度，对时局的判断和对未来命运的思索。

在季羡林笔下，陈寅恪成了谆谆不倦的师者。早年求学清华时他就选了“佛经翻译文学”课程，他认为陈氏教书为学如剥蕉叶，愈剥愈细愈剥愈深，本着实事求是的精神，不武断，不夸大，不歪曲，不断章取义；学生在其引导下如同走在山阴道上，盘旋曲折，山重水复，柳暗花明，最终豁然开朗：“读他的文章，听他的课，简直是一种享受，无法比拟的享受。在中外众多学者中，能给我这种享受的，国外只有海因里希・吕德斯，在国内只有陈师一人。”[②]他至哥廷根大学留学成了陈寅恪同门的弟子，在学问上有所趋近。据其日记，他与陈氏偶有信函往复商讨学术，回国逗留上海时，他频繁地拜访陈氏，陈氏与傅斯年等将其推荐至北大任职。在数十年后撰写的散文中，季羡林饱含深情地回忆了两人之间的君子情谊。

无疑，彼时作家学者对陈寅恪的记述基本是正面的，不过也有杂音，如胡适批评过陈氏的文章：“寅恪治史学，当然是今日最渊博最有识见最能用材料的人。但他的文章实在写的不高明，标点尤懒，不足为法。”[③]总之，作家日记揭示了学人们在学术文本之外不太为人所知的面向，形象的丰富性和多元化在细碎、散乱的只言片语中得到了展示。

二、现代作家日记中的学术研究

许多现代作家本是根柢深厚、学殖博洽的学术达人，自然在日记

---

① 浦江清《清华园日记・西行日记》，第 246—247 页。

② 季羡林《回忆老师陈寅恪》，见《做时代的君子》，甘肃人民出版社 2018 年，第 47 页。

③ 《胡适日记全编 6》，第 657 页。

中录述了批量从事学术研究的信息,其他学者的活动或对某些著述的评价,可以帮助我们了解他们或其他学人是如何培养学术能力,如何选择学术议题,如何进入学术研究,如何查阅史料,如何展开学术讨论,如何裁剪材料结构成文,如何回应学界的反馈,以及如何传播学术成果或心得等,有利于助推现代学术史的爬梳与夯实。本节将以《红楼梦》为例探究胡适、吴宓等是如何展开古典名著的研究和传播的,他们或重考据,关注史料的开掘与解读,或重阐释,强调观点的总结和推衍,均有开创性或革命性的意义,继王国维之后赋予了该小说应有的学术地位。

胡适日记中的涉"红"内容从 1910 年持续至 1962 年,超过半个世纪。早在中国公学读书时他就指出:《石头记》的作者不知是何人,不过绝非曹雪芹,从书中原有作者自署和多次改名即可证明;小说作者即贾宝玉,贾宝玉是作者的托名;小说作者是满洲人,所写为满人之事;小说实质是一部大政治小说,故曰政,曰王,曰赦,曰刑,曰史等;小说写了一个专制的家庭,也是一个专制的国家;贾宝玉虽未成仙,但能自色悟空,逃于渺渺茫茫之中;惟有尤三姐堪称自由人,她处流俗而不污,临大节而不夺,天下爱自由的女子须向她学习,而非摹仿黛玉之痴、宝钗之谲、凤姐之恶或迎春之愚[①]。这些出于主观臆测和判断的早期认识趣味十足,有的与他之后的观点迥异。

胡适所记关于《红楼梦》的研究集中在 1921 年、1922 年和 1962 年。1921 年 5 月 1 日他到天津图书馆查阅《楝亭全集》,借助资料推断:曹寅生年为顺治十五年,卒年为康熙五十二年;曹寅任两淮巡盐御史的正式年份可以确证;曹家的禄田当在顺天府管下武清、宝坻两县之间;假如袁枚所记曹雪芹乃曹寅之子是真的,推定他生于康熙三十五六年就错了,《红楼梦》的创作年代也要后移十多年,约在乾隆十

① 《胡适日记全编 1》,第 42—44 页。

年至十五年间(1745—1750)[①]。5 月 7 日，胡适至京师图书馆翻看《楝亭书目》，有人告知杨钟羲《雪桥诗话》有涉及曹雪芹的文字，不日他细阅了单不广送来的诗话，欣喜若狂，并揭橥曹雪芹名霑，是曹寅之孙，袁枚记述有误，而以前认为曹寅无子，《红楼梦》的写作时间须延后的判断是正确的[②]。6 月 9 日，他购得《八旗人诗抄》，指出从所见敦诚、敦敏诗歌可以知悉曹雪芹的贫困之状，不久他读了《八旗文经》，指出从敦诚挽诗可以推断他比曹雪芹年轻。次月，胡适买得与曹雪芹同时代的宗室永忠的《神清室诗稿》，认为诗稿中所见《访菊》《梦菊》《簪菊》组诗与《红楼梦》三十八回的同题菊花诗做法大体相同，由此可以判定当时的文坛风气。之后，他买入雍正《朱批谕旨》，从胡凤翚雍正元年(1723)的奏折获知苏州织造李煦一年亏空六万两，不免感慨"曹家之败，当亦是如此"[③]，进而分析顾颉刚关于曹覜的任职的叙述不准确。

在此前后，胡适和顾颉刚就《红楼梦》研究通函数次。胡适读了《楝亭全集》后于 1921 年 5 月 8 日拣出六条告知顾氏，顾氏对关于"承嗣"问题的第六条有看法，认为小说写曹家的弟兄行次有意错乱，点明了将曹家人与贾家人对应解读的依据。顾颉刚告知胡适，俞平伯为小说后四十回回目必定是高鹗补的提供了三大理由：1. 和第一回自叙的话不合；2. "史湘云的丢开"；3. 不合作文时的程序。胡适觉得第二条"最可注意"，仔细品读，湘云、小红、司棋、宝玉、香菱和凤姐的结局均与前情提示不同或不符合人物发展的轨迹[④]。5 月 20 日胡适致函顾颉刚，告知从《雪桥诗话》获取的史料，26 日顾颉刚来信质疑杨钟羲的记载从何而来；《随园诗话》《四库提要》对曹家的录述

---

① 《胡适日记全编 3》，第 233—238 页。

② 《胡适日记全编 3》，第 271 页。

③ 《胡适日记全编 3》，第 386—387 页。

④ 《胡适日记全编 3》，第 254—257 页。

谬误纷出,需认真考证;从《雪桥诗话》判断,曹雪芹性情孤冷,与贾宝玉不合,如何解释?诸多史料证明曹寅是施润章的诗弟子等。5月30日胡适再函,指出袁枚误记曹雪芹为曹寅之子可以理解,曹家四代织造,后世遂将关于织造之事归拢到曹寅一人身上,他认为曹雪芹是曹頫之子,《红楼梦》《八旗氏族通谱》《上元县志》提供了有效的证据。胡适认为小说中的宝玉和《雪桥诗话》中的曹雪芹"不像""并不难解释",孤冷之人并非生来如此,往往是经历过闹热生活的余波[①]。是年7月17日和19日,顾颉刚均有致胡适函,研讨《红楼梦》。次年3月13日,顾颉刚再函胡适,谈到蔡元培的两点错误:1. 别种小说的影射不过换了姓名,男仍是男,女还是女,职业照旧,为何在《红楼梦》中男变成了女,官僚、文人变成了眷属?2. 别种小说的影射事实保存了原有的关系,为何《红楼梦》就无中生有?如蔡元培考证宝玉为胤礽,林黛玉为朱竹垞,薛宝钗为高士奇,那胤礽与朱竹垞如何谈恋爱?学术考证不能因性情相合、名字相近和物件相关就牵连在一块。顾颉刚认为这种取自汉以来经学家的做法过于泛化,而要打破这种附会必须借助附会之法证明此法是不可行的。他不无讥刺地说,若有暇可将《红楼梦》附会到汉朝、六朝上去。胡适称赞顾氏"此论最痛快",比俞平伯的驳论有力[②]。

1922年4月19日,琉璃厂松筠阁送来一部敦诚的《四松堂集》初稿本,胡适摘录了其中的敦诚小传,分析了关于曹雪芹的材料,特别是多首诗歌,得出几个要点:曹雪芹卒于乾隆二十九年(1764);他去世时年约40或40余岁,可以推溯他生于雍正二年(1724)或康熙五十八年(1719),不管是哪年均未见过曹寅;其子已殇,死后无子;他死后尚有新妇飘零;敦诚曾赞曹诗"诗追李昌谷""狂于阮步兵"[③]。

---

① 《胡适日记全编3》,第281—286页。

② 《胡适日记全编3》,第579—581页。

③ 《胡适日记全编3》,第624—628页。

21 日，蔡元培送来从徐世昌处借来的《四松堂集》五卷刻本，并在附信中谈及自己推断曹雪芹卒年当在 1770 年至 1780 年间。胡适再次翻阅该集子。

此后，随着胡适研究兴趣的转移，涉"红"内容减少，却仍然偶有记录，如 1928 年 10 月 1 日时在杭州的胡适前往净慈寺观看钟楼再建碑文，获知"江宁织造曹寅，捐银五百两"一条。1929 年 4 月 29 日，李祖韩请胡适前去观赏所藏曹雪芹画像手卷，胡氏断为此非《红楼梦》作者，乃是翰林院某字"雪琴"之人。1934 年 7 月 14 日，刘半农逝世，胡适贴示了他请自己为其所购《黛玉葬花图》题字的信函。1935 年 5 月 16 日，胡适通过阅读《文献丛编》曹寅父子奏折得出曹雪芹生于康熙五十四年(1715)的新结论，且年 47 岁即逝；曹寅有女嫁于镶红旗王子，故小说故事有所本[①]。1948 年 7 月 13 日，胡适发现为八十回《红楼梦》作序的德清戚蓼生乃是乾隆三十四年(1769)三甲进士，乃曹雪芹同时代人。

延至暮年，胡适仍然关注红学研究，如他读过《红楼梦书录》并加于摘录后又疑惑于作者"一粟"是谁？如他读了寿鹏飞的《〈红楼梦〉本事辩证》，驳斥作者以为小说主题"为专演清世宗与诸兄弟争立事""甚糊涂"，还引了胡蕴玉《雍正外传》之类的书；他翻看了江顺怡的《读红楼梦杂记》，指出诸多证据充分证明了"自叙说"的合理性[②]。胡适曾致信苏雪林，谈及《红楼梦》各种版本中字词的前后变化，如影印本中"刘姥姥"或作"刘嫽嫽"，现行印本改为"刘老老"；影印本中"进城俇去"，后排本改成"逛去"；影印本中"徝到角门前"，后刻本改成"走(蹲)在角门前"。胡适认为嫽(姥)，俇，徝三个俗字是古人用活语言进行文学创作的经典例子，曹雪芹费了一番苦心，却轻轻的被人

---

① 《胡适日记全编 6》，第 474—475 页。

② 《胡适日记全编 8》，第 757—758 页。

乱改换了[①]。在给“雅南”的信中,他对对方依照对校不同版本得出的一些结论表示认可和赞赏,以为有女性的独特发现,是有趣的,有道理的,不过也有缺陷[②]。

吴宓“平生爱读《石头记》”,“半生骚愿寄红楼”。早在1908年,时年14岁的他见嗣父吴建常携归《增评补图石头记》一部,大喜过望,赶即阅读,自此小说陪伴了他一生。他的涉“红”研究和传播大体有红学讲座、日常叙述、比附联想、课堂讲解和论文撰著等形式。一、红学讲座。据学者沈治钧统计,从1919年至1963年吴宓开设的红学讲座超过70次[③],而且普及面广,甚至包括航空公司或地方行政干部训练团等场合。1919年3月2日,吴宓为哈佛中国学生会演讲《红楼梦新谈》,用西方小说法程衡量这部古典杰作以见出其“处处精上”“世界各国文学中未见其比”[④],这是他在公共场合关于红学研究的首次发声,陈寅恪曾赋诗相赠。他的红学讲座集中在二十世纪四十年代,虽然多数场次仅有简录却基本能了解当时情状。如1942年4月29日晚应中国文学会之邀,“略讲《石头记评赞》中六、七两段,继则答问。因畅述一己之感慨,及恋爱婚姻之意见,冀以爱情之理想灌输于诸生。而词意姿态未免狂放,有失检束,不异饮酒至醉云”[⑤]。如1948年2月6日在徐嘉瑞宅演讲,并答客问,“甚为酣畅淋漓。座客三十余人。除昨面约者外,有钱基博先生,先退,承告《耆献类徵》中有曹雪芹之父传,宜参考”[⑥]。他的讲座特色鲜明,现场感召力强,吴须曼就回忆过:“偌大一个礼堂,座无虚席,每一个窗台都被

---

① 《胡适日记全编8》,第785—787页。

② 《胡适日记全编8》,第790—796页。

③ 沈治钧《吴宓红学讲座述略》,《红楼梦学刊》2008年第5辑。

④ 《吴宓与陈寅恪》(增补本),生活·读书·新知三联书店2014年,第4页。

⑤ 《吴宓日记》第八册,第288页。

⑥ 《吴宓日记》第十册,第329页。

人占用了。演讲开始后，全场没有一点声音，当时我感到不是在听演讲，而是在看一个演员作表演，而且是一个人扮几个角色，王熙凤的阴险毒辣，林黛玉的多情善感……都演得惟妙惟肖。”[①]而听者如痴如醉，不觉进入化境。他在燕京大学礼堂长年开讲《红楼梦》得到过叶圣陶的称赞，以为“借以发抒其对文化与人生之见解，颇别致”[②]。

二、日常叙述。吴宓乐于记录自己的阅读体验，时时表露出为之落泪的情感状态，如 1936 年 7 月 25 日，“读《石头记》凤姐托巧姐于刘老老，及宝玉出家等段，大悲泣，泪如泉涌。盖宓多年经历，伤心实太深矣。……宓读西洋宗教及哲学书，所得既深，一己经验又繁，夫然后，乃益赞《石头记》一书之伟大，以其为人生全体之真切悲剧也”[③]。如 1942 年 4 月 28 日读过此书后流泪，生出身世零落之感。如 1943 年 11 月 7 日，“读《石头记》抄家一段，泪下如雨……晚读《石头记》最后二十回至深夜，泪下极多”[④]。这种泪流满面的阅读体验在他后半生频密地出现。吴宓喜与人共论《红楼梦》，对象遍及友朋、学生，甚至包括论敌和陌生人。如 1944 年 12 月 21 日他得陈寅恪详告：“《故宫博物院画报》各期载有曹寅奏折。及曹氏既衰，朝旨命李榕继曹寅之任，以为曹氏弥补任内之亏空。李曾任扬州盐政。外此尚有诸多文件，均足为考证《石头记》之资，而可证书中大事均有所本。而后四十回非曹雪芹所作之说，不攻自破矣。又曹氏有女，为某王妃。此殆即元春为帝妃之本事。而李氏一家似改作为王熙凤之母家。”[⑤]吴宓认为这些线索富有研究的价值。又如 1948 年 10 月 4 日记录胡适谈了新的发现：“(1) 为震钧之弟之诗文集已全出；(2) 为

---

① 吴须曼《先兄吴宓演讲红楼梦》，《纵横》2005 年第 12 期。

② 《叶圣陶日记》，商务印书馆 2018 年，第 670 页。

③ 《吴宓日记》第六册，第 22 页。

④ 《吴宓日记》第九册，第 145 页。

⑤ 《吴宓日记》第九册，第 382 页。

戚蓼生之身世已大白,云云。”[①]

三、比附联想。吴宓爱将《红楼梦》与其他作品比附。如论德龄的《清宫二年记》:“盛衰低徊之际,佳处不异《石头记》,且可以考镜庚子后清宫中实状。”[②]论但丁的《神曲》:“‘所谓曾历过一番大梦境之后……将真事隐去,而藉通灵,说此《石头记》一书也。’按《神曲》之作意与方法,亦正如此,故可兼资并学也。”[③]他常将现实生活与小说故事或人物遭际进行类比联想。如他指出在清华求学原本幸福不止,家庭变故后“终堕尘劫。举种种可痛、可悲、可愁、可叹之事,侵寻相逼,心灵几汩,身力亦减。凡假中所遇所受,胥拟作特别体裁,详细记载,可当一部《石头记》观”[④]。晚上从图书馆归来见路灯减少,月暗无光,他不禁生发“大有‘大观园月夜警幽魂’之情境”之叹[⑤]。面对时局,他不忘拈引小说中的句子,“过激派者究其实,以杀人放火为职志。其心理不外‘定要闹出事来,使大家不得安宁’(《红楼梦》探春对赵姨娘语)”[⑥];听闻唐继尧之弟强占民宅逼死人之事,不免喟叹“此正如《石头记》中石呆子之死于其扇也”[⑦]。吴宓还将熟人比作红楼中人,如林语堂可比探春:“今者载誉回国,如探春之远嫁归来,比前更为超逸俊爽。而适逢家难,未免伤心。又见惜春道姑打扮,尤觉难以为怀。”[⑧]刘文典将吴宓比作妙玉,令他窃喜,遂干脆自比妙玉,并作有《新红楼梦曲》。他还自比曹雪芹、贾宝玉,读了《追忆逝水年华》后他感慨自言:“上午读 Marcel Proust 之书,益觉 Proust＝贾宝玉、

---

① 《吴宓日记》第九册,第 442 页。
② 《吴宓日记》第一册,第 329 页。
③ 《吴宓日记》第七册,第 10 页。
④ 《吴宓日记》第一册,第 364 页。
⑤ 《吴宓日记》第六册,第 193 页。
⑥ 《吴宓日记》第二册,第 24 页。
⑦ 《吴宓日记》第九册,第 219 页。
⑧ 《吴宓日记》第七册,第 174 页。

曹雪芹。又 Proust＝吴宓，但恐吾之小说不能作成耳。”[①]他从性情上分析过自己与贾宝玉的相似之处：“宓无富贵之境遇，又无俊逸之形貌，而有贾宝玉之性情，此实宓生之大不幸与悲剧。则宓亦只能效法宝玉之佛性而出家，而终不能窃比宝玉之色情而求爱。”[②]他以贾宝玉自况时指出宝玉与姊妹闺秀年尚相若，而自己“比诸女士年长二十余岁或十余岁，而如贤，如彦，如雪梅，如 H，如敬，如 K，皆有为我所不及之处，尤可愧也”[③]。

这种比附和联想引申出了延伸性阐释，如 1919 年 7 月 29 日他谈到穆尔的 Shelburne Essays 论及小说巨擘应具有的特质“《红楼梦》似皆具之，益符吾推崇此书之心”。他随即录述了两点感悟：一、天下有真境 Disillusion、幻境 illusion 之分，前者指天理人情、时代或地方精神，后者指转变不息的眼前形色，优秀的作品必然显示出这两种境界及其相互关系：“《红楼梦》之甄、贾云云，即写此二境。又身在局中，所见虽幻，而处处自以为真，大观园及宝、黛、晴、袭所遭遇者是也。若自居局外，旁观清晰，表里洞见，则其所见乃无不真，太虚幻境及警幻所谈、读者所识者是也。凡小说写世中之幻境至极浓处，此际须以极淡之局外之真境忽来间断之，使读者如醉后乍服清凉之解酒汤。或如冷水浇背，遽然清醒，则无沉溺于感情惘惘之苦，而有回头了悟、爽然若失之乐。《红楼梦》中此例最著者，为黛玉临殁前焚稿断痴情，及宝玉出家，皆 Disillusion 之作用也。”二、小说创作“不宜专重一人，须描写社会全部，四面八方之形形色色，细微入理无一遗漏，使读者如身历其境”，因此《红楼梦》是“最合法之杰构”[④]。1940 年 8 月 30 日，他对“事实世界”和“理想世界”展开分析，认为它

---

① 《吴宓日记》第六册，第 100 页。

② 《吴宓日记》第八册，第 52 页。

③ 《吴宓日记》第六册，第 20 页。

④ 《吴宓日记》第二册，第 46—47 页。

们是一切宗教、哲学和文艺的根本:“两世界者,是一是二,未可划分。不仅因个人身经巨变,由入世变为出世,由事实世界进入理想世界,如贾宝玉之变为曹雪芹,一生分为两段,前后界限分明也。即每人平日之生活,亦浮沉于两世界中。有如泅泳者之忽而水底,忽而水面。……凡深于情,明乎道,而禀赋宗教性,于文艺有大成就者,盖莫非对此两世界具有强烈之感觉之人也。”①可见,《红楼梦》已然成为吴宓观察人生和品评作品的重要参照标杆。

吴宓长期利用课堂讲《红楼梦》,开设的《文学与人生》课程总以此小说为案例展开阐述,如 1942 年 7 月,他多次在系里为学生关懿娴单独讲解,细审并高度评价过关氏的《谈谈林黛玉》,他(她)们信函频频,一再商讨关氏所撰《红楼梦与才子佳人派小说》等文。为了推动《红楼梦》的研究和传播,他组织成立了一个红学社团:石社,并邀请刘文典等人入社。另外,他还有些离奇的行为,如多次以《红楼梦》进行占卜,根据对应的内容揣测未来命运、父亲的吉凶和自己的情感。

通过简单比较可以看出胡适的红学研究是不断地发掘史料、寻找资料,然后得出结论或调整结论的过程,而吴宓的研究更多体现为随着心理的变化,借助对人心或灵魂的阐释角度的转化而获得、表达新知的过程。

此外,季羡林日记也有涉“红”记述,如 1935 年 1 月 7 日他以为《续红楼梦》“无多大意味,任罪胡诌,不过笔墨还不坏,所以看起来还不腻”;9 日他觉得该书“虽然扯得太过了一点,但文字还写得不坏”;10 日他借得一本“事实既不近人情,文笔又恶劣不堪,看之头痛”的《红楼圆梦》,因为无聊还是读完了②。1936 年 1 月 10 日至 21 日,时在德国的他集中读了《红楼梦》,多次谈到愈看愈有味,不忍离手,看

① 《吴宓日记》第七册,第 220 页。

② 《季羡林日记:留德岁月》(第一卷),第 11—12 页。

完觉得没抓没挠似的。他录有阅读感悟，如《红楼梦》是了不起的杰作，写到了化境；人物、事情众多，却有条不紊，几乎人人个性鲜活，语言是活的，比现在拿腔作调的作家的半通不通的白话文强千万倍，西洋小说也比不上；小说是写命运和性格的，人物的命运就是自己的性格造成的[①]。据其日记，他多次重读了《红楼梦》。阿英等人日记亦有阅读《红楼梦》的活动和心得。总体上，传统经典以《红楼梦》获得关注最多，讨论最广，记述最详，而《金瓶梅》《三国演义》等也在日记中得到了研讨。无疑，阅读现代作家日记可以让现代学术研究的推进受益无穷。

综上所述，日记为现代文学研究、现代学术研究的拓延和深化储备了丰富鲜活的资料，这种注重在场性的研究突破了从文本到文本，从理论到理论的缺憾，还原了现代文学场、现代学术场众声喧哗的话语状态。但是，我们在强调日记的价值，采撷日记史料时必须客观、理性。史学家陈寅恪说过："通论吾国史料，大抵私家纂述易流于诬妄，而官家之书，其病又在多所讳饰，考史事之本末者，苟能于官书及私著等量齐观，详辨而慎取之，则庶几得其真相，而无诬讳之失矣。"[②]就是告诫我们要斟酌多种史料源，在熟知正史、私史的基础上对比、互证，综合分析，才能接近真相。学者桑兵也表达过类似观点："看日记应与其他各种类型的相关材料比勘印证，并注意所录和未记的全部事实，将日记内外的历史勾连贯通，才能逐渐接近记述之人，把握其所记之事，以免尽信书不如无书的偏蔽，循着撰写者的自我塑造展现其历史形象，甚至落入其故意布下的迷局陷阱而不自觉。"[③]因此，研究者必须正确地认识日记，理性地对待日记，妥善地使用日记。

---

① 《季羡林日记：留德岁月》(第一卷)，第156—163页。

② 陈寅恪《元白诗中俸料钱问题》，见《金明馆丛稿二编》，上海古籍出版社1980年，第74页。

③ 桑兵《治学的门径与取法——晚清民国研究的史料与史学》，第79页。

第六章　改易与整合:日记的版本变迁和文学意义的重组

同书异本是世界出版史上的一种普遍现象,在讲究政治伦理和公序良俗,禁忌特别多的中国尤其如此,也因此催生了高产的古代版本系统和成熟的研究体系。在各种因素影响下,许多新文学作品有了多种版本,研究者起初对此或熟视无睹,或偶有提及,始终未予重视,直至新时期才以严谨的态度加以探讨。新世纪后,相关研究成果陡然增多,水平攀升直上,在部分专家学者的呼吁和强调下,版本意识得到了呼应与增强,关涉版本的研究在纠正、拓展,甚至推翻此前观点的同时成了近些年二十世纪中国文学研究的突出的学术增长点。现代作家日记也有不同版本兼存的现象,进行研究有利于文学真相的追索与文学意义的重组。

第一节　版本意识与二十世纪中国文学研究

学者朱维铮谈过,读《顾颉刚日记》"不是一次愉快的经验",因为作者迫于压力修改、增删过日记,致使某些历史事实模糊不清,不禁让他感慨莫名,认为古今日记"无论写给谁看,原记可以秘藏,可以销毁,可以在生前择要刊布,可以在死后全文公表,却很少有人在事后增补,更极少有人在数年或数十年后以今律古,为达某种现实目的,而篡改昔作。《顾颉刚日记》却表明,作者不仅补日记,而且改日记。本来,时隔经年乃至数年数十年,所补当年当月的日记,可信度已令人生疑。可是,顾颉刚竟然在晚年修改中年所写日记,乃至将他发生在1929年的行为,一笔抹煞,还将原有记载移前一年。也许他以为改得天衣无缝,谁能质疑他亲笔改定记载的可信性呢?”[①]其实,即便写作者原本不计划出版日记,始终真诚地写作,可在正式出版时,“守门人”(作者的亲属、学生、委托人,或出版社编辑,相关机构审查人员)也会有所甄别和选择,而伤害日记的完整性或原真性。2014年12月,《读书》杂志刊出学者赵一凡与出版人吴彬关于吴宓日记的往返书信。事情的缘起是赵氏对涉及吴宓和陈寅恪的某些史料心存疑惑,遂去信向吴宓日记正续编责任编辑吴彬求证,谈到吴宓是否亲手删改日记的问题,吴彬予以否认。而有学者考证指出吴宓处理过日记,其女又再删改,说明该日记已非初始形态。作为局外人,难于获知真相,但可以肯定的是有些日记确实是在涂脂抹粉、穿戴整齐后才出台亮相的。不管出于何种目的的修改均会给读者和研究者造成困扰,让他们对日记出版心存焦虑并产生疑问:作者本人、身边人或编选者是否对日记作过删改?日记就天然可信吗?日记内容有多大说服力呢?类似难题并非无法解决,如果说作者隐瞒的真实内心可以通过尽可能地回到历史现场或综合他人的记述作出判断,那么因“守门人”的操作造成的意思扭曲则必须借助不同版本的对校提炼出来。无疑,日记的版本问题就值得深入探讨了。

据学者考证,版本学“发轫于两汉,继起于隋唐,昌盛于宋代,成熟于前清,集成于当今”[②],它的确切概念始自宋,成型于雕版印刷之后,随着传统学术的成熟,特别是“乾嘉学派”的兴起,版本学成了不可切割的重要学术门类。而版本学研究并非中国所独有,研究古书版本的行为在西方也自古有之,“有人研究和归纳、整理而得出了书籍的编撰、校雠、出版、印刷、装订、发行(书商与书市场)、收藏等方面

---

① 朱维铮《〈顾颉刚日记〉,它是“原始史料”吗?》,《东方早报·上海书评》2009年2月1日。

② 阳海清编《版本学研究论文选集·前言》,书目文献出版社1994年。

的系统知识”,称作“书史学”①。由此可见,中西方学者均对版本学加以密切关注。那版本学究竟研究什么?有学者说过:“考察一部书的来历、内容的增删修改,产生的年代、印刷上的特点(版式、行款、印纸、墨色、字体、刀法)、装潢形式以至藏书印记、手书的藏书纪录等,都是版本学的内容。对同一种书籍的不同印、写本子的研究,也是版本学的研究对象。”②简单而言,传统版本学研究主要通过罗列差异以说明何为真本或伪本,何为全本或缺本,何为精本或劣本,现代版本学的问题意识更强,视野更宏观,目的是在了解、辨清差异的基础上从错综复杂的现象中追索造成不同版本背后的原因及其展现形态以及造成的影响。

西学东渐以来,现代学术范式在中国逐渐兴起,对传统的为学方式形成了巨大的冲击,但积淀深厚的版本学仍然为部分学者所钟爱,坚持借此介入到学术研究之中。较早从这种视角关注现代文学的是开拓了版本学新天地的著名学者唐弢,他认为:“古书有版本问题,现代书刊是不是也有呢?我看是有的”,“我们是搞文学史研究的,要以历史的真实面目为依据,而要做好这一点,没有版本学的知识就不行”③。他运用版本学知识为现代文学研究作了大量尝试性与创造性的工作,《晦庵书话》就是极紧要的成果。唐弢特别强调原始材料,与随便择取某个版本或定本当作研究对象的认知相去甚远,经过他的努力,“新文学版本书的重要性也为学术界所公认”④。

二十世纪七十年代末,从版本学角度研究现代文学的论文开始

---

① 汪应文《版本研究与目录学的关系》,《西华师范大学学报》1979 年第 1 期。

② 曹聪孙《古籍版本与校雠》,《图书馆工作与研究》1981 年第 2 期。

③ 陈君隐《唐弢先生的希望——现代文学版本学散记》,《图书馆学研究》1986 年第 1 期。

④ 黄裳《先知》,见《榆下说书》,生活·读书·新知三联书店 1995 年,第 234 页。

较多地公开刊出，如 1978 年的两篇论文：谢灼华的《简论鲁迅著作的版本特点》、杨芝明的《关于〈女神〉的初版和一九二八年版本》，前文从四方面总结了鲁迅著作的版本特征，它与作者之后刊发的《再谈鲁迅著作的版本特点》堪称姊妹篇，全面梳理、分析了鲁迅著作七十年来的版本流变与特点；后者则条分缕析地比较了《女神》两个版本的差异。1979 年，荣太之的《〈中国小说史略〉版本浅谈》分别介绍了油印讲义本、铅印讲义本、新潮社版、北新书局再版本、北新书局三版本、北新书局订正本、北新书局十版本等七种版本的《中国小说史略》。这些文章在现代文学的版本研究方面有开拓之功。此后数年又有周国伟的《新文学的战斗丰碑——关于〈呐喊〉、〈彷徨〉的版本》，潘泽宏的《〈在延安文艺座谈会上的讲话〉两种不同版本的比较研究》等文刊行。1983 年，赵康太刊发了理论色彩较浓的《现代文学研究中的版本问题》，以郭沫若的《文艺论集》为例证明其文艺观念在不同版本中有大差异，作者指出要使论述具有说服力就必须依靠翔实的第一手资料，背离了这个前提，所谓的历史评价就站不住脚，并提醒学术界高度重视那些改动较大的版本①。这篇仅两页的论文颇有启发意义，引起了学者的共鸣，次年即有陈开鸣的《也谈现代文学研究中的版本问题》一文发表，他指出忽视版本必然“对作家在一定时期的某些观点、对作品的思想内容以及某些事实作出违背历史本来面目的判断”②，并从文本的修改、篇章的抽换和选本的编定等方面探讨了版本差异对现代文学研究的影响，强调现代文学研究要开创新局面，取得更大的成绩，不太为人关注的版本问题就应该被重新重视。这类文章的刊出说明学者已经自觉地思考相关的理论问题了，陈文尤有新意，史料梳理清晰，论述深透，有较高的学术价值和明确

---

① 赵康太《现代文学研究中的版本问题》，《文学评论》1983 年第 6 期。

② 陈开鸣《也谈现代文学研究中的版本问题》，《贵州文史丛刊》1984 年第 2 期。

的指导意义。自二十世纪八十年代中期以来,关于该领域的重要论文尚有:朱金顺的《新文学版本琐谈》《〈鲁迅自编文集〉版本刍议》,龚明德的《巴金〈家〉的版本变迁》《〈太阳照在桑干河上〉版本变迁》,王宗芳的《版本在现代文学研究中的作用》,徐雁平的《现代选本也要讲究版本的选择与整理》,蔡军的《略论中国新文学研究中的几个版本学问题》等,它们增强、提升了现当代文学研究的科学性、真实性与严肃性。学者朱金顺是其中的代表人物,他持续关注本领域,陆续刊发论文,既有史实考证,也有理论阐释,如《新文学版本琐谈》强调写文学史、评论作品、写作家传论均须使用当年的版本;对新印本存在的问题,如因失校出现的错字错句,因通人臆改出现的错误和影印作品底本选择等议题提了中肯的意见;呼吁将版本研究与各级图书馆的具体工作结合,建立新文学善本书库①。

到了新世纪,武汉大学金宏宇教授开始关注版本的问题,并迅速成为二十世纪中国文学版本研究的强力推动者与集大成者,将本领域的研究推进到了新高度。从 2002 年发表第一篇版本研究论文《〈倪焕之〉的版本变迁》以来,他相继刊发了《〈围城〉的修改与版本"本"性》《中国现代长篇小说的修改与洁化叙事》《中国现代文学的汇校本问题》等 30 余篇论文,出版了《中国现代长篇小说名著版本校评》(人民文学出版社,2004 年)、《新文学的版本批评》(武汉大学出版社,2007 年)等专著,可见用力之勤、用心之深。这些成果既有"校读记"式的文学史实梳理与解读,也有超越版本现象描述上升到理论的归纳和演绎,表现出了西方理论与中国经验的完美结合,在深广度上更胜前人一筹,尤其让人钦服的是某些原创性理论的提出,拓宽了学术研究的阐释路径。与前辈学人相比,金先生具有跨学科的,融合传统与现代、西方与中国的研究视野,以及方法论上的转型意义。他明示或强调过许多重要观点,如对版本意识的重视:"文学批评应有

---

①　朱金顺《新文学版本琐谈》,《北京图书馆馆刊》1992 年第 1 期。

版（文）本精确所指原则，不可版（文）本互串，不可用一部作品的一个版（文）本的阅读印象强加于它的另一个内容有所修改的版（文）本，不可借用对一个版（文）本的批评来评说另一个版（文）本。同时，文学史叙述应备众本写众本，既要注意作品诞生的历史时刻，也要叙述其版本变迁史，不可只用其某一个版（文）本来论析其文学史价值，不可只用一个版本来抬高或贬抑一部产生过历史演变的文学文本。”①又如“版本批评”概念的提出与内涵的界定：“（它）是一种科际整合的研究，应该吸收不同学科的研究成果，整合不同的研究方法。这种研究应该是朴学学术话语与现代文论话语的整合，是实证性研究与阐释性研究的整合，是版本研究与文本研究的整合。”②金先生不拘囿于作品版本，而是不断向外延伸，将版本、本文与序跋、封面、广告、注释等“副文本”形态并置考察，造就了独特、丰沛的研究体系，为文学研究的考察、反思与建设提供了新角度与新思维。这类研究仍在延续，2017 年他主持的国家社科基金重大招标项目“中国现代文学名著异文汇校、集成及文本演变史研究”获得立项，随着后期成果的不断涌现，必定能够完成将版本考据、实证研究与逻辑推演、理论提升结合的目标，实现由“史料研究”向“史料学研究”的进阶。

在几代学者的共同努力下，版本学已经成为介入二十世纪中国文学研究的普泛视角。确实，版本的辨析与厘清至关重要，如无版本意识就可能使用大肆修改后的作品或最终的定本加以立论，出现年代、认知和价值错位的状况，也就背离了文学大师巴金先生的期望：“不少西方文学名著中都有所谓‘异文’（la variant）。要分析我不同时期思想的变化，当然要根据我当时的作品。”③研究界确实存在借

① 金宏宇《〈子夜〉：版本变迁与版本本性》，《中州学刊》2003 年第 1 期。

② 金宏宇《新文学的版本批评》，武汉大学出版社 2007 年，第 50 页。

③ 《为香港新版写的序》，《巴金全集》第一卷“附录”，人民文学出版社 1997 年。

1949年后的版本去揣度、归纳作家二三十年代的见解与思想的做法，陷入关公战秦琼的矛盾之中，造成了“批评统指”或“版(文)本互串”的弊病。如学者朱金顺就指出某种《巴金评传》中评价《激流三部曲》的文字达40页之多，但引文仅出自人民文学出版社新版《家》中，全然不顾它有过九次修改的史实，导致无从分辨巴金思想的变迁轨迹①。

第二节　日记的版本变迁与文学意义的重组

受到各种因素的影响，一些新文学作品出现了多个版本，它们版次不同、内容有差。“新文学版本变迁之复杂、蕴涵之丰富，为我们进行多角度的研究提供了可能。从文献学的意义上讲，一部具有众多版本的新文学作品就是一个变动不居的综合性的文献载体，具有重要的研究价值。”②这个判断同样适用于现代作家日记。读者会从不同的日记版本获取不同的认知与感悟，得出不同的结论，只有解决了版本问题才能正本清源。一些日记作品版本众多，但大多是无价值版本，如某些日记片段被不同的集子反复收录或由不同的杂志重复刊登，如不同出版社或同一出版社重印某作品，仅在版式、封面或插图上有差别，此类文本不在笔者的考察范围之内，本书关注的是内容上有差别的版本。而造成版本内容变化的原因大致有两种：1. 有意识的删修，乃经手人特意为之；2. 无意识的改易，源自经手人的误读或文学、文法规范的变迁。

一、有意删修造成的意义偏离

二十世纪末，文坛有过一次涉及吴宓的所谓伪劣书的声讨。

---

① 朱金顺《新文学版本琐谈》。

② 金宏宇《新文学版本研究的角度》，《中国现代文学研究丛刊》2005年第2期。

1997 年 3 月,张紫葛的《心香泪酒祭吴宓》出版,迅速成为畅销书,却引发了无尽的争执,卷入其中的专家学者各持己说,毫不相让,这场持续了近两年的论争甚至造成了几场官司。他们聚焦的议题有多种,而本书主要关注日记的问题。张紫葛专门辟了"关于日记"的章节,提及吴宓在 1951 年、1955 年采取销毁、修改或替换的方式处理过日记,包括以下内容:一、改动了与毛彦文有关的记述,避免被认为一贯行事作风不好。二、删除了几条与王国维自杀有关的评论,其中贬斥了民国肇始之前唾骂革命党,以效忠皇权自誉,鼎革后又立刻摇身变作民国要员的某些名人,担心这些"借古非今"的文字贾祸。三、删除了 1937 年冬与某女士的关联,担心被误以为喜欢到处拈花惹草。四、删除了二十世纪四十年代末杭立武到武大动员他去台湾等内容,担心被认为与国民党有勾结。五、删除了 1949 年遇到几名大学生的情节,因为吴宓评价他们为纨绔子弟,而根据后来的标准他们"思想进步,有工农气质"。六、删除了多处关于毛泽东思想和文采辞章的评论,因自认虽为颂扬,但由于马列主义水平不高,担心难合符契,反被认作"反动言论"。七、尽量删除与女学生、女教师、女职工往返之事,避免涉嫌作风问题。这些修改十分妥帖,以至于李源澄认为:"修补得很为精妙,看不出丝毫痕迹,恐怕福尔摩斯也找不出半点毛病。"[①]这些说法让张著的反对者无法接受,他们认定作者故意以捏造、诬陷的方式将吴宓塑造成擅长作伪、工于心计、鬼鬼祟祟、猥琐世故的形象。

先看反对者的观点:1997 年 5 月 29 日,正待出版的《吴宓日记》责任编辑吴彬(化名季石)在《文汇报》刊文《〈心香泪酒祭吴宓〉质疑》指出张著中某些事实与日记差之千里。6 月 21 日,唐振常长达 1 万多字的《君子可欺以其方,难罔以非其道——论张紫葛〈心香泪酒祭吴宓〉之诬》刊于《文汇读书周报》,谈了"《吴宓日记》无张紫葛三字"

---

① 张紫葛《心香泪酒祭吴宓》,广州出版社 1997 年,第 146—150 页。

等九个问题,该文后来改名《评张紫葛〈心香泪酒祭吴宓〉》发表在《东方文化》,抨击张著是一部欺世盗名之作。7月5日,王泉根在《文艺报》刊文《吴宓有否此"密友"——证张紫葛〈心香泪酒祭吴宓〉之作伪》,之后又有《关于〈心香泪酒祭吴宓〉》,其中第二部分"证伪张书铁证之二吴宓日记"以1944年某段日记为例,说明"据此完全可以断言,吴宓先生根本没有改写过日记"①。11月29日,周国平《一本欺世盗名的伪劣书——评〈心香泪酒祭吴宓〉》刊于《文艺报》,批评张著胡编乱造、肆意诋毁,杜撰了庸俗不堪的传主形象,充满了恶趣味。次年,陈斯言、季石《〈祭吴宓〉——一本虚构作伪的"纪实"书》刊于《百年潮》第1期,直斥张紫葛作伪,谈了"1951年时《吴宓日记》保存在北京,在重庆的吴宓何从修改""吴宓对张紫葛的印象不佳,没有这样一位'老朋友'"等15个问题。这些文章存在前后矛盾之处,因此给论战对手留下了反驳的空间,而且他们无法提供强有力的证据证明吴宓并未修改日记,他们的言说多是从对吴宓人格的揭示与肯定上生发的,难以着实。

再看支持者的反驳:周锡光谈到吴宓"一生长记日记不辍,甚至在'文革'期间刚遭批斗下来和限居牛棚期间,也从不断缺,如有断缺,也尽量补上。先生有云:'宓之日记乃为记史,史有正史野史,野史可补正史之不足,要在真实。'七十年代初,先生认为他'第三个二十八年'寿期将至,便全力着手三件事:编诗集;撰年谱;整理日记。而日记费心血最多。先生让我翻看日记,包括对我有批评的日记,也从不忌讳。若发现问题,有错字重字,或有提问,都一一解答,并马上增补或删节。又常说:'诗集、日记、年谱应对照翻,互相参照,如此,方可对宓真知而非假知。'日记大的修改数次,小修改则多次"②。他

---

① 王泉根《关于〈心香泪酒祭吴宓〉》,《书屋》1997年第5期。

② 周锡光《真作假来假亦真,无为有时有还无——驳唐振常先生"吴宓真相"说》,《东方文化周刊》1997年第27期。

指出吴宓多次修改日记，支持了张紫葛的观点。程兆奇对两篇驳难文章作了辨析，如批评吴彬的《质疑》："季文所下全称判断（指《吴宓日记》并无张紫葛其人）如能成立，须有如下前提：一，日记对所遇人事有周详的记录；二，张著所记不见于已传文字的吴宓情况与日记全部违背；三，日记确是原始的面貌，未经改窜。第一点因《吴宓日记》特以细大不捐为特色，所以日记如无《祭吴宓》作者之名，不能不说是个疑问。第二点季文所罗列的日记内容似乎与《祭吴宓》不合，也不能不说是个疑问。此处注明'如无'和'似乎'，是因为这两点不久便因'季实'自己在另一篇文章中披露的材料而不攻自破。"①指出其文前后矛盾，吴宓日记原稿形态是线装本或单页，从而为删修提供了方便，其日记纸张大小、墨色确有不同。他又从六个方面驳斥了唐振常，认为其论多为臆说，缺乏事实或史料支撑。

整体而言，《心香泪酒祭吴宓》虽然在史料裁剪上稍显芜杂，甚至偶有挪用，在情感处理上过于直露，但并无诽谤传主之意，比较客观地描述了吴宓最后的人生际遇，以及在政治挤压下的精神委顿和裂变。正如研究者所证明了的，作家在 1949 年以后修改旧作是种常态，即便私密性强的日记也不能免俗，特别是在某些特殊的年份，由于担心日记透露的信息危害自身、家人或友人，必然作出处理，这不过是应对时代的生存必备技能罢了。有过这般经历的翻译家杨苡说过："日记本来是不该造假的，但我国上一代和我这一代的知识分子，经历了那么漫长的苦难历程和暴风骤雨，浸满了智慧，用血泪写下的日记文稿被焚、被抢、被骗、被删改、被'择其所需'……都有可能。"②当然，这种修改会使后人对写作者的认知产生偏差。关于吴宓日记

---

① 程兆奇《批评的界限——对张紫葛所著传记质疑的再检讨》，《上海行政学院学报》2004 年第 1 期。

② 转引自周锡光《真作假来假亦真，无为有时有还无——驳唐振常先生"吴宓真相"说》，《东方文化周刊》1997 年第 27 期。

的纷争至今仍无定论,其实解决的方法并不复杂,如果持有者或整理者毫无保留地展示日记原稿,那么我们也就清楚事实到底如何了。

确实,不同的记载会让读者对作者或相关人物等产生不同的感知与判断。以丁玲日记为例,1993 年第 2 期《新文学史料》杂志刊发了陈明根据丁玲 1947—1953 年日记整理的《四十年前的生活片断》。孰料蒋祖林给编辑部去信,指出整理稿内容与原稿不符,特别提到 1948 年 6 月 15 日日记整理稿为:“毛主席评郭文有才华奔放,组织差些;茅的作品是有意义的,不过说明多些,感情较少。”[①]而蒋祖林披露的原文为:“毛主席评郭文,有才奔放,读茅文不能卒读。我不愿表示我对茅文风格不喜,只说他的作品是有意义的,不过说明多些,感情较少。郭文组织较差,而感情奔放。”[②]经过比较,两条日记的意思相差甚远,而且将毛泽东与丁玲的评论混淆了。蒋祖林透露,陈明对丁玲的许多原文作了修改,仅 1948 年 6 月 14 日、15 日日记就有 20 多处。如此行径让人反感,学者徐庆全就表示,陈明的做法与其说是整理,不如说是肆意删改,这种对历史不负责任的态度令人大失所望[③]。无疑,这背离了客观严谨的史料观,史料整理必须忠实于原稿,不能对文字内容随意修改,某些笔误可做改动但要注明,否则影响史料本身的价值。十多年后,陈明才在回忆录中作了回应,指出之所以修改丁玲四十年代的日记是因为作品刊印时她已去世,无人可以商量。为何一定要修改?“因为她的日记本来就记得很不完全。我修改过她和毛主席的谈话,因为她与主席的谈话,也是凭记忆记下来的要点,不可能一字不差,意思可能不是很完整。比如毛主席说,茅盾的东西不忍卒读,看不下去。没有讲到茅盾作品的好处。我认为,如果把丁玲的日记原封不动地公开,人们会以为,丁玲是在借毛

---

① 丁玲《四十年前的生活片断》,《新文学史料》1993 年第 2 期。

② “来信照登”,见《新文学史料》1995 年第 1 期。

③ 徐庆全《陈明守护丁玲的尴尬》,《炎黄春秋》2010 年第 3 期。

主席的话攻击茅盾。考虑到毛主席说这番话，只是在非正式场合说的，不是太严谨，同时对茅盾也稍过了一点，所以我把这段话做了适当的修改，把丁玲说的茅盾的话加进去了。再比如毛主席说郭沫若，有才华，但组织能力差一些，我的修改也没有违背主席的基本意思。"[①]这种理由未免牵强，自以为是的揣度偏离了丁玲的原意和真实感受。据萧军日记记录，他与丁玲对茅盾作品都无多少好感，两人私下讨论时曾加以嘲弄。这是无视原版本造成的闹剧，原有的文学意义被人为生硬地偷换了，影响了读者的接受。

再以陆小曼日记为例，其日记最早出现在 1936 年良友版《爱眉小札》中，后被收录到 1947 年晨光版《志摩日记》。《爱眉小札》魅力无穷，一版再版，粗略统计版本已达数十种，如上海书店 1987 年版，华夏出版社、人民文学出版社 1988 年版，浙江文艺出版社 1989 年版，东方出版社 1994 年版，上海古籍出版社、四川文艺出版社 1999 年版，经济日报出版社 2000 年版，北京图书馆出版社、湖北人民出版社 2002 年版，中国友谊出版公司、时代文艺出版社、内蒙古出版社 2003 年版，京华出版社 2007 年版，北方妇女儿童出版社 2010 年版，同心出版社 2011 年版，江西教育出版社 2012 年版，中央编译出版社、北京联合出版公司、天津人民出版社 2013 年版，中国言实出版社、上海科学技术文献出版社 2015 年版等。最有价值的是虞坤林编，三晋出版社 2009 年出版的《陆小曼未刊日记墨迹》，即《陆小曼未刊日记影印本》。浙江人民出版社 2015 年版《徐志摩全集・日记卷》同时收录了晨光版《小曼日记》和《陆小曼未刊日记》，为探究两种日记版本的差异提供了便利。经仔细对校可见，晨光版日记 20 篇，未刊日记稿 72 篇，后者多出的 52 篇要么被直接删除，要么被改写，要么经整合后嵌入到其他章节。两种版本在记录时间上也对不上，晨

---

① 陈明《我与丁玲五十年——陈明回忆录》，中国大百科全书出版社 2010 年，第 289 页。

光版日记起讫时间为1925年3月11日至7月11日，未刊日记起讫时间为1925年3月11日至8月9日，以及1926年2月6日至3月7日（这部分内容晨光版失收）。两种版本中相同的记录日期只有1935年3月11日，3月14日，3月29日，4月12日，4月18日，6月21日等六则，也有些内容相似却窜日的记录。陆小曼日记的改易主要包括以下几种形态：一、完全重写，如日记的起头就有云泥之别，晨光版为：

> 一个月之前我就动了写日记的心，因为听得"先生"们讲各国大文豪写日记的趣事，我心里就决定来写一本玩玩，可是我不记气候，不写每日身体的动作，我只把我每天的内心感想，不敢向人说的，不能对人讲的，借着一支笔和几张纸来留一点痕迹。不过想了许久老没有实行，一直到昨天摩叫我当信一样的写，将我心里所想的，不要遗漏一字的都写了上去，我才决心如此的做了，等摩回来时再给他当信看。这一下我倒有了生路了，本来我心里的痛苦同愁闷一向逼闷在心里的，有时真逼得难受，说又没有地方去说；以后可好了，我真感谢你，借你的力量我可以一泄我的冤恨，松一松我的胸襟了。以后我想写甚么就可以写甚么，反正写出来也不碍事，不给别人看就是了。本来人的思想往往会一忽儿就跑去的，想过就完，现在我可要留住它了，不论甚么事想着就写，只要认定一个"真"字，以前的一切我都感觉到假，为甚么一个人先要以假对人呢？大约为的是有许多真的话说出来反要受人的讥笑，招人的批评，所以吓得一般人都迎着假的往前走，结果真纯的思想反让假的给赶走了。我若再不遇着摩，我自问也要变成那样的，自从我认识了你的真，摩，我自己羞愧死了，从此我也要走上"真"的路了……①

① 《徐志摩全集·日记卷》，第106页。

未刊日记版本为：

> 我现在起始写一本日记，实在不能说是甚么日记，叫“一个可怜女子的冤诉”吧，我一向心里的忧闷，全放在腹内容他自烂，现在我不拟，为甚么不泄露在纸上，亦无人看见倒可以稍微让心怀里松一松。①

晨光版日记开头 500 余字，未刊日记 70 余字，在前一版本中陆小曼交代了日记写作的缘起：记录内心感想（后一版则表示要宣泄忧闷），关于日记的认知与态度，以及将如何写作日记等事项，文字感性细腻，文风隽永有味，尽显其独特的文学天赋，而未刊稿则似随手为之，粗简干巴。两段文字带给读者的感受也不同，前者如同少女的娇嗔，后者则幽怨许多。

二、直接删除，如 1925 年 6 月 13 日关于胡适的一段：“今天人觉得还好，只是没有力气。先生今朝来谈，他去欧之事还未一定，大约不得去，他真是个好朋友，他说若是我能打破一切关口，他一定带我走，难的是娘一个人，他亦说她近来气像不好，恐不能久持下去。若是她真为我气忿而死，那我这一世还能快活么？不但是叫众人咒骂，我的良心上亦过不去的。我能那样不孝么？我们谈起金钱问题，他说那倒不难，他若能出去，钱一定不少，他能相助，只是恐怕此事万难办到。”②无疑，通过这则描述可以揣测胡适与陆小曼似乎存在一定的暧昧关系。在徐志摩作品出版前，陆小曼征求过胡适的意见，努力建立起了好形象、高名望的胡适自然不能让这种片段出现在公开出版物上，给自己的声誉造成影响。即使保留下来了，与胡适相关的无关紧要的记录也作过处理，如称其为 H，或作了修饰字词的变动。

---

① 《徐志摩全集·日记卷》，第 273 页。

② 《徐志摩全集·日记卷》，第 302 页。

出于同样的原因,未刊稿1925年3月25日、5月14日、5月25日关于张歆海的片段均被删除,因为张氏热烈地追求过陆小曼。而将1926年22则日记删除可能是出于出版的需要或销售策略,将有趣的故事、丰沛的情感密集地安排在1925年的四个月内,显得结构紧凑,更有吸引力。

三、增写内容,如1925年4月20日日记,陆小曼对新近丧子的徐志摩担忧不已,希望其宽心,积极面对生活。又如6月28日日记,她谈了阅读小说 The Painted Veil 的感想,述说了听闻徐志摩在外花天酒地后的难受心情,表达出强烈的思念之情。这些都有利于塑造陆小曼敏慧贤淑、温婉多情的形象。

四、将前后数日的内容整合在一天,如晨光版3月11日日记就是由未刊日记3月11日、12日的内容合并而成的,这种做法使细碎的内容熔接成块状,叙事更集中,增强了文本的吸引力。

陆小曼为何如此修改日记?原因不外乎几种:一、为同时代人避讳,以免引起笔墨官司或他人的反感与不适,如删除了与胡适、张歆海、林徽因、凌淑华相关的片段,这些内容可能引发舆论哗然,甚至成为小报的消费对象。二、隐藏某些真实的状况与想法,掩盖或粉饰自己,如对未刊稿中一些直露的表白作了改动可以给读者留下好印象,树立起良好的个人形象。三、为了出版的需要,丰富有趣的故事、富有文学性或相对节制的语言以及紧凑的叙事风格可以吸引更多读者,增加销量,这也符合出版机构的要求,零碎、繁琐或冗长的叙述可能会丧失读者。四、常见的技术性失误,任何整理或出版活动都不可避免地出现一些无意识的小瑕疵。这比一般文学作品的修改原因复杂多了,作家梁斌谈过修改的问题:“修改是为了提高,好的、闪光的地方,要展开来写。缺乏生活的地方,写也写不好,要逐渐压缩。删去繁文缛节,才会使好的章节更加突出。和主题、人物、故事游离的东西,一定把它删去。好的东西逐渐写进去,加以发展、补充、站立起来。无用的东西,加以压缩,或是删去,文章就提炼、升华了。这样，一遍、二遍、三遍地修改下去，文章渐次起着蜕变，新陈代谢。每修改一次，使它褪去一层腐皮，生长着新肌，文章会更显得新鲜。”①显然，他注重的是作品在思想和艺术上的提升，而陆小曼兼顾了更多其他的因素。无论出于什么目的的改易均会对文学史实的梳理和文学意义的阐发产生误导，影响读者的阅读体验与感受。在现代日记出版史上，类似陆小曼日记如此面目全非的修删毕竟不多，多数是细节的变动或段落的调整或删除，创作主体的关键意图与理念还是基本保留的，而以此为理由全盘否定日记的价值大可不必。

又如胡适日记，它起初在《新青年》杂志连载 11 期（1916.12—1918.9），后来有《胡适日记》《藏晖室札记》《胡适留学日记》《胡适日记全编》等陆续出版。以留学日记为例，分别有台湾商务印书馆 1980 年版，上海书店 1990 年版，海南出版社 1994 年版，安徽教育出版社 1999 年版，岳麓书社 2000 年版，同心出版社 2012 年版等，也被收入安徽教育出版社 2001 年版《胡适日记全编》。后来的《胡适留学日记》是以 1939 年亚东图书馆版《藏晖室札记》为原型的，而它本身就是一个作过整理、删削的本子。根据整理抄录者、编辑章希吕的日记，他抄毕这部约 40 万字的札记花了超过半年的时间，学者欧阳哲生总结了他所作的编辑处理工作主要有四项：“一、原手稿并无标题，章希吕根据每条札记内容，拟加标题。二、原手稿本并无新式标点，章希吕将之新增标点，并分段，有些札记甚至拆分几条，有些札记的顺序也作了调整。三、原手稿粘贴了许多剪报、照片，章希吕只是选择性的采取了其中部分材料。四、章希吕对手稿还作了一些删节处理。”②

① 梁斌《〈播火记〉后记》，见张俊营主编《百年梁斌——梁斌百年诞辰纪念文集》，河北大学出版社 2014 年，第 109 页。

② 欧阳哲生《一部新文化的珍贵文献——〈胡适留学日记〉版本源流及其文献价值考》，《北京大学学报》2020 年第 6 期。

更具文献价值和版本学意义的是2015年8月上海人民出版社出版的《胡适留学日记手稿本》。根据欧阳哲生的对校,第一册“藏晖日记　留学康南耳之第三章”为《藏晖室札记》卷二,第二册“藏晖札记　民国二年　起民国二年十月八日终三年二月廿八日”为《藏晖室札记》卷三,第三册“藏晖札记二　民国三年　起三月十二日　终七月七日”为《藏晖室札记》卷四,第四册“藏晖札记三　民国三年　七月”为《藏晖室札记》卷五,第五册“藏晖札记四　民国三年　八月”为《藏晖室札记》卷六,第六册“藏晖札记五　民国三年　九月廿三日起十二月十一日止”为《藏晖室札记》卷七,第七册“藏晖札记六　民国三年十二月十二日起”为《藏晖室札记》卷八,第八册“藏晖札记七”为《藏晖室札记》卷九,第九册“藏晖札记　第八册　民国四年六月”为《藏晖室札记》卷十,第十册“胡适札记　第九册　四年八月”为《藏晖室札记》卷十一,第十一册“胡适札记　第十册　民国四年十一月到五年四月”为《藏晖室札记》卷十二,第十二册“胡适札记　第十一册　民国五年四月”为《藏晖室札记》卷十三,第十三册“胡适札记　第十二册　民国五年七月”为《藏晖室札记》卷十四,第十四册“胡适札记　第十三册”为《藏晖室札记》卷十五,第十五册“胡适札记　第十四册”为《藏晖室札记》卷十六,第十六册“胡适札记　第十五册　归国记”为《藏晖室札记》卷十七,第十七册“胡适杂记　第十七册　改为第十六册”为新发现的《北京杂记(一)》,第十八册“胡适札记　第十六册　改为第十七册”为新发现的《归娶记》。由此可见,当初汇编成札记刊行时对原本的调整幅度确实大。学者陈子善指出了手稿本与常见的《胡适留学日记》存在的差别:一、各册日记的具体起讫时间不一,《胡适留学日记》作过前后整理与协调。二、手稿本多率性而作,有话则长、无话则短,也无标题,《胡适留学日记》则按日,按内容归类,并酌情加了小标题。三、《胡适留学日记》中的文字作过修饰与改动。四、手稿本附有大量中英文剪报及照片,《胡适留学日记》作过筛选,而保留部分的一些说明文字和即兴感想则被删除了。

五、手稿本存有他处未见的佚作。六、手稿本有些记日记时写了又删的，显示当下真实想法的文字。试举一例，如 1917 年 3 月 21 日所记诗歌《怀君武先生》“八年不见马君武，见时蓄须尤未黑。自言归去作工人，今在京城当政客”就被删除了。马君武与胡适有师生之谊，胡适就读中国公学期间颇得马氏器重，两人后来在沪过从甚密，日记出版时马氏尚在人世，已是名望甚高的社会贤达，这首不无讥讽，语带调弄的诗歌就不适合公开了。有些新发现的日记，如《北京杂记（一）》有助于了解、剖析“五四”时期胡适的文学、社会活动及其心理的变化，而《胡适日记全编》正好缺了该时段的记录。又如 1917 年 12 月至 1918 年 2 月的《归娶记》可以明晰胡适对待传统习俗的态度，此前已有材料显示他对丧礼有过微词，并且得到了钱玄同等人的认可，而这则日记可以见证他从自己做起，主张改革婚礼礼式，对传统礼教发起了挑战。因此，陈子善先生将此书的出版与二十世纪五十年代初鲁迅日记手稿影印本和九十年代周作人日记手稿影印本的出版相媲美，“这一大批胡适早年日记手稿的影印，为研究早年胡适留学美国和回国初期的见闻、治学、创作、交游、思想、爱好和情感，均提供了令人欣喜的大量新线索”[①]，认为随着手稿影印本的出版，胡适研究，尤其是早年研究必定会出现新局面。

二、无意改易引发的意义变更

语言、文字规范的调整或无意识的改动同样导致文本意义的变化。譬如，鲁迅日记原稿本无标点，至二十世纪五十年代正式出版才予于标注，由此因不同的理解产生了争论，其 1932 年 2 月 16 日日记：“下午同三弟往汉文渊买翻汪本《阮嗣宗集》一部一本，一元六角；《绵州造象记》拓片六种六枚，六元。又往蟫隐庐买《鄱阳王刻石》一枚，《天监井阑题字》一枚，《湘中诗》一枚，共泉二元八角。夜全寓十

---

① 陈子善《关于胡适早年日记手稿》，《文汇报》2015 年 8 月 7 日。

人皆至同宝泰饮酒,颇醉。复往青莲阁饮茗,邀一妓略来坐,与以一元。”[①]后半部分谈及鲁迅似乎有付资邀妓之举,有人以此攻击鲁迅,指责他在关系民族生死存亡的“一·二八事变”余绪中不及家国,反而堕落红尘,沉溺于私欲;也有学者质疑,认为“颇醉”二字后应该点注“,”,如此原文意思就有了变化,邀妓就非鲁迅个人的行为,付资者或许是他人。

这种对鲁迅认知的差异是由语言、文字规范的变化引发的,而朱自清日记则有不少因整理者自身知识或修养的缺失导致的意义变更。如其1932年12月27日日记:“晚读徐中舒君《论旧诗》一文,甚佳,当摘记于明日日记中。”果然,次日日记录有该文的主体内容,起首即言:“徐君文首论以今日所谓某主义、某主义加于古诗人之非。次论旧诗中缺乏爱情诗,中国有写夫妇之爱(In Cenjugal Love)的诗甚多。惟无写那个生机勃勃之情欲力量者。夫妇之爱往往被视为家庭情趣,绝少表现为原始情欲。”[②]乍读之下,我们会以为两则日记所论者为历史学家、文字学家徐中舒,但遍查徐氏著作并无此文,而仔细辨别可知《论旧诗》实乃On “Old” Chinese Poetry,又名《论中国诗》,其实是钱钟书的英文论文,1933年12月14日以“Ch’ien Chung-shu”之名发表在The China Critic上。所以作者的称呼当为“钱中书君”及“钱君”,从后来朱自清所撰《中国新文学大系诗集导言》的“注明”可证明这点。据编者按28日日记原为英文,因此错误是由译者误译造成的。自1934年7月后,朱自清日记多以英、日两种文字写成,难免出现一些误译,如将关于《说文解字》之文译作《中文形态与词源》,将散文《给亡妇》译作《妻的灵魂》,将《新诗杂话》译作《新诗杂谈》,将《文人宅》译作《作者之家》,将《文病类例》译作《学生作文中的错误》,将诗题“游倒石头因忆石林,示同游诸子”译作“以

---

① 《鲁迅全集》第十六卷,第299页。

② 《朱自清全集》第九卷,第179页。

一整日写诗描述陨石与化石”,将诗题“题林屋山民送米图卷子并序”译作“作一首诗:《农民呈米》”等①。无疑,这些错误会对读者的阅读造成困扰,传递错误或不准确的信息,这本来是可以避免的,前提自然是译者必须仔细对照朱自清的文章篇目。又如将新批评派理论家 Ivor Armstrong Richards 译作“理查斯”,其通用译名实为“瑞恰兹”,1942 年朱氏就在著作中谈到阅读过这位清华同事“瑞恰兹”的著作;日记还将 William Empson 译作“易卜生”,易与“五四”前后风行中国的挪威剧作家混同,这位理论家在西南联大执教时有通用名“燕卜荪”,这类错误可以通过查证同时代著述得到纠正。关于这点,学者徐强有过整体而深入的研究。

学者范旭仑、李洪岩罗列了《吴宓日记》整理存在的五类错误:在字句上,生造文字、不识简化字或通用字、错字夺字、破句失读、分不清间接叙述与直接引语等;在文化常识上,疏漏书名篇目、名称混乱等;在人物注释上,体例不统一、该注而未注、详略失当、沿误传讹等;在译文上,有错译乱译等;在段落上,整理者全凭自己的理解处理,导致划分错误、文气断裂等。如将“指摎”误作“指樛”,将“喧慝”误作“喧逐”,将“泯泯豚豚”误作“泯泯豖豖”,将屈原名句“众女嫉余之蛾眉兮,谣诼谓余以善淫”误作“众女嫉余之蛾眉兮,谓谣诼以善淫”等;又如将“《四库全书总目提要》”误作“四库全书目录提要”,将“苏洵《权书·心术》”整理成“苏洵 权书 心术篇”等;再如将“Kelly and Walsh(别发洋行)”整理成“Kelly and Wald”并译成“凯莱及华德”等。这都是细致查证就能避免的错误,假如不了解此情,读者可能将吴宓视作为学不严谨之人。

日记版本的嬗递为现代文学研究提供了动态样本,通过辨析可以了解日记的传播与读者的接受、消费形态等,而将删修过的版本与

---

①　徐强《〈朱自清全集〉日记卷中的若干篇名人名辨正》,《当代作家评论》2016 年第 1 期。

全编本或手稿影印本对校互读有助于重探文学事件、还原文学史实。现今，常见的日记版本有节选本、全编本、手稿影印本等。节选本经过编辑和审读，将一些被认为无关紧要，或涉及家庭隐私，或有损作者形象的段落删除，日记的原生性遭到破坏。全编本搜罗更齐全，内容更丰富，也不可避免地存在节选本的某些缺陷。那么，手稿影印本的重要性就体现出来了，它一般不作编排，既全面还原了创作者的真实样貌，提供了值得信赖的史料来源，也可能带来新的学术增长点，如开启关于作者书法或其他层面研究的新方向，但它的缺点也明显，如有漫漶不清之处，或因写作者字迹潦草，会给读者的辨认带来挑战，耗时耗力。学者谢泳对日记的版本价值有过判断：日记主人生前出版的日记价值，低于死后出版的日记；整理排印的日记价值，低于原版影印的日记；有删节的日记价值，低于未删节的日记；片段的日记价值，低于完整的日记[①]。诚哉斯言。

现代作家日记有不容忽视、不可取代的多层次价值，而展开研究的必要条件即是日记的持续出版，这些日记多以稿本形式存于作家家属、生徒或藏家手上，所以首先要呼吁他们在保存妥当之余，主动出示、出版各类日记。学者刘增杰提出过抢救性发掘的建议，力主扩大搜求范围，如从向作家本人、家属找寻，转向田野调查，转向跑图书馆、博物馆，甚至走向民间[②]。更重要的是，最理想的状态应该是原本刊印，即便是整理出版，仅须理顺即可，不做任何增益、删节或修饰，保全原汁原味。多年来，随意删修名人日记的行为引起了读者的不满，有人曾批判："从科学研究着眼，'不正确'乃至'不全面'肯定是'缺点'。但与'张冠李戴'和'胡编乱造'相比，这二者远不在一个档次，性质大不同。现在都说假冒伪劣猖獗，从日用百货到生产资料，

① 谢泳《中国现代文学史研究法》，第134页。

② 刘增杰《论现代作家日记的文学史价值——兼析研究中存在的两个问题》。

从个人档案到‘先进模范’，到处可见‘假’风劲吹。史学界的这种‘假日记’，当仁不让也算是其中一种，形同餐馆里的地沟油。我虽无可奈何，无力‘处理’，但为之做个‘广告’，提醒大家注意，总还是可以的。”①自然，将这些文本称作“假日记”有些危言耸听，但拒绝“地沟油”，杜绝日记造假已然成为共识。如此，已经出版过的日记文本可以或再出全编本、重修本，或直接出版手稿影印本。只有通过原生态史料的解读，才能让研究者在进入历史和写作者的内心世界时将偏差减少到最小程度。

---

①　侯志川《史学界的“地沟油”——被“创作”的日记》，《杂文选刊》2010 年第 12 期。

结语 “中国日记学”刍议

如今，各种文类基本已经建成了独立的研究体系或学术共同体，如诗歌学、小说学、戏剧学、戏曲学等，多数成立了学会或研究会等实体机构，定期举办学术活动，有的创办了专门的研究刊物，有的经常组织专家评定学术成果、颁布奖项，这既壮大了研究队伍，完善了学术梯队建设，也促成了文类研究的拓宽与深化。笔者认为，“日记学”的倡议与推行同样有其合理性与必要性。何为“日记学”？简而言之，就是研究日记的历史、特征、作用和功能，日记的教学和写作，日记文本的生产、出版和评价，以及与之相关的各种议题的学问。众所周知，如果要建构一门相对成熟与独立的“××学”，至少必须具备几个基本条件：一、研究对象或在文体上具有独特性，或在价值上无可替代，从中能够拓展出宽广的研究领域。依照前面几章的论述，可以肯定日记完全符合这些要求。日记是各种学科研究资料的汇聚，既可以抽取它在文学、思想和社会等各个层面的价值，也可以从美学的角度分析它的写作特色或文体形态，或者通过其记录作些关于气候、疾病等自然科学层面的探讨。粗略分析，日记研究可以分拣出历史研究、理论研究、应用研究和美学鉴赏等。如关于日记的历史研究，包括日记的缘起和发展研究，或宋代、元代、明代、清代、近代或现代日记的断代演变研究，或某位文人日记的整体研究，又或某个特定时代读者对日记的传播与接受等；如关于日记的理论研究，包括日记的定义、属性、特征、形式与作用、功能研究，日记与传记、回忆录等其他文体的关系，中国日记与外国日记的异同比较，传统日记与现代日记或当代日记（另有日记的变体，如博客、微博、微信等）的比较，某位作家学者的日记观等；如关于日记的应用研究，包括如何理解语言、文学与日记的影响、培养功能的关系，日记与现代心理治疗，日记与大数据分析等；如关于日记的美学鉴赏，包括名人日记赏析，日记文体的美学分析等。另外，可以作些延伸性研究，如日记的版本研究，日记的使用、收藏与传播研究，或通过日记手稿研究作者的书法或当时的印刷文化、纸张文化等。无疑，日记学研究的史料包容和可供开拓的领域与诗歌学、小说学或戏剧学研究相比毫不逊色，足以撑起一个学科门类或专业方向。二、有适用于本领域的研究方法。研究方法是支撑起一门学问的框架，它既包括在中国延续近两千年的传统汉学范式或加以反拨的宋学范式，也包括近现代以来源自外国的解读技巧和阐释方式。回看前面章节，可以肯定这些方法和模式对于日记研究是可行的、有效的和妥帖的。确实，现有成果既包括严谨而琐屑的考证、辩诬或辑佚，如通过日记史料还原或考辨某些存疑的文学史人物、事件和刊物，展示写作者的日常生活状态与文学行为等，也可以在外国经典理论的框架下分析某种文化心理，或设计数据库和解释模式透析某些社会现象，如根据日记所录地点制作写作者的行踪图进行文化地理学的阐析等。总之，文学研究、史学研究、社会学研究、经济学，甚至数学、管理学研究的种种理论方法都可以用在日记研究上。三、有丰赡的研究成果和一定数量的研究人员。一个学科门类或专业方向的树立需要丰硕优质的学术成果作为基础，前面章节对此已有论述。至今，日记研究领域汇聚了一批学有专攻的研究者：如早期学者有阿英、赵景深、陈左高等，之后的文史类专家有余英时、齐世荣、孔祥吉、黄仁宇、杨天石、陈子善、桑兵、罗志田、邹振环、邱捷、黄道炫、马忠文、商金林、张剑、徐雁平、田正平、李怡、王锡荣、刘增杰、虞坤林、徐强、谢泳、叶新、刘卫国、杨汤琛、尹德翔、张高杰、刘中黎、凌孟华、肖太云、袁洪权、黄彦伟、王增宝等，属于自然科学类的有满志敏、周尚意等，又有外国学者如沈艾娣等。他们或撰有重要的、颇具影响的论文论著，或持续有论文论著的刊载、出版。近年，国家社科基金立有数个涉及日记研究的文史类项目，特别是随着北京大学张剑教授主持的重大项目“中国近代日记文献叙录、整理与研究”立项，高质量研究成果持续刊出，使中国日记研究出现了新局面。与研究同兴的是各种新旧日记文本的频繁出版，尤其是中华书局、岳麓书社、凤凰出版社等机构连年刊印日记丛书，为了解、阅读和研究中国日记准备了充足的资源。另外，河南、河北、山东等地建了多个日记博物馆，推广日记文化。由此可见，“中国日记学”的构建已经具备成熟的条件。其实，在二十世纪八九十年代就有人倡行过“日记学”，但反响不大，应和者寥寥，可能是因为提倡者多为中学语文教师或普通读书人，在学术界缺乏足够的影响力，更重要的恐怕是学术界未充分认识到日记的价值，忽视了这块领地。那么，随着近二三十年来人们的认知有了进一步变化，关于日记的知识生产活动层出不穷，呼吁与推行“中国日记学”的建构就自有重要价值与意义，也正当其时了。

参 考 文 献

一、著作类

1. 田汉《蔷薇之路》，上海泰东图书局 1922 年。
2. 戴叔清（阿英）《语体应用文作法》，上海亚东图书馆 1929 年。
3. 章衣萍《倚枕日记》，上海北新书局 1931 年。
4. 钱谦吾（阿英）《语体日记文作法》，上海南强书局 1932 年。
5. 沈仲文编《现代日记文杰作选》，上海青年书店 1932 年。
6. 章衣萍《作文讲话（第三版）》，上海北新书局 1932 年。
7. 贺玉波《日记文作法》，上海广益书局 1933 年。
8. 戴叔清（阿英）编《模范日记文选》，上海光明书局 1933 年。
9. 新绿文学社编《名家日记》，上海文艺书局 1933 年。
10. 张立英编《女作家日记选》，上海开华书局 1933 年。
11. 谢美云编《模范日记文读本》，上海光华书局 1934 年。
12. 施蛰存编《域外文人日记抄》，上海天马书店 1934 年。
13. 林华《日记文作法讲话》，上海乐华图书公司 1934 年。
14. 赵景深编《现代日记选》，上海北新书局 1934 年。
15. 姚乃麟编《现代创作日记选》，上海中央书店 1935 年。
16. 陈子展编《注释中外名人日记选》，上海中华书局 1935 年。
17. 王定九编《当代女作家日记》，上海中央书店 1935 年。
18. 钱公侠、施瑛编《日记与游记》，上海启明书局 1936 年。
19. 俊生编《现代女作家日记选》，上海仿古书店 1936 年。
20. 朱益才编《现代日记文精选》，上海经纬书局 1936 年。

21. 赵景深编《日记新作》,上海北新书局 1937 年。
22. 俊生编《现代日记文选》,上海仿古书店 1937 年。
23. 卫明编《中外作家日记》,桂林普及出版社 1943 年。
24. 钱一鸣编《名家模范日记》,上海博文书店 1947 年。
25. 王礼锡《王礼锡文集》,新华出版社 1989 年。
26. 朱自清《朱自清全集》,江苏教育出版社 1998 年。
27. 田汉《田汉全集》,花山文艺出版社 2000 年。
28. 叶圣陶《叶圣陶集》,江苏教育出版社 2004 年。
29. 鲁迅《鲁迅全集》,人民文学出版社 2005 年。
30. 郁达夫《郁达夫全集》,浙江大学出版社 2007 年。
31. 萧军《萧军全集》,华夏出版社 2008 年。
32. 王统照《王统照全集》,中国工人出版社 2009 年。
33. 李广田《李广田全集》,云南人民出版社 2010 年。
34. 吴芳吉《吴芳吉全集》,华东师范大学出版社 2014 年。
35. 徐志摩《徐志摩全集》,浙江人民出版社 2015 年。
36. 吴虞《吴虞日记》,四川人民出版社 1986 年。
37. 周作人《周作人日记》,大象出版社 1996 年。
38. 郭沫若《郭沫若日记》,山西教育出版社 1997 年。
39. 阿英《阿英日记》,山西教育出版社 1997 年。
40. 郑振铎《郑振铎日记》,山西教育出版社 1998 年。
41. 柔石《柔石日记》,山西教育出版社 1998 年。
42. 蒲风《蒲风日记》,山西教育出版社 1998 年。
43. 茅盾《茅盾日记》,山西教育出版社 1998 年。
44. 吴宓《吴宓日记》,生活·读书·新知三联书店 1998 年。
45. 常任侠《战云记事》,海天出版社 1999 年。
46. 浦江清《清华园日记·西行日记》,生活·读书·新知三联书店 1999 年。
47. 张元济《张元济日记》,河北教育出版社 2001 年。

48. 胡适《胡适日记全编》，安徽教育出版社 2001 年。
49. 王林《王林文集》，解放军出版社 2009 年。
50. 夏济安《夏济安日记》，人民文学出版社 2011 年。
51. 丰子恺《子恺日记》，海豚出版社 2013 年。
52. 季羡林《清华园日记》，江苏文艺出版社 2013 年。
53. 常任侠《东瀛印象记》，商务印书馆 2013 年。
54. 季羡林《季羡林日记：留德岁月》，江西人民出版社 2014 年。
55. 钱玄同《钱玄同日记》，北京大学出版社 2014 年。
56. 毕树棠《螺君日记》，海豚出版社 2014 年。
57. 夏衍《岁月如水流去：夏衍日记》，中华书局 2015 年。
58. 柳亚子《柳亚子日记》，上海人民出版社 2015 年。
59. 乐齐编《现代作家日记》，文心出版社 1989 年。
60. 陈左高《中国日记史略》，上海翻译出版公司 1990 年。
61. 陈左高《历代日记丛谈》，上海书画出版社 2004 年。
62. 许钦文《〈鲁迅日记〉中的我》，浙江人民出版社 1979 年。
63. 张向天《鲁迅日记书信诗稿札记》，生活·读书·新知三联书店香港分店 1979 年。
64. 包子衍《〈鲁迅日记〉札记》，湖南人民出版社 1980 年。
65. 余英时《未尽的才情——从〈顾颉刚日记〉看顾颉刚的内心世界》，台湾联经出版事业公司 2007 年。
66. 张高杰《中国现代作家日记研究——以鲁迅、胡适、吴宓、郁达夫为中心》，中国社会科学出版社 2014 年。
67. 桑兵《走进共和——日记所见政权更替时期亲历者的心路历程(1911—1912)》，北京师范大学出版社 2016 年。
68. 王锡荣《日记的鲁迅》，人民文学出版社 2018 年。
69. 金宏宇《新文学的版本批评》，武汉大学出版社 2007 年。
70. 杨正润《现代传记学》，南京大学出版社 2009 年。

71. 谢泳《中国现代文学史研究法》,广西师范大学出版社2010年。

72. 刘增杰《中国现代文学史料学》,中西书局2012年。

73. 裴毅然《中国现代文学经济生态》,河南人民出版社2012年。

74. 李怡《民国政治经济形态与文学》,花城出版社2014年。

75. 徐鹏绪《中国现代文学文献学研究》,中国社会科学出版社2014年。

76. 忻平《从上海发现历史——现代化进程中的上海人及其社会生活(1927—1937)》,上海人民出版社1996年。

77. 叶中强《上海社会与文人生活(1843—1945)》,上海辞书出版社2010年。

78. 桑兵《治学的门径与取法——晚清民国研究的史料与史学》,社会科学文献出版社2014年。

79. 爱尔乌德著,钟兆麟译《文化进化论》,上海文化出版社1984年。

80. 丹尼尔·贝尔著,赵一凡、蒲隆、任晓晋译《资本主义文化矛盾》,生活·读书·新知三联书店1989年。

81. 柄谷行人著,赵京华译《日本现代文学的起源》,生活·读书·新知三联书店2003年。

82. 伊格尔斯著,何兆武译《二十世纪的历史学:从科学的客观性到后现代的挑战》,辽宁教育出版社2003年。

83. 本·海默尔著,王志宏译《日常生活与文化理论导论》,商务印书馆2008年。

84. 科林武德著,何兆武、张文杰译《历史的观念》(增补版),北京大学出版社2010年。

85. 莱斯利·菲德勒著,陆扬译《文学是什么? 高雅文化与大众社会》,译林出版社2011年。

86. 菲力浦·勒热纳著,杨国政译《自传契约》,北京大学出版社2013年。

二、论文类

1. 挹彭《关于日记》,《文史月刊》第二期,1945年6月20日。

2. 杨同芳《读〈教师日记〉》,《申报》1946年11月21日。

3. 朱光潜《日记——小品文略谈之一》,《天津民国日报》1948年3月1日。

4. 久松潜一著,刘忠惠译,《日记文学的本质》,《齐齐哈尔社会科学》1992年第4期。

5. 赵宪章《日记的私语言说与解构》,《文艺理论研究》2005年第3期。

6. Catherine O'Sullivan 著,吴开平、蔡娜编译《一种特殊的文件——日记在西方的发展历史及未来》,《山西档案》2006年第3期。

7. 吴艳红、J·David Knottnerus《日常仪式化行为的形成:从〈雷锋日记〉到〈知青日记〉》,《社会》2007年第1期。

8. 於贤德《日记文本类型的文学特性与审美意蕴》,《华南师范大学学报》2012年第2期。

9. 菲利普·勒热讷《从自传到日记,从大学到协会:一个研究者的踪迹》,《现代传记研究》2013年秋季号,商务印书馆。

10. 张剑《日记的细读与整合研究》,《华南师范大学学报》2014年第2期。

11. 邓建《从日历到日记——对一种非典型文章的文体学考察》,《中山大学学报》2014年第3期。

12. 乐齐《现代日记文学述略》,《新文学史料》1988年第1期。

13. 邹振环《日记文献的分类与史料价值》,见《复旦史学集刊》第一辑《古代中国:传统与变革》,复旦大学出版社2005年版。

14. 陈引驰《从新英格兰到六朝故都:一个现代知识群体的聚

散——以〈吴宓日记〉为中心的描述》,《云南大学学报》2007 年第 2 期。

15. 张高杰《内心的文化冲突及其自救——吴宓前期日记研究》,《兰州大学学报》2008 年第 3 期。

16. 陈廷湘《政局动荡时期中国学人的生存样态——从李思纯〈金陵日记〉、〈吴宓日记〉、〈胡适日记〉中窥见》,《社会科学研究》2008 年第 4 期。

17. 刘中黎《把文学性引入日记,于记载前力求创造——论郁达夫的日记写作观》,《贵州大学学报》2009 年第 3 期。

18. 刘克敌《"无事可做"的"鲁迅"与"忙忙碌碌"的"周树人"——从日记看民国初年鲁迅的日常生活》,《中国现代文学研究丛刊》2011 年第 3 期。

19. 陈胜、田正平《救国千万事,造人为最要——〈胡适留学日记〉阅读札记》,《教育研究》2011 年第 8 期。

20. 桑兵《日记内外的历史——作为史料的日记解读》,见吕芳上编《蒋中正日记与民国史研究》上册,台北世界大同出版有限公司,2011 年。

21. 桑兵《走进新时代:进入民国之共和元年——日记所见亲历者的心路历程》,《华中师范大学学报》2012 年第 1 期。

22. 赵黎明《新文学"自言自语的思想草稿"——〈胡适留学日记〉中的新诗文体探索》,《文学评论》2012 年第 1 期。

23. 陈子善《林语堂与胡适日记中的平社》,《新文学史料》2012 年第 2 期。

24. 刘增杰《论现代作家日记的文学史价值——兼析研究中存在的两个问题》,《文史哲》2013 年第 1 期。

25. 李怡《大文学视野下的〈吴宓日记〉》,《文学评论》2015 年第 3 期。

26. 周尚意、张乐怡《鲁迅在京足迹折射的文人城市空间结构意象——对〈鲁迅日记〉中北京地名的分析》,《热带地理》2015 年第 4 期。

27. 翁有为《吴宓、陈寅恪与胡适、傅斯年之关系——以〈吴宓日记〉为中心的考察》,《史学月刊》2015 年第 5 期。

28. 徐强《〈朱自清全集〉日记卷中的若干篇名人名辨正》,《当代作家评论》,2016 年第 1 期。

29. 郑会欣《战时后方高级知识分子的生活贫困化——以几位著名教授的日记为中心》,《抗日战争研究》2018 年第 1 期。

30. 欧阳哲生《一部新文化的珍贵文献——〈胡适留学日记〉版本源流及其文献价值考》,《北京大学学报》2020 年第 6 期。

31. 朱金顺《新文学版本琐谈》,《北京图书馆馆刊》1992 年第 1 期。

32. 金宏宇《新文学版本研究的角度》,《中国现代文学研究丛刊》2005 年第 2 期。

33. 解志熙《相濡以沫在战时——现代文学互动行为及其意义例释》,《新文学史料》2011 年第 3 期。

34. 周兵《微观史学与新文化史》,《学术研究》2006 年第 6 期。

35. 普什卡廖娃著,张广翔、邓沛勇译,《微观史学的研究对象和方法》,《史学月刊》2015 年第 6 期。

36. 周宁《跨文化形象学的观念与方法——以西方的中国形象研究为例》,《东南学术》2011 年第 5 期。

37. 胡国平《记忆的收藏家与时间星丛——晚期本雅明的历史哲学》,《浙江社会科学》2012 年第 11 期。

后 记

本书的主体部分完成于 2016 年初，甫一接触这个选题时觉得棘手，因为日记的内容过于细碎，如何提炼、串接，如何结构成完整的论文委实不易，一番思索后，决定采取跨学科的研究模式。笔者平常爱读史学类著作，倾心于文史兼容的阐述方式，于是择取了几种在史学界运用颇广而有效的角度展开研究，事实证明是可行的，初稿撰成后得到了几位专家学者的高度认可，以为创新性、整体观颇足。初稿原设“知识体系的建构与输转：现代作家阅读史片论”一章，限于篇幅而删除。在构思时，笔者希望能够从理论提升和全局观照的角度推动日记研究模式的转变，由于学力不逮，未能完全实现原初的目的。因某些重要作家、学者的日记暂未刊刻，无缘得见，难免错过一些有价值的史料，只能待将来调整和补正了。

初稿的撰成和本书的出版得到了许多人的助力，特致谢忱。业师金宏宇教授博洽淹贯、清雅纯正，获得了让人难以企及的学术荣誉，在为人为学上常令我等望而兴叹。先生待我极厚，当年欣然招录蹉跎多年而首次报考的我，就读期间不辞辛劳地帮助愚钝的我修改论文，即便已经毕业数年，仍然时常关心我的日常生活和学术规划，遇此良师自是人生幸事与快事，但我总因各方面不孚厚望，缺乏像样的成绩予于回报而汗颜。在武大学习期间，得於可训教授、昌切教授、陈国恩教授、方长安教授、樊星教授、叶立文教授等名家教诲和点拨，受益良多。特别感谢北京大学张剑教授将拙作纳入“日记研究丛书”付梓刊印。感谢凤凰出版社和单丽君编辑，使本书得以顺利面世。自然，还要感恩养育我的父母和常相伴护的妻女，让我的人生多了些倚赖和动力。

记得当年曾引沪上陈正宏教授一联自我宽慰："史亦尝考，文亦尝校，答辩近了，犹思几度改论稿；家总要成，钱总要挣，奔走红尘，莫忘曾经是书生。"而今，时觉五味杂陈、百感交集，不过也只能蜗行牛步、任其自流了。

庚子岁末成于豫章燕栖庐